던전에서 만남을 추구하면 안 되는 걸까

오모리 후지노
OMORI FUJINO

일러스트 야스다 스즈히토
YASUDA SUZUHITO

김완 옮김

9

© Suzuhito Yasuda

던전에서
만남을 추구
하면
안 되는 걸까

9

오모리 후지노 지음 | **야스다 스즈히토** 일러스트 | **김완** 옮김

헤파이스토스   HEPHAISTOS

오라리오에서 으뜸가는 스미스 기술력을 자랑하는 【헤파이스토스 파밀리아】의 주신. 헤스티아와는 천계 시절부터 질긴 인연으로 맺어진 사이.

로키   LOKI

오라리오 최대 파벌인 【로키 파밀리아】의 주신. 의문의 가짜 관서 사투리를 쓴다. 권속인 아이즈를 아낀다.

리베리아 리요스 알브   RIVERIA LIOS ALF

오라리오에서도 손꼽히는 실력을 자랑하는 로키 파밀리아의 부단장. 종족은 하이엘프. 【로키 파밀리아】 소속.

프레이야   FREYA

【프레이야 파밀리아】의 주신. 신들 중에서도 손꼽히는 미모를 가진 '미의 여신'.

아렌 프로멜   ALLEN FROMEL

【프레이야 파밀리아】 소속 캣 피플.

류 리온   RYU LION

엘프. 원래는 뛰어난 모험자였다. 현재는 주점 '풍요의 여주인'에서 점원으로 일한다.

나자 에리스이스   NAZA ERSUISU

【미아흐 파밀리아】의 유일한 단원. 미아흐에게 접근하는 여성들에게 질투심을 불태운다.

아스피알안드로메다   ASUFI AL ANDROMEDA

수많은 매직 아이템을 개발하는 아이템 메이커. 【헤르메스 파밀리아】 소속.

카시마 오우카   KASIMA OUKA

【타케미카즈치 파밀리아】 단장.

비네   WIENE

벨이 던전 계층 영역 '거목미궁'에서 만난 용종 소녀. 인간의 말을 할 수 있다

이켈로스   IKELOS

【이켈로스 파밀리아】의 주신. 오락을 좋아하며 '재미있느냐 없느냐'에 따라 악으로도, 정의로도 변모한

츠바키 콜브랜드   TSUBAKI COLLBRANDE

하프드워프 스미스. 【헤파이스토스 파밀리아】 소속. 전투능력도 높아 Lv.5를 자랑한다.

베이트 로가   BETE LOGA

늑대 수인 웨어울프. '풍요의 여주인'에서 벨을 비웃었지만, 얼마 전 미노타우로스와 싸우는 모습을 보며 인식을 달리 한다. 【로키 파밀리아】 소속.

핀 디무나   FINN DEIMNE

로키 파밀리아 단장. 머리가 비상하다. 【로키 파밀리아】 소속.

오탈   OTTARL

【프레이야 파밀리아】에 속한 초 실력파 모험자.

시르 플로버   SYR FLOVER

주점 【풍요의 여주인】의 점원. 우연한 만남으로 벨과 친해졌다.

미아흐   MIACH

【미아흐 파밀리아】의 주신. 주로 포션 같은 회복계 아이템을 판매한다.

헤르메스   HERMES

【헤르메스 파밀리아】의 주신. 파벌들 사이에서 중립을 표방하는 여리여리한 남신. 기민하고 빈틈이 없다. 누군가의 명령으로 벨을 감시하도록 부탁을 받은 것 같은데……?

타케미카즈치   TAKEMIKAZUCHI

【타케미카즈치 파밀리아】의 주신.

히타치 치구사   HITACHI CHIGUSA

【타케미카즈치 파밀리아】 소속 단원.

우라노스   OURANOS

던전을 관리하는 길드의 주신.

딕스 페르딕스   DIX PERDIX

【이켈로스 파밀리아】 단장. 희귀한 몬스터를 노리는 흉악한 헌터.

헤스티아
HESTIA

인간과 아인을 넘어선 초월존재인, 천계에서 내려온 신. 벨이 속한 【헤스티아 파밀리아】의 주신. 벨이 정말 좋아!

벨 크라넬
BELL CRANEL

본 작품의 주인공. 할아버지의 가르침 때문에 던전에서 멋진 헤로인과 만날 날을 꿈꾸는 신출내기 모험자. 【헤스티아 파밀리아】 소속.

릴리루카 아데
LILIRUCA ARDE

'서포터'로 벨의 파티에 들어온 소인족 파룸 소녀. 보기보다 힘이 장사. 【헤스티아 파밀리아】 소속.

아이즈 발렌슈타인
AIS WALLENSTEIN

아름다움과 강함을 겸비한 오라리오 최강의 여성모험자. 별명은 【검희】. 벨에게는 동경의 존재. 현재 Lv.6. 【로키 파밀리아】 소속.

야마토 미코토
YAMATO MIKOTO

극동 출신 휴먼. 한번 미끼로 삼았던 벨에게 용서를 받은 데에 은혜를 느끼고 있다. 【헤스티아 파밀리아】 소속.

벨프 크로조
WELF CROZZO

벨의 파티에 들어온 스미스 청년. 벨의 장비 《강총이 Mk-Ⅱ》의 제작자. 【헤스티아 파밀리아】 소속.

에이나 튤
EINA TULLE

던전을 운영하고 관리하는 '길드' 소속 접수원. 벨과 함께 모험자 장비를 구입하는 등 공사 양면에서 도와준다.

산죠노 하루히메
SANJONO HARUHIME

벨과 환락가에서 마주친 극동 출신 여우수인, 르나르. 【헤스티아 파밀리아】 소속.

CHARACTER & STORY

미궁도시 오라리오—— 통칭 '던전'이라 불리는 장대한 지하미궁을 보유한 거대도시. 모험자가 되려는 소년 벨 크라넬은 이 도시에서 여신 헤스티아와 만나 【헤스티아 파밀리아】의 일원이 된다. 던전에 내려갔던 벨은 위기의 순간 【검희】 덕에 목숨을 건져 그녀에 대한 동경과 함께 자신도 강해지고자 결의한다. 또한 던전을 통해, 함께 격전을 겪었던 서포터 릴리, 스미스 벨프, 극동 출신 미코토, 그리고 르나르 하루히메도 같은 【파밀리아】의 일원이 되었다. 동료도 늘어나 순조롭게 던전을 나아가던 벨은 새 계층 영역 '거목미궁'에서 인간의 말을 할 줄 아는 용종 소녀와 만난다. 또 다시 파란의 예감이……?

커버 그림, 본문 일러스트 | **야스다 스즈히토**

프롤로그 만남

흐트러진 숨소리가 울려 퍼졌다.

천장과 벽면, 지면이 나무껍질로 이루어진 계층 영역. 통로 안에는 무성한 이끼가 푸른색과 녹색으로 빛을 내어, 이를 보는 사람에게 비경을 방불케 하는 광경을 자아냈다. 공간을 진동시키는 몬스터의 포효에 몸을 떠는 것은 형형색색의 잎과 은색 물방울을 드리운 신비로운 꽃들이었다.

상층 영역과 크게 달라진 수목미궁 안에서 그림자 하나가 달려간다.

그림자는 나긋나긋하고 가녀린, 소녀로 착각할 만한 팔다리를 가졌다. 이끼의 빛을 받아 은청색 머리카락이 반짝인다.

아름답고 매끄러운 장발만이 아니라 피부 또한 청백색이었다.

어깨와 허리에 돋아난 무수한 비늘, 엘프의 것보다도 이질적이며 뾰족한 귀. 무엇보다도 눈길을 끄는 것은 이마에 박힌 눈부신 붉은색 보석.

청백색 온몸과 붉은 보석을 비롯한 인간의 것이 아닌 기관은 틀림없는 '괴물'의 증거였다.

나뭇가지처럼 가느다란 두 팔을 가슴에 꽉 끌어안은 몬스터는 그저 미궁을 달리고 있었다.

'왜?'

몬스터는 피를 흘렸다.

발톱과 이빨, 검에 베인 것 같은 열상을 수없이 입어 붉은색을 지면에 떨어뜨린다. 비늘과 함께 찢어진 어깨의 청백색 피부는 이미 새빨갛게 물들었다.

'왜?'

눈동자 속에는 공포가 있었다. 당혹감이 있었다. 슬픔이 있었다.

붉은 피와 함께 수많은 물방울이 지면에 떨어졌다. 아름다운 호박색 두 눈으로 투명한 눈물을 흘리는 몬스터는 가녀린 목을 떨었다.

"왜……?"

조그만 입술에서 흘러나오는 것은 괴물의 지저분한 울음소리가 아니라 갈라진 탄식의 언어였다.

어린아이 같은 오열이 섞인 목소리. 마치 그 언어의 나열을 더럽게 여기듯 교차하는 미로에서 여러 괴물들의 포효가 밀려들었다. 은청색 장발과 가느다란 어깨가 겁을 먹은 것처럼 떨렸다.

괴물에게는 어울리지 않는, 인간이 흠칫 숨을 멈출 정도로 고운 얼굴을 눈물로 일그러뜨렸다.

몬스터는—— '그녀'는 울고 있었다.

'왜, 모두들……!'

'그녀'는 혼자였다.

미궁에서 갓 태어난 '그녀'는 모든 존재에게서 배척당했다.

벽을 뚫고 태어난 직후, 아무것도 모르는 채 어두운 미궁을 헤맸다. 이곳은 어디일까 불안을 느꼈을 때, 자신과 같은 존재의 냄새를 맡은 '그녀'는 본능에 따라 그쪽으로 향했다.

이윽고 미궁 한곳에서 맞닥뜨린, 자신보다도 커다란 버그베어에게 '그녀'는 물었다.

여긴 어디야?

돌아온 것은 흉악한 포효였다. 버그베어는 크게 울부짖더니 날카로운 발톱을 휘둘렀다.

피부를 베인 그녀는 영문도 모른 채 도망쳤다.

혼란이 온몸을 지배하는 가운데 배어 나온 붉은 피와, 태어나서 처음으로 맛본 아픔이 그녀를 공포에 몰아넣었다.

'그녀'는 그 후로도 몇 번이나 습격을 당했다. 모습도 형태도 다른 온갖 동족들에게 목숨을 위협받았다. 예외는 없었다. 상처가 늘어난 '그녀'는 눈에서 넘쳐날 것 같은 무언가를 열심히 참았다.

미궁 안쪽 깊은 곳에서 도망쳐, 지친 '그녀'가 다음으로 만난 것은 자신들과는 다른 이종족의 존재였다.

검과 활을 든 인간들.

요정처럼 생겼으며 귀가 긴 암컷과 수컷, 한데 달라붙어 서로를 지키는 한 쌍.

자신도 모르는 사이에 선망을 눈에 머금은 '그녀'는 그들에게 다가갔다.

놀라게 하지 않으려고 살그머니, 다섯 손가락에서 뻗어나온 발톱을 감추며 입을 열었다.

도와주세요, 라고.

그 순간 '그녀'는 검에 베였다.

그들은 자신보다도 더한 동요와 혼란, 무엇보다도 공포를 품고 '그녀'를 거부했다.

자신에게 날아든 적의에 다시 도망쳤다. 남자는 혼란에 빠져 검을 휘둘렀고, 얼굴이 창백해진 여자는 목 메인 비명을 지르며 활을 겨누었다.

뒤에서 화살이 몇 번이나 날아드는 가운데 '그녀'는 마침내 눈물을 흘렸다.

아파. 괴로워. 슬퍼.

화살촉을 튕겨내는 비늘이 충격과 함께 갈라졌다. 찢기고 터진 어깨가 불타는 듯 뜨거웠다. 자신을 에워싼 세계에서 배척당하고 소외당하고 거절당해, 이단의 낙인이 찍혔다.

왜, 왜. 수없이 자문을 거듭했다.

무서워. 무서워. 오열을 흘렸다.

'그녀'는 울고 또 울었다.

'난, 뭐야……?'

물음을 던져도 자신을 낳은 미궁은 아무 대답도 하지 않았다.

이윽고 도망치는 사이에 '그녀'를 쫓는 사람들이 나타났다. 그들은 '그녀'의 아름다운 용모에 경악하고, 눈빛을 바꾸며 거친 목소리를 터뜨렸다. "거기 서!"

가학적인 시선과 함께 입맛을 다시는 그들의 말을 따를 이유는 없었다. 혈안이 되어 쫓아오는 모습은 동족인 몬스터보다도 훨씬 추했다. 이제는 온갖 것들에게 공포를 느낀 '그녀'는 가느다란 두 다리로 이리저리 도망쳤다.

괴물이라 불리는 까닭인 잠재능력으로 추적자들을 뿌리치고, 덤벼드는 몬스터를 피하고, 홀로 거목의 길을 달려 나갔다. 탁탁탁. 고독한 발소리를 하염없이 이어진 미궁에 퍼뜨렸다.

호박색 눈에서는 다시 투명한 눈물이 흘러 떨어졌다.

"아윽?!"

내리막길.

어린아이처럼 발을 헛디뎌, 나무뿌리에 뒤덮인 언덕을 거세게 굴러떨어졌다.

언덕 바로 아래의 지면에 엎어져버린 '그녀'는 다리를 다쳤음을 깨달았다. 일어날 수가 없었다.

들려오는 괴물들의 울음소리와 인간의 발소리에 흠칫 몸을 떨고 고개를 좌우로 돌리다가, 움직이지 않는 다리를 질질 끌며 움직였다. 이미 굳어버린 혈액은 이 이상의 발자취를 남기지 않을 것이다. 그녀는 미궁 한구석, 관목과 무수한 잎들이 우거진 곳으로 숨었다.

주저앉아, 벽에 달라붙어 숨을 죽였다. 상처 입어 너덜너덜해진 몸을 두 팔로 끌어안으며 하염없는 공포를 견뎠다.

그때 무언가가 다가오는 기척.

숨을 멈추었다.

시시각각 이쪽으로 접근하는 어떤 발소리—— 인간의
신발 소리를 듣자, 검에 베였던 아픔이 열기를 띠듯 되살
아나 몸이 굳었다.

부들부들 떨리는 몸.

뺨이 채 마르기도 전에 또 눈물이 흘러내렸다.

다가오는 사람의 그림자를 올려다보며, 몸을 끌어안은
두 팔에 꽉 힘을 주었다.

그리고.

눈물을 흘리는 '그녀'의 눈앞에 기척의 주인이 나타났다.

"몬스터…… '부이브르'?"

흰 머리, 루벨라이트색 눈동자.

어스름한 미궁 한구석에서, '그녀'는 한 소년과 만났다.

1장 이형의 소녀

시작은 어떤 퀘스트였다.

　"파이어버드가 19계층에서 대량발생했다는걸. 【리틀 루키】, 너도 좀 거들어."

　제18계층까지 온 우리 【헤스티아 파밀리아】에게 '리빌라 마을'에서 의뢰가 왔다.

　던전에서는 특정한 몬스터의 대량발생이 비정기적이지만 종종 일어나 이상사태 중 하나로 관측된다. 이번에 확인된 '파이어버드'는 제19계층에서 출현하는 레어 몬스터 중 하나인데, 이름 그대로 화염공격을 하는 새 형태의 괴물이다. 제19계층 이하의 층역 '거목미궁'을 이따금 불바다로 만들어버리는 성가신 몬스터로, 세이프티 포인트인 제18계층에 진출하면 하늘을 날아다니며 호반에 위치한 리빌라 마을에까지 피해를 준다나. 미궁의 역참 마을을 경영하는 상급 모험자들은 마을이 불타버리면 안 된다고 퇴치에 나선 참이었다. 리빌라 주민들과 힘을 합쳐 같이 파이어버드를 토벌하자고, 제18계층을 지나치던 상급 모험자들도 하나같이 요청했다.

　라키아 왕국군과의 전쟁이 끝나고 사흘이 지난 오늘. 던전 탐색을 재개해 겨우 우리 파벌의 힘만으로 도달한 세이프티 포인트에서 날아든 반 강제적인 의뢰. 릴리는 불만스러운 표정을 지었지만, 보수가 좋은 데다 상황이 상황인 만큼——파이어버드의 대군을 내버려 두면 제19계층을 탐색할 수도 없다——마지못해 받아들였다.

리빌라 마을 측에서는 화염 내성이 있는 살라만더 울 로브를 준비해 선불로 지급해주고, 발이 빠르다는 평가를 받은 나를 다른 모험자들과 임시 파티로 편성시켰다. 조기토벌이 바람직하므로 속도를 중시한 파티에 배치된 것이다.

　릴리와 벨프, 미코토 씨, 하루히메 씨가 있는 다른 파티와는 잠시 떨어져, 살라만더 울을 걸친 나는 굴강한 모험자들과 함께 제19계층으로 내려갔다.

　그런데 순조롭게 퀘스트를 수행하다 정신을 차리고 보니 혼자 대열에서 떨어지고 말았다.

　이제까지 탐험하던 다른 계층과는 구조도 길도 다른 '거목미궁' 안에서 파이어버드를 쫓아다니거나 혹은 쫓기는 사이에——제일 후방 포지션을 맡았던 것도 화근이었는지——보기 좋게 다른 모험자들을 놓치고 말았던 것이다.

　어딘지도 모를 미궁 한곳에 멍하니 선 채 어쩔 줄 몰라 하던 바로 그때.

　나는 사람 모습 비슷한 것을 시야 한구석에 포착했다.

　한쪽 발을 질질 끌며, 무언가를 피하듯 미궁의 식물이 우거진 어두운 곳으로 몸을 숨긴다.

　부상을 입은 모험자인가 싶어 황급히 달려간 나는 뒤늦게 무언가 분위기가 이상했음을 깨닫고 경계심을 품으며 그곳으로 다가섰다.

　그리고——

"몬스터…… '부이브르'?"

눈앞의 존재에 아연실색했다.

푸른 피부에 소녀처럼 가녀린 팔다리를 가진 인간형 몬스터. 제3의 눈을 방불케 하는 이마의 붉은 돌을 보고 간신히 용종 '부이브르'임을 알아차렸다.

'부이브르'.

일각수 유니콘과 함께 던전 내에서도 지극히 숫자가 적은, 최상위급 레어 몬스터다.

중층 영역인 제19계층에서 제24계층에 출현하며, '드롭 아이템'은 비늘이든 뿔이든 파격적인 가격에 거래된다고 들었다. 그중에서도 이마의 보석 '부이브르의 눈물'은 억만 금이 보장될 정도로 가치가 있어 '행복의 돌'이라고까지 불렸다.

하지만 이마에서 보석을 빼앗으면 '부이브르'는 흉포해지므로——본체를 쓰러뜨리면 돌은 반드시 부서져 사라지고 만다——이제까지 수많은 모험자가 끔찍하게 목숨을 잃었다는 기록이 있다. 최강의 몬스터인 드래곤의 종족인 만큼 전투능력은 엄청나게 높다.

원래 같으면 부이브르는 라미아처럼 인간의 상반신과 뱀 같은 하반신을 가진 여체용미(女體龍尾)의 몬스터여야 하는데…….

'……정말, 몬스터일까?'

고운 외모, 무엇보다도 호박색 눈에서 흘러 떨어지는 **눈**

물에 흠칫 숨을 멈추었다.

옷이라고는 전혀 걸치지 않은, 태어난 그대로의 모습.

용의 몸 대신 돋아난 가녀린 두 다리, 조심스러운 가슴.

피부색과 비늘만 넘어간다면 나와 비슷한 또래의 여자아이로밖에 보이지 않았다.

"……, ……!"

부이브르는 울고 있었다.

눈앞에 멍하니 선 나를 올려다보며, 두 팔로 끌어안은 몸을 부들부들 떤다.

몬스터란 사실을 잊을 정도로 겁을 먹으며, 인간처럼 공포를 드러낸다.

그럴 리가 없다고 머리 한구석이 속삭이고 있었다.

제대로 생각을 할 수가 없었다. 동요에 동요를 거듭했다. 눈앞의 광경을 도저히 믿을 수 없었다.

그도 그럴 것이, 몬스터는 인류의 적이다.

본능에 따라 우리에게 이빨을 드러내고 덤벼드는 절대적인 살육자. 흉악한 파괴충동의 덩어리에 이성이나 감정이 개입할 여지는 없다.

몬스터는, '괴물'인 것이다.

'——그래야 하는데.'

괴물이 인류에게 주어야 할 혐오감, 기피감이 생겨나질 않았다.

우리를 무조건 항쟁으로 몰아붙이는, 몬스터에 대한 투

쟁본능이 한 점도 일어나질 않았다.

오히려 지금 나는 사람에 가까운 이 모습을 보며 칼을 꽂는다는 데에 거부감을 품었다.

이런 몬스터는 본 적이 없었다.

"으, 아……!"

"!"

부이브르의 눈이 내 손에 들린 《주신님 나이프》에 못 박힌 것을 깨달은 나는 창졸간에 나이프와 함께 손을 뒤로 감춰버렸다.

'내가 뭘 하는 거야?'

속으로 중얼거렸지만 눈앞의 몬스터가 조금이나마 두려움이 가신 것을 보고 더욱 혼란에 빠졌다.

이 '부이브르'는, '아종'?

이상사태로도 손꼽히는 몬스터의 돌연변이체?

'손상을 입…… 아니, 다쳤구나.'

굳어버린 피에 물든 피부, 비늘과 함께 터져 나간 어깨의 상처가 시야에 들어왔다.

나와 같은 모험자에게 베였는지, 상처투성이 부이브르는 주저앉은 채 나를 두려워하며 열심히 거리를 벌리려 했다. 하지만 등 뒤는 벽이어서 아무리 물러나려 해도 의미가 없었다.

나는 움직이지 못했다.

몬스터는 재앙의 상징.

하늘이 뒤집어져도 동정해서는, 하물며 도움의 손길을 내밀어서는 안 된다.

멍청히 선 채, 겁을 먹은 부이브르와 계속 시선을 교차시키고만 있다가, 확고한 감정이 깃든 그 눈에 검을 휘두르지도 못하고…… 나는 결국 후퇴했다.

어떤 행동에도 나서지 못한 채, 아무것도 보지 못한 걸로 하고, 한심하게도 도망쳤다.

나는 부이브르에게 등을 돌리고 그 자리를 떠나갔다.

"……?"

눈앞에서 인간이 사라져, 부이브르는 눈을 적신 채 이상하다는 표정을 지었다.

정적에 에워싸인 가운데 조심스레 시선을 좌우로 돌리다가, 천천히 일어났다.

다친 다리를 감싸듯 미궁 벽에 두 팔을 짚고 벽을 따라 이동하기 시작했다.

그 직후.

퍼드득.

몸을 질질 끌며 이동하던 부이브르의 등 뒤, 통로와 이어진 옆길에서 거대한 붉은색 새가 날갯짓 소리와 함께 나타났다. 전장 2M이 넘는 몬스터 '파이어버드'는 눈에 핏발을 세우며 거대한 부리를 벌렸다.

등 뒤에서 밀려드는 열기에 굳어버린 부이브르, 허공에

뜬 채 조준을 고정한 괴조.

헬 하운드를 아득히 넘어서는 고출력 화염방사가 시작되려는 것이다. 가녀린 두 다리는 땅을 박차려 했지만 이미 때가 늦었다. 부리 안에서 요란하게 타오르는 불꽃이 뒤를 돌아본 부이브르의 얼굴을 비추고, 막 뿜어져 나가려던 순간——

『──께엑?!』

──나는 《주신님 나이프》를 번뜩이고 있었다.

질주와 도약을 거쳐 검을 휘둘러 파이어버드를 남색 섬광으로 양단했다.

발사 직전이었던 화염이 허공에서 폭죽처럼 터지고, 그에 따라 '마석'을 베인 몬스터는 재가 되어 날아가버렸다.

방대한 불똥과 재가 흩날리는 가운데, 부이브르는 털썩 주저앉고, 나도 지면에 착지했다.

'……아아, 어떡해.'

일 저질렀네.

역수로 쥔 《주신님 나이프》를 내려다보며 깊이 고개를 숙였다.

그 자리를 뜬 후에도 미련이 남아 부이브르의 사각에서 뒤를 돌아보았던 나는, 파이어버드에게 습격을 당하는 순간을 목격해 달려들고 말았다.

뻣뻣하게 선 몬스터를…… 아니, '그녀'를 보고 다리가 움직이고 말았던 것이다.

'이 넓은 던전에서, 혼자…….'

인간에게 공격당해 인간에게 겁을 먹은 것은 이해한다.

하지만 같은 몬스터에게도 영문도 모른 채 습격을 당하다니.

쓸데없는 생각이 싹텄다는 것을 알 수 있었다. 멍청한 생각 하지 말라고 이성이 고함을 질러댔지만 이미 내 손은 바보 같은 짓을 저지르고 말았다.

나이프를 쥐지 않은 왼손으로 앞머리를 붙들고, 아연실색하는 부이브르에게 다가갔다.

그녀는 조금 전과 비슷한 자세로 이쪽을 올려다보았다.

공포와 동요, 당혹감. 그리고 아주 약간 매달리는 듯한 눈빛을 보내는 상대를 보며, 나는 손에 땀을 쥐고 한참 고뇌한 끝에—— 힘없이 웃었다.

이젠 안 되겠다.

이젠 될 대로 되라지.

이젠 이 아이를 죽일 수 없어.

"——괜찮아, 무섭지 않아."

한쪽 무릎을 꿇고, 같은 눈높이에서, 눈썹을 늘어뜨리며 웃음을 지어주었다.

부이브르는 마치 내 말을 알아듣는 것처럼 두 눈을 크게 떴다.

힘과 고통으로 몬스터를 굴복시키는 테이머도 괴물에게 말을 거는 얼빠진 짓은 분명 하지 않을 것이다. 나는 반쯤 자포자기하면서도 부상을 입은 상대의 몸으로 시선을 돌렸다.

어깨의 부상과, 그리고 부러졌는지도 모를 왼쪽 다리가 특히 심했다. 나는 레그 홀스터에서 【미아흐 파밀리아】의 하이포션을 꺼냈다.

정체불명의 약이 담긴 시험관을 보고, 벽에 기대 주저앉아 있던 부이브르가 흠칫 몸을 떨었다.

"괜찮아, 이건 포션이라고 하는데——"

"포……숀……?"

——말했다.

몇 번째인지 모를, 자신의 상식이 무너지는 소리가 귀 안쪽에서 들려왔다.

대답은 기대도 하지 않고 그저 자기 위안 정도로 말을 걸었던 나는 이제 서툰 웃음을 지을 수밖에 없었다.

몬스터에게도 효과가 있을지 조금 걱정하면서 포션을 찢어진 어깨에 흘렸다. 출혈의 흔적을 남긴 채 이내 아물어가는 상처에 안도를 느끼고 있으려니, 그녀는 나와 반대로 놀랐다.

하이포션이라면 부러진 뼈도 치유할 수 있겠지만…… 어중간하게 뼈를 복원했다가는 다리 형태가 어긋난다는 이야기를 들었다. '마법'이든 아이템이든 정식 치유법과 순서를 거치지 않으면 후유증이 남는다. 하지만 제대로 된 방법을 모르는 나는 일단 살라만더 울 자락을 찢어 붕대로 삼아, 나이프의 칼집과 함께 가녀린 다리에 감아 고정시켜 주었다.

"······."

"······."

열상을 입은 청백색 온몸에 치료를 대충 마친 나는 지면에 무릎을 꿇은 채 그녀와 마주 보았다.

은청색 장발을 늘어뜨린 부이브르는 당황한 것 같았다. 두 손을 조그만 가슴 앞에 모은 채, 평범한 동공을 가진 두 눈을 떨며 입술을 살짝 벌렸다가는 닫기를 반복했다.

노출된 가슴에 뺨이 뜨거워지는 것을 간신히 참으며, 역시 다르다고 느꼈다.

며칠 전에 베올 산지에서 맞닥뜨린 '하피'——추악한 인간형 몬스터와도 선을 달리 한다. 우리와는 크게 다른 외견도 이 정도까지 오면 숫제 신비롭다는 생각마저 들 정도였다.

이형의 괴물······ 이형의 소녀.

인간과도 몬스터와도 닮지 않은 존재에게 나는 목이 살짝 떨리는 것을 느꼈다.

그때였다.

"——찾아! 아직 이 근처에 있을 거야!!"

우리가 있는 통로에 거친 목소리가 들려왔다.

부이브르 소녀의 어깨가 펄쩍 뛰었다. 겨우 잦아들었던 떨림이 다시 찾아왔다. 공포에 움츠러드는 그 모습과 다가오는 여러 사람의 거친 발소리에 눈을 크게 떴던 나는 반사적으로 살라만더 로브를 벗어 그녀를 감쌌다.

청백색 피부를 모조리 감춘 것과 무장한 모험자들이 나타난 것은 동시였다.

"야, 너! 부이브르 못 봤어?!"

통로의 벽 쪽에서 등을 돌리고 있던 나에게 고함을 지르며 네 명의 남녀가 다가왔다.

큰일이 났음을 직감했다. 상처 입은 이 아이와 모험자들의 관계를 순식간에 이해하고, 지켜야 한다는 생각이 들고 말았다.

온몸을 감춘 이 아이를 모험자들은 금방 수상쩍게 생각할 것이다. 붉은 로브 안에서 지금도 떨고 있는 가느다란 손을 꼭 잡으며 온 힘을 다해 머리를 굴렸다.

느려지는 시간의 흐름. 흥분한 모험자들의 거친 숨소리를 등 너머로 들으며 뚝뚝 떨어지는 땀을 느끼다가——문득 손에 든 빈 시험관에 흠칫 정신이 돌아왔다.

나는 이판사판, 일생일대의 연기에 임하는 마음으로 입을 열었다.

"그보다 혹시 포션 없으세요?! 동료가 파이어버드에게 당해서—— 화상을 입었어요!"

벽에 기대고 있는 그녀에게 시선을 고정한 채 한껏 당황한 기색으로 고함을 질렀다.

빈 포션, 살라만더 울 안에서 경련하는 몸, 주위에는 조금 전에 터져 나갔던 파이어버드의 화염이 남긴 잔재. 여기서 무슨 일이 있었는지를 추측한 모험자들은 눈살을 찡그리는 것 같았다. 말 그대로 여유가 없는 내 목소리도 한몫 거들었는지, 필사적으로 도움을 청하는 나에게 그들은 혀를 차며 발을 돌렸다. 성가신 일은 무시하고 레어 몬스터의 행방을 찾고자 서둘러 달려간다.

완벽하게 모험자들이 떠나간 것을 확인하고…… 온몸에서 힘이 쭉 빠졌다.

"가, 간신히……"

살았다, 고 중얼거리며 살라만더 울을 젖히자 부이브르가 작은 동물처럼 쭈뼛쭈뼛 고개를 내밀었다.

그 모험자들도 같은 모험자인 내가 레어 몬스터를 공격하지 못한 채 포션으로 치료해줬다고는 꿈에도 생각하지 못했을 것이다. 몬스터를 구해주다니 —— 그런 모습을 목격당했다면 나는 어떻게 됐을까?

……안 되겠다. 생각도 하고 싶지 않아.

사라진 모험자들의 그림자에 아직까지 겁을 먹은 소녀 앞에서 나도 모르게 탄식을 흘릴 것 같았다.

"어…… 움직일 수, 있겠어?"

일어나서 손을 내밀어주었다.

부이브르인 그녀는 이곳에 있다간 모험자들에게 계속

쫓길 것이다. 틀림없이 무참한 죽음을 맞을 것이다.

내가 내민 손과 내 얼굴을 번갈아 바라보던 그녀는……

아주 살짝, 고개를 끄덕였다.

조심스레 내민 손이 내 손과 겹쳐졌다. 놀라울 정도로

차가운 가녀린 손을 쥐고 몸을 살짝 당겨 일으켰다.

키는 150C 정도 될까. 살라만더 울 로브를 후드와 함께

단단히 뒤집어씌워 정체를 감춘 후, 나는 그녀를 부축해

이동을 시작했다.

'싸우는 소리는 들리니까…… 그쪽으로 가면서, 그 다음

에는 어떻게든 해볼 수밖에…….'

임시 파티에서는 낙오됐고, 이 계층의 길은 나 혼자선

찾아가지도 못한다.

퀘스트를 받아 정규 루트 부근에서 파이어버드를 상대

하는 모험자들의 것으로 여겨지는 교전의 소리에 의지해

나아갔다. 이제는 릴리가 억지로 떠넘겼던 즉석 계층 지도

와 비교하면서 제18계층으로 통하는 통로를 찾을 수밖에

없다. ……가능하다면 아무에게도 눈에 뜨이지 않고.

다리에 부상을 입은 그녀를 부축하고 감싸며, 터무니없

는 몬스터와 조우하지 않기를 진심으로 빌었다. 여차하면

이 아이를 끌어안고 전력질주할 수밖에 없다.

"……."

버그베어와 매드 비틀을 보자마자 【파이어볼트】로 퇴치

하는 내 옆얼굴을, 인간에게서도 몬스터에게서도 쫓기는

이형의 소녀가 빤히 바라본다.

호박색 눈을 축축하게 적시는가 싶더니 고개를 숙이고, 훌쩍 오열 비슷한 소리를 낸다.

이윽고 몸을 기대더니 내 어깨와 목덜미에 얼굴을 묻었다. 따뜻한 숨결과 훌쩍훌쩍 코를 울리는 감촉에——던전에선 긴장이 끊어져선 안 되는데도——얼굴을 붉혀버렸다.

가녀리다. 그리고 부드럽다.

외견과 마찬가지로 여자아이 같은 몸에 갈팡질팡하며 휴먼으로서, 모험자로서 실격이라고 나는 연신 생각했다. 이 부이브르가 예뻐서 구한 걸까? 용모가 인간처럼 아름다워서 손을 내밀어준 걸까? 그렇다고 하면 나는 이제 구제할 도리가 없다.

할아버지도 여자아이를 구하다니 장하다고, 지금의 나를 보고 칭찬해줄 수 있을까?

……이번만큼은 그분도 끙끙거릴 것 같다. 그만큼 나는 상식에서 벗어난 짓을 저지른 것이다.

몬스터를, 구해주다니.

"⋯⋯⋯⋯고마, 워?"

그 직후 그녀가 중얼거렸다.

흠칫 놀라 시선을 내려보니 눈가에 눈물을 머금은 눈이 이쪽을 올려다본다.

붉은 후드 안에서 살짝 고개를 갸웃하는 그녀에게 나는 말로는 표현할 수 없는 감정——그야말로 인간과 인간 사이에서만 생겨나는 따뜻한 것——을 분명히 느꼈다.

굳어버린 나를 부이브르 소녀가 불안스레 바라본다.

무구한 어린아이와도 같은 언동에, 이때만큼은 온갖 갈등이 녹아버린 나는 쓴웃음을 지었다.

"괜찮아."

안심시키듯 내가 다시 한 번 웃음을 짓자 그녀도 살짝 웃어주었다.

눈을 감고 바짝 달라붙는 그녀를 받아주며 나도 결심했다.

우리와 똑같은 웃음을 짓는 그녀를 지켜주자고.

문제는…… 동료들에게 뭐라고 설명한담.

한동안 길을 헤맨 후, 우리는 겨우 제19계층의 정규 루트를 발견할 수 있었다.

간이 지도를 한 손에 든 채 모험자에게도 몬스터에게도 들키지 않도록 살금살금 이동해, 제18계층의 수정에서 나온 빛이 넘쳐나는 출구에 도달했다.

"——거짓말이 아니야! 몬스터가 말을 했다니깐!!"

"왜 안 믿는 거야?!"

제18계층과 제19계층의 연결통로를 올라 거대한 중앙수구멍에서 고개를 내밀자, 출입구 앞의 초원에는 리빌라 마을 사람들과 모험자들이 모여 있었다.

집단 앞에서는 남녀 엘프 두 명이 소리를 지르고 있었

다. 나는 어딘가 흥분한 그들의 이야기 내용에 흠칫했다.

옆을 살피자 부이브르 소녀는 베였던 어깨를 감싸며 겁을 먹은 기색으로 엘프 모험자들을 바라본다.

"어— 이봐, 이 녀석들한테 여관 좀 소개해줘. 좋은 꿈을 꿀 만한 베개가 있는 데로."

"보르스, 진짜라니깐! 진짜로 몬스터가——!"

몬스터가 말을 했다는 수상쩍은 이야기는 리빌라의 우두머리인 보르스 씨를 비롯해 아무도 믿어주지 않는 눈치였다.

우리는 엘프 모험자들의 소란을 틈타 나무 구멍을 재빨리 빠져나갔다.

별 주목을 받지 않은 채 거목 아래를 벗어난 나를 【헤스티아 파밀리아】의 동료들이 발견하고 달려왔다.

"벨 님!"

"무사하셨군요!"

"나 원, 걱정했잖냐."

"모두들⋯⋯."

퀘스트 도중에 임시 파티에서 낙오되었다는 소식을 듣고 걱정했는지 릴리, 미코토 씨, 벨프가 저마다 안도의 말을 건넸다.

"⋯⋯? 저기, 벨 님? 거기 계신 분은⋯⋯?"

그리고 세 사람과 마찬가지로 안도한 웃음을 짓던 하루히메 씨가 살라만더 로브에 싸인 그녀를 알아보았다. 나는

흠칫 동요해,

"저쪽으로 좀……."

그 말만을 하고 빠르게 자리를 벗어났다.

동료들은 리빌라가 아니라 계층 동쪽, 세이프티 포인트에 펼쳐진 수정과 나무의 대삼림으로 향하는 나에게 고개를 꼬면서도 따라와주었다.

중앙수와 모험자들이 보이지 않게 될 때가지 숲 안으로 나아간 후에야 겨우 발을 멈추었다.

청수정의 광채에 에워싸인 넓은 공간에서 동료들과 마주 섰다.

"그래서요, 벨 님? 어디의 누구인가요, 그분은? 또 성가신 일을 끌어들이고 누구인지도 모를 여자분을 도와주신 건가요?"

무언가 오해를 한 릴리는 가시 돋친 어조로 나에게 바짝 달라붙은 그녀에게 다가가더니 깊이 눌러 쓴 후드 안을 들여다보려 했다.

"아."

성큼성큼 다가오는 릴리에게 겁을 먹은 그녀는 뒷걸음질을 치려다 실패했다. 다친 다리 탓에 자세가 무너져 내가 얼른 받쳐주고—— 그 반동에 후드가 흘러내렸다.

"!!"

시간이 순식간에 얼어붙었다.

밖으로 드러난 청백색 피부, 그리고 이마의 붉은 돌을

본 동료들은 경악하고, 다음으로는 엄청난 속도로 임전태세에 들어갔다.

땅을 박차고 후퇴하는 릴리, 등의 대도와 허리의 카타나를 쥐며 자세를 잡는 벨프와 미코토 씨. 하루히메 씨는 입가를 두 손으로 가리고 녹색 두 눈을 한껏 크게 떴다.

순식간에 팽팽해지는 공기에 나는 흠칫 숨을 멈추고 곁에 있던 그녀 또한 온몸을 굳혔다.

"……이게 어떻게 된 거야, 벨."

"하루히메 공, 이쪽으로 오십시오."

부이브르 소녀에게서 시선을 떼지 않은 채 벨프가 물었다. 이제까지 들어본 적이 없는 목소리로 힐문을 받은 내가 낭패하는 한편 미코토 씨는 굳어버린 하루히메 씨를 뒤로 감추었다.

오늘까지 그랬듯 동료들은 몬스터인 그녀를 경계했다.

"자, 잠깐, 다들, 얘는……!"

"떨어지세요, 벨 님! 대체 무슨 생각을 하시는 거예요?!"

오른손의 핸드보건(handbow gun)을 겨눈 릴리가 변명을 가로막으며 날카로운 고함을 질렀다. 밤색 눈동자에는 비난과 혼란의 기색만이 있었다.

"얼굴만 예쁘다고 데려온 거예요?!"

"그, 그게 아니……?!"

"이래선 '괴물 취향'이라고 의심을 받아도 할 말이 없잖아요!!"

'괴물 취향'.

말 그대로 하피와 라미아를 비롯한 인간형 몬스터에게 욕정을 일으키는 이상성벽이나 그런 사람을 가리키는 말로, 하계에서는 가장 심한 욕설 중 하나다. 다시 말해 그만큼 몬스터는 인류에게 기피를 산다.

"벨 님, 몬스터는 몬스터예요!! 테임(조련)을 했다면 모를까 괜한 정 품지 마세요! 몬스터는—— 인류의 적이에요!!"

이처럼 릴리의 여유 없는 발언이 벨프와 미코토 씨의 반응을, 지금의 상황을 모두 설명해주고 있었다.

한데 어울릴 수 없는 인간과 괴물의 관계. 지극히 당연한 주장.

아득한 '고대'에는 우리의 선조를 멸망의 위기로까지 몰아넣었고 오늘날까지 서로 목숨을 빼앗는 싸움을 되풀이하는 몬스터는 공존이 불가능한 존재다.

경계를 늦추지 않는 벨프와 미코토 씨를 대신해 릴리가 필사적으로 나에게 호소했다.

"개나 고양이가 아니에요!! 벨 님, 얼른 거기서 떨어지세요!!"

"벨."

"벨 공."

부이브르 소녀를 감싸는 나에게 무기를 겨누며 릴리가 경고하고, 벨프도, 미코토 씨도 말을 걸었다. 폭력에 익숙하지 않은 하루히메 씨만이 아무것도 못하고 시선을 이리 저리 돌릴 뿐이었다. 처음 보는 동료들의 험악한 분위기에 아무것도 못한 채, 그래도 등 뒤에 있는 그녀에게서는 비키려고 하지 않자.

동료들에게 겁을 먹었던 이형의 소녀가, 그때 문득 무언가를 알아차린 것처럼 내 얼굴을 올려다보았다.

"……벨?"

입술을 열고 그녀가 말을 한 순간 동료들이 경악했다.

"어, 으, 응…… 내, 이름."

"이름……?"

"그, 그래. 나는 벨."

"벨…… 벨은 이름…… 이름은, 벨?"

릴리와 동료들이 나를 부르던 호칭을 곱씹듯 그녀는 내 이름을 되풀이했다.

그리고 몬스터가 말을 한다는 현상을 직접 보고 릴리, 벨프, 미코토 씨, 하루히메 씨는 아연실색했다.

경계심도 잊고, 그녀를 바라보기만 했다.

"벨, 벨."

이름을 이해했는지, 그녀는 한 손으로 내 손가락을 꼬옥 쥐었다.

마치 의지할 것이 이것밖에 없다는 것처럼.

"몬스터가…… 말을 했습니다."

"장난이지……?"

미코토 씨와 벨프가 멍하니 중얼거렸다.

두 사람의 손이 칼자루에서 슬쩍 떨어졌다. 괴물에게는 있을 수 없을 정도로 약하고 덧없는 모습에 망설임이 생긴 것이다.

"벨, 님…… 그분과, 무슨 일이 있었사옵니까……?"

목소리를 떨면서도 이야기를 들으려 해주는 하루히메 씨의 용기와 자상함에 감사했다.

"19계층에서, 얘를 발견했어요. 부상을 입어서…… 모험자에게도, 몬스터에게도 공격을 당해서…… 떨면서, 울고 있었어요."

그래서 데려왔다고, 더듬거리며 설명했다.

힘이 잘 들어가지 않는 가느다란 다리, 온갖 감정에 흔들리는 호박색 두 눈.

수많은 것들에 겁을 먹고 나에게 매달리는 그녀를 보며 벨프와 미코토 씨, 하루히메 씨는 입을 다물었다.

"난…… 얘를 도와주고 싶어."

내 바람을 말하자, 조금 전부터 동요하던 릴리는 고개를 힘없이 좌우로 가로저었다.

"……몬스터를 보호한다는 사실이 알려졌다간 【헤스티아 파밀리아】는 끝장이에요……."

파벌의 단장이라는 입장에 괴로워하면서, 그래도 모두에게 한껏 사과하며, 나는 내 자신의 이기심을── 속내를 털어놓았다.

"그래도, 내버려 두고 싶지는 않아."

처량한 표정을 지으면서도 눈을 돌리지 않는 나에게 릴리는 질끈 입술을 깨물었다.

이윽고, 릴리는 마치 예전의 자신을 겹쳐보듯 부이브르 소녀를 바라보았다. 나와 헤스티아 님에게 도움을 받았던 당시의 기억을 떠올리는지—— 마침내 두 어깨를 축 늘어뜨렸다.

"몰라요, 맘대로 하세요……."

릴리가 오른손의 핸드보건을 내렸다.

벨프와 미코토 씨도 무기에서 손을 떼고 말없이 임전태세를 풀었다.

험악한 분위기가 사라져 부이브르 소녀가 조심스레 나와 모두를 둘러본다.

쭈뼛거리는 하루히메 씨를 중심으로 흐르는 당혹감의 공기. 모두가 어떻게 해야 좋을지 알 수 없어 움직이지를 못했다.

【파밀리아】에 엄청난 폐를 끼쳤다는 사실을 걱정하면서도 나는 결심을 하고 자신의 생각을 말했다.

"던전에 있으면 이 아이는 모험자와 몬스터에게 공격을 당해……. 홈에 데려가고 싶어. 그리고 주신님께도 여쭤보고 싶어."

보호라는 목적 외에도, 이 이형의 소녀는 무엇인지 헤스티아 님께 의견을 구하고 싶었다. 혹은 가르침을 받았으면

했다.

내가 그렇게 말하자 벨프, 미코토 씨, 하루히메 씨는 반대하지 않았다. 자신도 모르게 쓴웃음을 짓거나, 혹은 뻣뻣한 움직임으로 고개를 끄덕였다.

마지막으로 릴리는 혼자 크게 한숨을 내쉬었다.

"지상에는 밤에나 올라가야겠네요. 조금이라도 모험자들이 없는 시간대에…… 사람의 이목이 없을 때를 노려서 바벨을 빠져나가야 해요."

무슨 일이 있어도 몬스터를 보호한다는 사실이 들통 나선 안 된다. 지상에 돌아간 모험자들이 술독에 빠지는 시간대를 노려 귀환하는 편이 현명하다. 릴리는 참모의 입장에서 그렇게 조언해주었다.

내 막무가내를 들어주고, 거기에 힘까지 빌려주는 서포터에게 고개를 들 수 없을 것 같았다.

"릴리, 미안해…… 고마워."

"……그만 됐어요. 네, 그렇고말고요. 아무리 말도 안 되는 소릴 들은들 릴리도 벨 님을 저버리거나 할 수는 없으니까요!"

어딘가 토라진 어조로 릴리는 얼굴을 붉히며 고개를 돌렸다. 미안하다고 생각하면서도 기쁜 마음이 앞서고 말았다. 릴리가 해준 말에 가슴속이 고마움으로 넘쳐났다.

어딘가 어색했던 벨프와 미코토 씨도 릴리의 그런 모습에 여느 때와 같은 웃음을 지었다.

"지상……?"

"응. 우리 집으로 가자."

벨프와 하루히메 씨가 웃는 바람에 릴리가 새빨개진 얼굴로 화를 내는 동안, 불안한 듯 손가락을 쥐고 있던 그녀에게 웃음을 지어주었다. 아름다운 부이브르는 나를 빤히 올려다보더니 살짝 웃었다.

포옥 소리와 함께 내 목덜미에 얼굴을 묻는다.

조금 당황하면서도 조그만 몸을 받아준 나는 천천히 머리 위를 올려다보았다.

숲 속 공터에서 올려다보는 계층 천장은 엄청난 수의 푸른색과 흰색 수정이 숨을 죽이며 '밤'이 찾아왔음을 알리려 했다.

🔥

어둠에 휩싸인 백대리석 거탑.

미궁도시의 중심에서 하늘 높이 우뚝 솟은 '바벨', 그리고 센트럴 파크는 밤을 맞아 한산해지기 시작했다. 그 대신 곳곳에서는 주점을 중심으로 소란스러운 소리가 넘쳐나고 형형색색의 마석등이 빛을 뿜어냈다.

어둠이 깊어져도 도시의 기세는 쇠하질 않았다. 번화가는 활기를 띠었으며 복구의 전망이 보이기 시작하는 환락가는 색욕에 빠져든다. 주점이 처마를 맞대고 늘어선 변두리의 길가에서는 술에 취한 여자들과 신들이 마치 연회처럼 춤을 추고 있었다. 떠들썩한 소란에 가득 찬 혼돈스러운 거리를 에워싼 견고한 시벽은 오늘도 이들을 조용히 내려다본다.

탐색을 마친 모험자들이 시내에 뿔뿔이 흩어져 도시 전체가 활기를 띤 그런 가운데, 또 하나의 파티가 던전에서 뒤늦게 귀환했다.

백발 휴먼을 중심으로 한 6인조 파티는 인적이 뜸한 나선계단을 나아가 '바벨' 지하 1층의 홀에 도달했다.

빠른 걸음으로 떠나가는 그들을── 홀 천장화의 아름다운 창공이 내려다본다.

그리고 천장화의 한구석에 박힌 아주 조그만 청옥이 희미한 빛을 뿜어냈다.

"──위험하게 됐는걸, 우라노스."

어둠 속에 목소리가 울려 퍼졌다.

신전을 방불케 하는 석조 홀.

유일한 광원인 네 개의 횃불이 타닥타닥 소리를 내며 어둠 일부를 가르는 가운데, 좌대 위에 놓인 수정을 보며 말하는 자가 있었다.

피부를 전혀 드러내지 않은, 온몸을 흑의로 감싼 수수께끼의 인물. 두 손에는 복잡한 문양이 새겨진 칠흑색 장갑까지 끼고 있어, 말하자면 그림자가 인간의 형태를 띤 것 같았다.

성별조차 확실치 않은 흑의인물은 좌대 위의 수정을 내려다보며 말을 이었다.

"지성을 가진 몬스터가 모험자들과 접촉했어. 지금 '바벨'을 나가는군."

수정에는 '바벨' 지하 1층—— 천장화의 청옥을 통해 본 광경이 비쳤다.

청수정에는 휴먼 소년, 그리고 살라만더 로브에 감싸인 소녀가 보였다.

흑의인물은 소년에게 바짝 달라붙은 소녀를 분명히 '몬스터'라고 단언했다.

그가 수정의 광경을 관찰하는 한편, 네 개의 횃불 한복판에서 무거운 목소리가 울려 퍼졌다.

"연행하는 것인가?"

"아니, 글쎄……. 수정 너머로 보기엔 보호하는 것 같은데."

횃불 불빛을 받아 어둠 속에서 드러난 것은 거대한 노신이었다.

2M을 가뿐히 넘는 거구에 로브를 걸친 남신은 조각상과도 같은 표정을 바꾸지 않은 채 거듭 물었다.

"그 모험자란 누구인가, 펠즈."

펠즈라 불린 흑의인물이 대답했다.

"벨 크라넬. 【헤스티아 파밀리아】야."

수정에 비친 것은 백발에 루벨라이트색 눈동자.

전해 들은 내용에 노신은 푸른 눈을 가늘게 떴다.

"도시를 뒤흔드는 리틀 루키…… 헤르메스가 아끼는 친구로군."

"어떡할까, 우라노스."

흑의인물이 지시를 구하자, 노신은 조용히 눈을 감더니, 눈을 뜨는 것과 함께 대답했다.

"……지켜보지."

"그래도 괜찮을까? 【헤스티아 파밀리아】는 좋은 의미로도 나쁜 의미로도 도시에서 너무 주목을 끌고 있어. 무슨 일이라도 일어나면 그 후에는……."

"헤스티아의 권속이니, 우리가 추적하는 예의 그 '헌터'들은 절대 아닐 터. 무엇보다……."

신의 눈은 좌대에 놓인 수정 너머의 소년을 바라보고 있었다.

"가늠해보고 싶다. 헤스티아의 권속들이 무언가 변화를 가져다줄지…… '그들'에게 희망이 될지 아닐지를."

침묵 끝에 흑의인물이 고개를 끄덕이는 기색을 보였다.

"알았어, 우라노스. 네 신의에 따르지."

파직, 횃불이 불똥을 튀겼다.

"'눈'을 풀도록. 벨 크라넬 일행, 그리고 몬스터 소녀를 감시하라."

"그래."

조용한 석조 홀 안에서.

몸을 돌린 흑의인물이 어둠 너머로 모습을 감추었다.

2장 용 소녀가 있는 일상

uzuhito Yasuda

지상으로 귀환한 것은 심야로 접어들려 하는 시간대였다.

릴리의 의도대로 완전히 인적이 뜸해진 '바벨', 센트럴 파크를 어둠을 틈타 빠져나가 뒷골목처럼 이목을 끌지 않는 길을 거쳐 홈으로 향했다.

북적거리는 주점과 길을 오가는 사람들—— 범람하는 도시 전체의 소란과 빛에 부이브르 소녀가 몇 번이나 펄쩍펄쩍 뛰며 경악하는 가운데 우리는 무사히 '화덕관'에 도달했다.

"벨 님은 여기서 기다리세요. 먼저 미아흐 님네 분들을 돌려보내야 하니까."

나와 부이브르 소녀에게 홈 뒷문 부근에서 대기하도록 지시하고 릴리와 다른 동료들이 먼저 저택에 들어갔다.

오늘은 우리가 던전 탐색을 하는 동안 【미아흐 파밀리아】가 저택을 지켜주기로 했다. 미아흐 님은 그렇다 쳐도 시앙스로프 나자 씨, 새 단원 다프네 씨와 카산드라 씨가 이 아이를 보았다간——동료들이 그랬듯——분명 소동이 일어날 것이다. 친하게 지내는 파벌이라고는 해도 그녀에 대해서는 함부로 알리지 않는 편이 좋겠다는 릴리와 벨프의 의견에 따르기로 했다.

살라만더 울 너머로 내게 매달리는 그녀와 함께 어두운 그림자 속에 숨어 있으려니…… 잠시 후 정문 쪽에서 미아흐 님네가 돌아가는 기척이 느껴졌다.

곧 뒷문에서 미코토 씨와 하루히메 씨가 뛰어와 우리를

맞아주었다.

"벨 공, 헤스티아 님께 설명은……."

"……제가 할게요. 제가 하겠어요."

"괜찮으시겠나이니까……?"

철책을 지나 뒤뜰을 가로지르면서 미코토 씨와 하루히메 씨가 걱정스레 말을 걸었다.

두 사람이 그녀에게서 한 발짝 떨어져 따라오는 동안, 나는 스스로 초래한 일이라고 마음을 굳게 먹었다. 다리가 이미 자연스레 치유되고 있는 부이브르 소녀에게——확실한 '괴물'의 편린에——전율에 가까운 마음을 품으면서 그녀를 지탱하는 손에 힘을 주었다.

"여어, 어서들 오너라."

그리고 저택 거실에 들어가자 주신님이 여느 때처럼 웃음으로 맞아주었다.

"그건 그렇다 쳐도 웬일이냐, 벨? 혼자만 뒷문으로 들어오다니. 미아흐네는 이미 돌아갔단다. 게다가 그 아이는——"

의아하다는 듯 고개를 갸웃하던 주신님의 말이 갑자기 뚝 끊겼다. 나와 다른 모든 권속들이 입을 굳게 다물고 긴박감을 풍기는 가운데 푸른 눈을 크게 뜬다.

내 곁에 있던, 로브로 몸을 감춘 그녀만을 바라보며 얼어붙은 시간을 보냈다.

"——벨. **무엇이냐**, 그것은."

날카로운 표정으로 돌변한 주신님은 '누구'라고 하지 않고 '무엇'이냐고 물었다.

나는 압도당하면서도, 말없이 그녀가 쓰고 있던 후드를 벗겼다.

"헉……!!"

청백색 피부, 호박색 눈, 그리고 이마에 박힌 가넷과도 비슷한 붉은 돌.

괴물의 용모를 드러낸 이형의 소녀에게 헤스티아 님은 숨을 멈추었다.

자신보다도 조그만 여신에게 부이브르 소녀 또한 겁을 먹고 내 몸에 가녀린 팔을 감았다.

"……이야기를 들려다오."

권속들이 지켜보는 가운데, 크게 숨을 토해낸 주신님은 진지한 표정으로 말씀하셨다.

거실에서 나는 주신님께 상황의 경위를 들려드렸다.

릴리와 벨프, 미코토 씨, 하루히메 씨가 각각 원탁을 에워싸고, 나도 그녀와 나란히 앉았다. 조용한 표정으로 이야기에 귀를 기울이며 주신님은 시종 말이 없었다.

"……어떻게 하시겠어요, 헤스티아 님?"

대충 이야기를 마친 타이밍에 릴리가 주신님에게 【파밀리아】 전체의 판단을 구했다.

부이브르 소녀가 내 오른팔에 매달려 떨어지지 않는 가운데, 팔짱을 끼고 깊이 생각에 잠겼던 주신님은 감았던 눈을 천천히 떴다.

"……이 일은 누구에게도 말하지 말아다오. 한동안 지켜보도록 하자."

우리, 그리고 이형의 소녀를 둘러보며 주신님은 그렇게 말씀하셨다.

"까놓고 말하자면, 나도 이 사태를 어떻게 받아들여야 좋을지 모르겠다. 이런 일이 다 있다니……."

시선을 받아 겁을 먹은 그녀를 주신님은 빤히 바라보았다.

말을 하는 몬스터. 원래의 존재와 상반되는 '괴물'.

전지한 존재인 신에게도 '미지'라는 말에 동료들은 일제히 굳은 표정을 지었다.

"몬스터는 하계 주민의, 너희의 적……. 다투지 않고서는 있을 수 없는 존재라는 점은 나도 안다. 하지만 이렇게까지 두려워하는데 어떻게 버릴 수 있겠느냐."

"그러면……."

"그래. 이 아이는 한동안 보호하도록 하자."

탄원하는 이를 비호하는 여신님의 자애.

어떤 아이에게도 손을 내밀어주고 정을 베풀어주시는 주신님의 자비에 나는 진심으로 안도했다. 주신님의 결정에 릴리를 비롯한 다른 동료들은 탄식과 쓴웃음 등 저마다 다른 표정을 보였지만, 이의를 제기하지는 않았다.

의자에서 내려와 오종종 부이브르 소녀 앞까지 온 주신님은 복잡한 감정을 숨기지 않고, 그래도 부드럽게 미소를 지었다.

"너, 이름은 있느냐?"

"……이름?"

내게 한층 몸을 기대며, 주신님에게 질문을 받은 그녀는 의아한 표정을 지었다.

"……벨?"

"아니, 그건 내 이름……."

은청색 장발을 찰랑거리며 고개를 갸웃하는 그녀에게 나는 삐질삐질 땀을 흘렸다.

"내, 이름? ……몰라."

더듬거리면서도 입에 담은 말에——처음 듣는 제대로 된 목소리에——릴리와 동료들이 새삼 놀라 숨을 멈추는 가운데 그녀는 시선을 바닥에 떨구었다.

역시 이름은 없구나.

'부이브르'란 인류가 규정한 몬스터의 호칭이며, 그녀 자신의 이름은 존재하지 않는다.

부모도 아무도 없는, 넓은 미궁 안에서 외톨이였던 시점에서 예상은 했지만…….

"벨, 그냥 네가 정해라."

"뭐, 뭐어?!"

"그래, 벨프 군의 말이 옳다. 주워 왔다고 하긴 뭣하지만 이 아이를 구했으니, 벨 네가 대부가 되어줘야지."

그럴 수가……!

벨프와 주신님의 발언을 시작으로 릴리도 미코토 씨도 하루히메 씨도 맡기겠다는 양 정관의 자세를 취했다.

크게 당황하는 나를 바라보며 벨프는 이미 재미나다는 표정을 짓고, 부이브르 소녀만 어리둥절한 얼굴을 했다.

채, 책임이 막대해……! 이 아이에게 평생 따라다닐 이름을 지어줘야 한다니!

어쩌다 이렇게 됐느냐고 혼란스러워하면서도, 곁에서 빠안히 올려다보는 호박색 눈을 돌아보고 필사적으로 생각을 굴렸다.

부이브르, 드래곤, 여자아이, 보석, 가넷, 푸른색과 은색, 호박색 눈동자…….

언뜻 본 외견의 특징을 모조리 열거해봤지만—— 아무것도 떠오르질 않아!!

땀을 뻘뻘 흘리고 눈을 빙글빙글 돌리며 고민하던 나는, 모두에게 빨리 하라고 재촉을 받을 만큼 시간을 들인 후…… 떨리는 입을 열었다.

"부이…… 비……'빌리지네'?"

내게서는 나오지 않을 것 같은 자못 거창한 이름에 주신님을 비롯한 모두가 "응?" 하고 나란히 고개를 갸웃했다.

"저어, 벨 님…… 그 이름은 혹시 정령님이 나오는 영웅담의……?"

윽…… 들켰다.

이름이 영웅담에서 인용했다는 것을, 나와 마찬가지로

옛날이야기를 좋아하는 하루히메 씨에게 금세 간파당했다.

빛의 날개를 가진 정령이 등장하는 '메리지네(이종혼인담)'.
이야기와 같은 이름을 가진 빛의 정령 룩스가 자신을 도와
준 영웅을 좋아하게 되어, 인간으로 둔갑해 마음을 이루려
한다는 이야기다. 자신의 목욕을 보아서는 안 된다고 타일
렀지만 약속을 어긴 영웅에게 빛의 날개를 펼친 정령 본래
의 모습을 들키는 바람에…… 그 후에는 한번 이별했다가,
마을에서 날뛰는 용을 함께 퇴치하기도 한다.

어렸을 때 매우 좋아했던 메리지네와 부이브르를 합쳐
서…… 빌리지네.

너무 안이했나?

"벨 님 생각치고는 뭐, 괜찮은 이름 같네요. 너무 멋을
부렸지만."

"하지만 길잖아. 멋 부렸고."

"음, 그럼 줄여서 비네 군이라고 부르면 어떻겠느냐! 멋
부리지 않았지!"

"오오. 좋은 생각입니다, 헤스티아 님. 그거라면 멋 부렸
다는 느낌도 없군요."

릴리, 벨프, 주신님, 미코토 씨가 저마다 제멋대로 떠들
어댄 끝에 기각해버리는 바람에 고개를 축 늘어뜨리는 나.
흠칫 눈치를 챈 미코토 씨와 당황한 하루히메 씨에게 "비,
빌리지네 님도 좋은 이름이옵니다!"라고 위로를 받았지만
연상의 다정함에 가슴이 미어졌다.

하지만 '비네'라…… 정말 이쪽이 나을지도?

"비네……? 내, 이름?"

"으, 응. 어때?"

내 팔에 안긴 채 천진난만한 목소리로 묻는 그녀에게 확인을 구하자,

부이브르 소녀는, 조용히 미소를 지었다.

"비네…… 난, 비네."

기뻐하며 활짝 웃는 그녀── 아니, 비네에게 모두가, 주신님마저 눈길을 빼앗겼다.

아름다운 용모에서 흘러나온, 그 누구에게도 물들지 않은 무구한 웃음.

종족의 벽, 그리고 인간과 '괴물'의 벽을 넘어 우리는 분명 이 이형의 소녀에게 반해버렸다.

"벨, 베엘."

기쁨을 드러내듯 비네는 내 팔을 놓더니 방어구를 벗은 가슴에 뺨을 비벼댔다. 팔이 저절로 움직여 그 몸을 받아주고, 할 말을 잃어버렸다. 온기를 띤 온갖 감정이 마음속에서 떠올랐다가는 가라앉는다.

"……어흠!"

그런 우리를 잠자코 지켜보던 주신님이 헛기침을 하더니 분위기를 다잡듯 입을 열었다.

"그러면 정식으로── 반갑다, 비네 군! 나는 헤스티아, 이 아이들의 주신님이다! 오늘부터 우리와 공동생활을 할

테니 잘 부탁한다!"

눈앞에서 가슴을 펴고 주신님은 씩씩하게 말했다.

생글생글 손을 내미는 헤스티아 님에게, 비네는 내 품에서 흘끔 시선을 보냈다.

"……벨의, 주신님?"

짧게 중얼거리고, 주신님과 한순간 눈을 마주하는가 싶었더니—— 잽싸게 내 품에 다시 얼굴을 묻는다.

"어라."

갈 곳을 잃은 헤스티아 님의 손이 휘청 꺾이는 것을 보고, 아무리 신이라 해도 쉽게는 마음을 터놓지 않는 모양이라며 나와 하루히메 씨는 쓴웃음을 짓고 말았다.

"……그보다도 언제까지 안겨 있을 건가요, 벨 님? 몬스터라도 여성분에게 안겨 있으면 역시 기분이 좋아요?"

"엑."

"웃?! 그 말이 맞다, 벨! 떨어지거라! 완전히 얼굴이 풀어져서는! 칠칠맞구나!"

"푸, 풀어지지 않았어요!"

갑자기 시작된 릴리와 주신님의 비난 폭풍. 있는 말 없는 말로 중상을 당해 황급히 되받아쳤지만 비네가 떨어지질 않는다는 변명은 아무도 들어주지 않았다. 벨프와 미코토 씨가 못 말리겠다며 웃고, 하루히메 씨는 갈팡질팡했다.

완전히 분위기가 화기애애해져버린 가운데, 새삼스레 비네의 몸이 부드럽다는 데 부끄러움을 느낀 나는 새빨개진 얼굴로 처량맞은 소리를 지를 수밖에 없었다.

　그 후.

　내가 쩔쩔 매며 주신님과 릴리와 아웅다웅하는 동안 비네는 지쳤는지 내 품안에서 조용한 숨소리를 내며 잠들어 버렸다.

　아무도 같은 편이 없었던 던전을 이리저리 도망치면서 피로와 불안은 정점을 넘었을 것이다. 깊은 잠에 빠져, 기댈 곳을 찾듯 내 몸에 안긴 채 절대 놓아주려 하질 않았다.

　주신님과 동료들이 어떻게든 떼어놓으려 해도 강한 힘으로——용의 힘으로——갈비뼈가 으스러져라 부둥켜안아 나는 비명을 질렀다.

　어쩔 수 없이 나는 이 아이와 밤을 지새우게 되었다. 주신님과 릴리가 "무슨 잘못이라도 저질렀다간 가만 두지 않겠다!"라든가 "인간의 길을 벗어나지 마세요!" 같은 말과 얼음마저 얼 것 같은 시선으로 연산 못을 박는 바람에 몇 번이나 고개를 끄덕여야 하긴 했지만.

　거실의 소파 위에서 하루히메 씨가 가져다준 얇은 이불을 쓰고, 둘이 함께 누웠다.

　'……그래도 결국, 다들 모였네.'

　마석등을 끈 거실에는 나 말고도 모두가 모여 다른 소파나 바닥에 드러누워 있었다.

　내버려 둘 수 없다는 양 주신님이 이불을 끌고 온 것을 시작으로 릴리와 미코토 씨, 하루히메 씨, 벨프까지도 잠자리 준비를 하고 지금에 이르렀다.

내가 그렇게 신용이 없는 건가…….

"……."

벽에 기대 앉아 눈을 감은 벨프는 대도를 끌어안고 있었다.

미코토 씨도 그랬다. 바닥에 이불을 깔고 하루히메 씨와 함께 자면서 곁에는 자웅쌍검 중 하나인 단검을 놓아두었다. 릴리도 핸드보건을 놓지 않았다.

그 무기가 무엇을 의미하는지, 누구를 겨누는지는 나도 잘 안다.

나를 신용하지 않을 뿐만 아니라, 아직 모두들 이 아이를…….

어두운 거실에서 동료들의 얕은 숨소리를 들으며 품안을 내려다보았다.

이마의 붉은 돌을 요사스럽게 빛내는 여자아이는 무방비하고 천진난만한 얼굴로 자고 있었다.

'정말로 뭘까, 얘는…….'

살라만더 울을 입은 채 인간의 품에서 잠을 자는 부이브르 소녀에게 의문이 끊이질 않았다.

로브 틈으로 엿보이는 말라붙은 핏자국과 청백색 피부에서 떠도는 쇠 냄새에 아무것도 느끼지 못했다면 거짓말이리라. 앞으로 어떻게 될까 하는 미래에 대한 걱정도 있었다.

입을 다문 채 생각에 잠겨 있으려니…… 곧 눈꺼풀에서 힘이 빠져나가는 것을 알 수 있었다.

이런저런 일이 있어 나도 지쳤는지, 밀려드는 수마에는 금세 굴복하고 말았다.

——일단 날이 밝으면 목욕부터 시켜줘야겠다.

잠에 빠져들기 직전, 나는 그런 생각을 했다.

"비네 군에 관한 정보가 필요하겠구나."

이튿날 아침.

대식당의 식탁, 아침식사 자리에서 헤스티아가 말을 꺼냈다.

"앞으로의 방침을 결정하려 해도 이 아이에 관해 좀 더 안 다음에 결정해야 할 게다. 그녀와 같은 존재가 달리 또 있는지, 지금 던전에서 무슨 일이 일어나는지…… 그걸 알고 싶다."

잠이 덜 깬 비네가 떨어지려 하질 않아 벨과 그녀만이 아침을 먹지 못하는 가운데, 헤스티아는 권속들에게 '말하는 몬스터'의 정보수집을 명령했다.

"정보가 필요하다고 남에게 서툴게 캐묻고 다니는 짓은 절대 금물이다. 우리가 비네 군…… 몬스터를 보호한다는 사실은 절대 알려져선 안 된다."

비네의 존재는 물론이고, 테임되지 않은 몬스터가 도시에 있다는 사실은 쓸데없는 혼란을 초래한다. 들통이 나지 않도록, 어제 릴리가 말했듯 권속들에게 엄명을 내렸다.

"나도 알아볼 테니, 오늘부터 잘 부탁한다."

"미궁탐색은 당분간 미뤄야겠구만."

"그렇겠네요. 참고로 벨 님이랑 하루히메 님, 그리고 미코토 님도 믿을 수 있는 사람 외에는 접촉을 삼가세요. 좋은 꼴 못 볼 테니까."

"""네, 네에……."""

헤스티아와 벨프에 이어 마지막으로 릴리가 벨과 하루히메, 미코토에게 엄중히 주의를 주었다.

거짓말이 서툴다기보다는 무언가를 숨길 수 없는 성격을 지적받아 세 사람은 나란히 몸을 움츠렸다. 그런 권속들의 대화에 웃음을 지으며 헤스티아는 의자에서 일어났다.

"부디 주의해주기 바란다. 그러면 부탁한다."

햇빛이 쨍쨍 내리쪼이는 아침과 낮의 중간 시간대.

오늘도 상공은 온통 푸른색이었다. 모험자들이 대로를 경유해 도시 중앙의 던전으로 우르르 몰려가는 가운데, 노동자들은 저마다 일에 힘을 쏟았다.

"할 이야기라는 게 뭐야? 또~ 일 땡땡이치려는 구실은 아니겠지?"

"나, 나도 꽤 열심히 하고 있단 말이다. 이젠 재평가를 좀 해줘, 헤파이스토스!!"

'바벨' 4층, 【헤파이스토스 파밀리아】의 점포.

일등급 무구를 취급하는 【헤파이스토스 파밀리아】의 고급 지점에서 여느 때처럼 아르바이트를 하러 출근한 헤스티아는 친구 헤파이스토스와 단둘이 대면했다. 마침 지점 시찰을 나온 그녀를 붙잡아다 할 이야기가 있다고 애원했던 것이다.

"그래서, 뭔데? 사람들까지 물려놓고 이상한 이야기 꺼낼 거면 냉큼 돌아가겠어."

안내를 받은 곳은 가게 안쪽에 있는 상담실이었다. 직장의 소란이 두꺼운 벽에 가로막혀 완전히 들리지 않는 곳에서, 헤파이스토스는 팔짱을 끼며 눈을 흘겼다.

처음 들어온 방을 신기하게 둘러보던 헤스티아는 찬장에 장식된 장검에 다가가, 검신에 반사되는 자신의 얼굴, 그리고 등 뒤에 있는 절친신을 보았다.

"말을 하는 몬스터 얘기 혹시 들어본 적 있어, 헤파이스토스?"

"그게 뭐야? 내가 어떻게 알아."

"그렇겠지……?"

어이없다는 표정을 짓는 헤파이스토스의 대답에 자신의 팔을 문지른다.

가게 제복인 붉은색 의상을 팔랑거리며 헤스티아는 천

천히 돌아보았다.

"만약, 말하는 몬스터가 있다면…… 어떻게 하겠어?"

"……자세히 좀 말해봐."

헤스티아의 진지한 표정을 보고 헤파이스토스는 안대를 하지 않은 왼쪽 눈을 가늘게 떴다.

"말하는, 몬스터……."

북서쪽과 서쪽 대로 사이에 낀 제7구역, '푸른 약포'.

어스름한 골목길 안쪽 후미진 장소에 위치한 【미아흐 파밀리아】의 홈 객실에는 주신인 미아흐, 타케미카즈치, 그리고 미코토가 있었다.

"정말로 말을 하더냐, 몬스터가? 의사소통이 되더냐?"

"예…… 어젯밤부터, 홈에서 보호하고 있습니다."

공교롭게도 '바벨'에 있던 대장장이 신과 비슷한 반응을 보인 타케미카즈치에게 미코토는 무겁게 고개를 끄덕였다.

정보수집을 위해 미아흐와 타케미카즈치처럼 신뢰할 수 있는 신물에게라면 상담을 해도 좋다고 허락을 받은 미코토는 이곳을 찾아왔다. 반대로 신뢰할 수 있더라도 하계 사람에게는 말을 해서는 안 된다는 말도 들었다.

오우카와 치구사 같은 옛 동료들은 미궁탐색을, 나자를 비롯한 【미아흐 파밀리아】 멤버들은 약품 원재료 채집을 나간 사이에 미코토는 한자리에 모인 두 남신에게 부이브르 소녀에 관해 털어놓았다.

"어젯밤 그대들의 분위기가 어딘가 이상했던 것이 그 때문이었군⋯⋯."

'화덕관'에서 미코토를 비롯한 【헤스티아 파밀리아】 권속들의 어색한 거동을 봤던 미아흐는 이해했다는 듯 고개를 끄덕였다.

"타케미카즈치 님, 미아흐 님, 무언가 짐작 가는 바가 없으신지요?"

"아니, 말을 하는 몬스터라니⋯⋯ 나도 처음 들어보았다. 솔직히 당혹스럽구나."

"응, 좀처럼 믿기 힘든걸. ⋯⋯하지만."

미코토도 처음 볼 정도로 곤혹스러워하는 표정을 지은 타케미카즈치에 이어 미아흐가 말을 계속했다.

"하계의 가능성은 이따금 우리 신들도 내다볼 수 없는 '미지'를 가져오지⋯⋯. 이번에도 던전에서 무언가가 일어난 건지도 모르겠는걸."

긴 군청색 장발을 출렁거리며 말하는 미아흐에게 미코토는 입을 다문 채 잠자코 귀를 기울였다.

그런 그녀의 옆얼굴을 보며 타케미카즈치가 물었다.

"너는 어떻게 생각하느냐, 미코토? 그 말하는 몬스터를."

"⋯⋯모르겠습니다."

미코토는 힘없이 고개를 가로저으며 솔직히 대답했다.

"비네⋯⋯ 공이 다른 몬스터와 다르다는 사실은 알겠사오나⋯⋯ 어떻게 대해야 좋을지 망설여집니다."

그리고 입술을 떨며 말을 이었다.

"저도 모르게, 그녀가 이상한 짓을 저지르지는 않을지 일거수일투족을 감시하곤 합니다……. 무슨 일이 일어나면 금방 대처할 수 있도록."

"……."

"긴장이 풀리질 않습니다. 그녀를…… 두려워하게 됩니다."

그렇게 말한 미코토는 눈을 내리깔았다.

그녀를 걱정스레 쳐다보는 미아흐의 곁에서, 타케미카즈치는 각지게 깎은 머리를 긁적거렸다.

"뭐, 그게 당연한 반응이겠지……."

잘못된 것은 아니라고, 그런 말을 들은 미코토는 아무 대답도 못한 채 고개를 숙이고만 있었다.

길드 본부 로비.

이미 많은 모험자가 던전으로 들어가 인파도 줄기 시작한 시간대, 벨프는 대리석 홀을 적당히 돌아다니고 있었다.

모험자가 모인 곳에 은근슬쩍 다가가서는 귀를 기울인다. 별 근거도 없이 나도는 소문 속에도 이따금 보물의 열쇠가 묻혀있다는 것은 신참 스미스 시절부터 고생을 겪었던 벨프의 경험에서 비롯된 지식이었다. 【랭크 업】한 【스테이터스】 덕에 하급 모험자 이상으로 강화된 청각을 최대한 이용해 자신이 원하는 정보를 찾아보았다. 물론 모험자와 길드 직원에게 직접 물어보는 어리석은 짓은 하지 않는다.

이번에는 검은색 키나가시와 등의 대도를 출렁거리며 로비 한구석으로 향했다.

공식 정보가 모여드는 거대 게시판 앞에는 모험자의 인파, 그리고 갱신된 정보지를 새로이 붙이는 길드 직원 몇 명이 있었다.

"──야, 들었어? 장비 훔쳐 가는 몬스터 얘기."

"그래. 마침내 '중층'에서도 나타났다며?"

"리빌라 놈들, 아주 호되게 당했다고 엄청 흥분하면서 떠들어대던데."

갑자기 들려오는 모험자들의 술렁임. 동시에 눈에 들어오는 양피지 한 장.

그곳에 그려진 것은 검과 갑옷을 장비한 몬스터의 그림이었다.

"……에이, 설마."

그렇게 말하면서도 벨프의 얼굴에서 딱딱한 기운이 떨어져나갈 기미는 없었다.

"이거 참 미인이네…… 엘프 아가씨, 우리한테 술 한 잔 따라주지 않겠어?"

"곤란한 일이 있으면 상담해보라고…… 히히히."

뒤집어쓴 후드 속에서 금발과 뾰족한 귀를 드러낸 어린 엘프 소녀── 변신마법 【신다 엘라】를 사용한 릴리는 남자들의 천박한 목소리를 무시하고 햇빛이 닿지 않는 지하의 가게 안을 가로지르고 있었다.

북서쪽 메인 스트리트, '모험자 거리'.

대로변의 무기상이며 아이템 숍 사이에 숨은 지저분한 주점 하나가 있었다. 목조 건물의 문 위에 파벌 휘장을 걸어놓은 것을 보면 이곳은 주점을 경영하는 【파밀리아】다.

이런 파벌은 대개 일반인 혹은 익명의 의뢰인에게서, 흔히 말하는 비공식 퀘스트를 알선하거나 정보를 수집해 거래하는 정보꾼으로 영업을 한다. 하는 일이 일인 만큼 손님들끼리도 정보교환이 왕성하다.

이런 식의 주점 【파밀리아】는 도시 여기저기에 몇 군데 존재한다.

'언제 봐도 지저분한 곳이네요……..'

120C도 안 되는 어린아이의 신장인 탓에 변신한 아름다운 용모가 손님들에게 놀림감이 되는 가운데, 도적 시절부터 무슨 일만 있을 때마다 이 주점을 이용했던 릴리는 작은 목소리로 중얼거렸다.

가게 안은 어둡고 누추했다. 벽 한쪽에는 의뢰서 다발이 난잡하게 붙어 있다. 일반인도 부담 없이 이용할 수 있는 대로에 인접한 건물의 1층과는 달리 뒷문의 계단이 아니고선 들어올 수 없는 지하층은 마석등 조명을 낮춰놓아 수상쩍은 분위기를 풍겼다.

맛없을 것 같은 맥주를 마시며 헤실헤실 웃는 앞니 빠진 수인, 번쩍이는 반지와 목걸이를 잔뜩 걸친 아마조네스,

가면을 써서 정체를 숨긴 수수께끼의 인물 등 참으로 사연 있어 보이는 자들이 소파와 테이블에 모여 목소리를 낮추며 밀담을 나눈다.

길드 본부가 표면이라고 한다면 이쪽은 이면이다. 길드와는 달리 뒤가 켕기는 자들도 많이 드나들어, 신빙성이 떨어지는 것들도 포함해 속사정이 있는 정보가 굴러다닌다. 동시에 자칫하면 자신이 가진 카드를 모조리 빼앗겨버리는 마경이기도 하다는 사실을 릴리는 잘 안다.

절대로 벨이 드나들어도 될 만한 곳은 아니었다.

"알브의 청수(清水) 한 잔."

휑뎅그렁한 카운터 자리에 앉은 릴리는 거구의 휴먼 마스터에게 주문을 했다.

영봉(靈峯)이라 불리는 알브 산맥에서 가져온 얼음물──엘프가 선호하는 비주류 음료를 받아 한 모금 마신 다음, 다시 입을 열었다.

"'말하는 몬스터'에 대한 정보는 뭐 없나요?"

"……모르겠는데."

카운터에 놓인 주문표의 대금보다도 많은 액수의 금화를 받아들며 마스터는 눈썹 하나 까딱하지 않고 대답했다. 상대가 어린 소녀라 해도 정보꾼으로서 대가에 걸맞는 사실을 담담히 늘어놓는다.

릴리가 지금 사용한 변신은 보험이다. 무슨 일이 있어도 【헤스티아 파밀리아】가 '말하는 몬스터'의 정보를 뒤쫓는다는 사실을 드러내지 않기 위해.

잔을 묵묵히 닦는 마스터에게, 그렇다면 뭔가 짐작이 가는 손님을 소개해줄 수 없겠느냐고 릴리가 부탁하려던 순간—— 털썩, 옆자리에 앉는 자가 있었다.

"난 아는데, '말하는 몬스터' 정보. 아주 조금이긴 하지만."

가벼운 배틀클로스에 레이스업 부츠. 갈색 피부를 가진 시앙스로프 소녀였다. 릴리와 마스터의 대화를 엿듣고 있었는지 짐승귀를 쫑긋쫑긋 움직이며 천연덕스럽게 웃는다.

릴리는 눈살을 찡그렸다.

"【진흙개 머들】……."

"어라, 내 별명을 알아? 다른 모험자들에게 묻혀서 하나도 유명하지 않을 줄 알았는데…… 근데 나 그 이름 싫어해. 신들도 참 너무하지 않아?"

릴리가 상대의 칭호를 입에 담자 그녀는 의외라는 표정을 짓더니 이내 친숙한 어조로 나불나불 떠들어댔다. 나긋나긋한 두 다리를 꼬고는 주문을 했다.

"마스터, 벌꿀주 한 잔."

【헤르메스 파밀리아】. 그녀의 소속을 속으로 중얼거리면서, 릴리는 아쉬운 소리를 할 때가 아니라고 질문을 건넸다.

"그래서 아까 한 얘기는?"

"음~ 사실은 나 요즘 도박하다가 쪽박 차는 바람에…… 사실은 여기 술값도 좀 불안한데."

상대는 씨익 웃음을 짓더니 손가락으로 동그라미를 그

려 보였다.

릴리는 엘프의 미모를 일그러뜨리며 혀를 찬 다음 금화가 담긴 자루를 카운터에 쾅 내려놓았다.

시앙스로프 소녀는 허리에서 나온 꼬리를 흔들며 자루를 품에 넣고는 기분 좋게 이야기를 시작했다.

"뭐 그렇게 대단한 얘기는 아니지만, 모험자도 없는 던전에서 사람 목소리가 나더라, 하는 말은 전부터 나돌았어. 여러 명이 대화하는 소리가 어디선가 들려오기도 하고, 미궁에 울려 퍼지는 노랫소리가 하층 영역에서 한때 소문이 돌기도 하고…… 그리고, 맞아. 너처럼 그 정보를 원하는 놈들도 있고."

"……"

"다른 놈들은 소문을 곧이곧대로 받아들이지 않는데, 그놈들만은 이상하게 집착한다는 거야. 여기 말고 다른 주점에서는 정보를 비싸게 산다는 의뢰서도 붙곤 했어. 얼마 전까지."

소녀의 시선이 잠시 벽 한쪽에 붙은 의뢰서로 향했다.

"그자들의 신상은?"

"그게 말야, 전혀 파악을 못 하겠더라고…… **나도 그걸 알고 싶어.**"

나도 의뢰를 받았거든, 이라고 덧붙인 상대의 분위기가 돌변했다.

눈을 가늘게 뜨고 희미한 웃음을 지으며, 후드를 뒤집어쓴 릴리의 얼굴을 빤히 들여다본다.

"너 처음 보는 얼굴인데…… 어디 소속이야? 엘프 주제에 이상하게 **물들었는걸.**"

이쪽으로 얼굴을 들이밀며 킁킁 냄새를 맡는 시앙스로프에게 릴리는 마음속으로 다시 한 번 혀를 찼다. 동시에 자신과 같은 냄새를 그녀에게서도 맡았다.

이 여자, 틀림없는 도적이다. 그것도 릴리처럼 어중간한 수준이 아니라 진짜.

상대는 소속 파벌도 있고 해서 이면의 업계에서는 운반책으로 그 나름 인정을 받는 사람이기도 하다. 릴리는 그녀에 대한 인식을 새로이 다졌다.

아마 그녀도 '말하는 몬스터'의 정보를 추적하고 있을 것이다. 그리고 같은 정보를 찾아 헤매던 릴리를 수상쩍게 여기고 속내를 캐려 한다.

릴리는 벨과 미코토만큼 【헤르메스 파밀리아】를 신용하지 않는다. 도시에 온 지 얼마 되지 않아 속속들이 파악하지는 못했지만, 중립을 자처하는 그들은 너무나도 수상쩍었다.

이익에 따라 그들은 자신들의 적이 될 수도, 아군이 될 수도 있다. 태어난 지 15년 동안 이곳 오라리오의 밑바닥을 기며 살아왔던 릴리의 견해였다.

'유력한 정보는 들어오지 않았지만…… 릴리네 말고도 '말하는 몬스터'를 추적하는 자들이 있다는 걸 안 것만으로

도 다행으로 여겨야겠네요.'

물러날 때가 됐다고 말없이 의자에서 일어났다.

"어라, 벌써 가는 거야? 얘기 더 나누고 싶은데."

뒤에서 건네는 활달한 목소리를 무시하고 릴리는 주점을 나왔다.

하지만.

'……따라오고 있네요.'

주점을 나와 뒷골목을 걷는 이쪽의 뒤를 따라오는 기척이 있었다.

수는 하나. 십중팔구 그 도적일 것이다. 상대는 상급 모험자. 어지간한 방법으로는 따돌릴 수 없으리라.

【신다 엘라】나 아이템을 구사할 수밖에 없다. 어스름한 골목길을 되는 대로 돌아다니던 릴리는 품속에서 끈을 꽉 쥐고 있던 냄새 자루—— '몰불'을 준비했다.

도적 일에 손을 댔을 때에도 비슷한 일은 몇 번이나 있었다. 하지만 이 상대는 시간이 걸릴 것 같다고 진저리를 치면서——그래도 그 비상식적인 술집의 무장 엘프에게 쫓기던 때하고 비교하면 훨씬 낫다고 생각하면서——릴리는 느닷없이 옆길로 뛰어들었다.

태양이 중천에 접어들면서 빛났다.

창공에는 구름 한 점 없었다. 본격적인 여름으로 접어들려 하는 오라리오의 햇살은 조금 덥게 느껴질 정도였다. 내가 결국 옷소매를 걷어붙였을 정도로.

그런 태양과 푸른 하늘을——부이브르 소녀는 계속 올려다보고 있었다.

주신님과 다른 사람들은 외출하고 나와 하루히메 씨가 집을 보기 위해 저택에 남은 가운데.

어젯밤에는 저물었던 태양, 푸른 하늘에 떠오른 빛의 원천을 알아본 비네는 강하게 부탁했다.

밖에 나가보고 싶다고.

"저건…… 뭐야?"

【헤스티아 파밀리아】홈 '화덕관'의 안뜰.

던전에는 없는 태양이라는 존재에 비네의 시선이 못 박혀 있었다.

놀라움을 드러낸 그녀에게 하루히메 씨가 살짝 뒤에서 따라왔다.

"저것은 태양…… 해님이옵니다."

"해님……."

비네는 눈부신 듯 하늘을 올려다보며, 웃음과 함께 가르쳐준 하루히메 씨의 말을 중얼거렸다.

태양과 무관한 던전은 자칫하면 춥기까지 하다. 물론 계층에 따라서는 불꽃을 토해내는 몬스터나 화산 층역 같은 것도 존재하니 예외는 있지만, 역시 몬스터는 햇빛의 온기를 모르겠지.

"……따뜻해."

하늘을 올려다보는 비네는 눈을 가늘게 뜨며 웃었다. 천진난만한 웃음에 호박색 눈동자가 촉촉하게 젖어든 것처럼 보이기까지 했다.

뒤에서 옆얼굴을 바라보던 내가 눈을 크게 뜨고 있으려니, 비네는 은청색 장발을 출렁이며 돌아보았다.

"지상은, 예뻐."

더 이상 몬스터라고는 생각할 수 없을 정도로.

그 천진난만한 웃음은 태양에 뒤지지 않을 만큼 눈부셨다.

저택을 지키라는 말을 듣기는 했지만, 나와 하루히메 씨의 진짜 일은 비네를 돌보는 것이었다. 실수로라도 밖에 나가지 않도록 조심하면서, 지상의 지식이 없는 거나 마찬가지인 이 아이를 보살펴야만 하는 것이다.

"벨…… 엄청 따끈따끈해. 이거, 벗으면 안 돼?"

"아, 안 되옵니다, 비네 님!!"

"그, 그래. 참자, 응?"

몸에 걸친 살라만더 울의 목 언저리를 두 손으로 잡으며 낑낑 벗으려 하는 비네를 하루히메 씨와 함께 황급히 말렸다. 그도 그럴 것이 로브 안쪽은 알몸이니까.

주신님과 동료들이 정보수집을 나간 후, 나는 하루히메

씨에게 부탁해 비네의 핏자국을 닦아냈다. 여전히 하루히메 씨를 무서워하는 비네에게 고생하면서도 간신히 지저분한 것들을 씻어낼 수 있었다.

겸사겸사 무언가 옷을 입히려고 분투해봤지만…… 실패로 끝났다. 이것만큼은 비네가 질색했던 것이다. 아니, 경계했다.

어쩔 수 없이 어제부터 걸치고 있던 살라만더 울을 입혀놓고 있다.

'몬스터라곤 해도 여자아이니까…… 하루히메 씨와 다른 분들에게 마음을 터놓으면 좋을 텐데.'

로브 자락에서 언뜻 엿보이는 늘씬한 다리나 가슴께는 솔직히 눈을 둘 곳이 없어 난감했다…… 그리고 수치심이 없다는 것도.

이미 저택 안에서는 자리를 잡아버린 메이드복 차림의 하루히메 씨와 함께 우리는 이리저리 휘둘렸다.

"벨, 이건 뭐야?"

"그건 마석등이라고 하는데, 던전처럼 빛을 내는 거고……."

"그럼 이건?"

비네는 홈 안으로 돌아가지 않으려 했다. 햇빛 아래에서 떠들며, 하룻밤 사이에 완벽하게 나아버린 다리로 이리저리 돌아다녔다.

이 안뜰은 사방이 저택으로 에워싸였으니 밖에서 누가 볼 걱정은 없다. 던전에서도, 물론 지상에서도 있을 곳이 없었던 이 아이에게는 이곳만이 유일한 상자정원이었다.

정원에 인접한 복도를 신기하게 바라보기도 하고, 새로운 발견에 눈을 빛내는 비네는 뺨을 붉히며 이따금 내 팔을 붙들었다.

"비네 님, 이제 그만 식사를 하시는 게 어떨까요? 오늘은 아침식사도 하지 않으셨으니."

"······식, 사?"

"음, 밥을 먹는 걸 말하는데······ 비네, 어제부터 아무것도 못 먹었지? 나도 같이 먹을 테니까, 먹어볼래?"

"······응."

하루히메 씨의 청에 내 얼굴을 불안스레 올려다보는 비네. 눈썹을 늘어뜨리며 웃어주자 그녀는 천천히 고개를 끄덕였다.

복도에 놓여 있던 광주리를 하루히메 씨가 가져와, 셋이함께 정원의 잔디밭에 앉았다.

"······맛, 있네?"

"저, 정말이옵니까?!"

"응······."

"그것은 미코토 님이 만들어주신 주먹밥이옵니다! 이쪽의 과일은 어떠신지요?!"

미코토 씨의 수제 요리를 묵묵히 먹는 모습에 하루히메 씨는 자기 일처럼 여우귀를 쫑긋쫑긋 세우며 기뻐했다.

희색이 만면한 하루히메 씨를 비네가 흘끔흘끔 쳐다본다.

버그베어는 제18계층의 허니 클라우드 같은 걸 먹으니──그 외에는 트랩 아이템도──우리가 평소 입에 담는 음식도 괜찮을 거라 생각했는데…… 최악의 경우 팬트리에 데려가는 것까지 고려했던 나는 안도했다. 하루히메 씨도 마찬가지인 것 같았다. 아구아구 과일을 먹는 비네를 흐뭇하게 바라보다 가만히 쓰다듬어주려고 손을 내민다. 그러자 비네가 훌쩍 물러나 피해버렸다.

나에게 몸을 기대는 비네를 보며 하루히메 씨는 추욱 어깨를 늘어뜨렸다.

"아하하……."

하루히메 씨를 아직도 살짝 경계하는 것 같았다. 그래도 몸을 부드럽게 닦아주기도 하면서 비네는 하루히메 씨에게 조금 마음을 터놓았으리라 생각한다.

식사를 마친 비네는 문득 르나르인 하루히메 씨의 굵은 꼬리를 보더니, 움직이는 방향에 따라 얼굴과 몸을 같이 흔들기 시작했다. 흥미가 동했는지 꼬리에 손을 뻗으려다 잽싸게 거두었다.

그런 모습에 하루히메 씨도 키득키득 웃었다. 잔디에 앉은 채 긴 스커트에서 뻗어나온 꼬리를 좌우로 흔들어, 어린아이를 어르듯 비네와 놀았다.

'어쩐지 자매를 보는 것 같네…….'

어제는 그렇게 놀라던 하루히메 씨도 지금은 열심히 거리를 좁히려 한다.

꿋꿋하게 비네를…… 몬스터인 그녀를 받아들이려 하는 그 애정을 나는 매우 기쁘게 생각했다.

혹은, 온갖 처지에서 살아올 수밖에 없었던 하루히메 씨이기에 더욱 다정한 것인지도 모른다.

"저기, 벨. 포숀, 없어?"

"응? 포션? 그건 레그 홀스터랑 같이 방에 놔두고 와서 지금은……."

"있지, 그거, 굉장히 맛있는 냄새 났다? 아까 먹은 과일처럼."

비네는 연신 말을 걸었다.

이 따뜻한 활달함에 이끌려 나왔는지, 혹은 마음을 터놓은 증거인지 어제보다도 표정이 훨씬 풍부해졌다. 연신 웃게 되었다. 기분 탓인지 어조도 유창해진 것 같았다.

아니── 기분 탓만은 아닐 것이다. 말수가 적었던 것은 제외하고서라도, 놀라울 정도의 기세로 이 부이브르 소녀는 언어를── 인간의 말을 쓸 수 있게 되었다. 우리와의 대화를 통해, 확실히.

학습하고 있다는 느낌이 아니라…… 뭘까, 이건.

'여자아이 같긴 하지만…… 몬스터구나.'

쓴웃음을 지으며 비네와 대화를 나누면서도 내 마음속에는 여전히 당혹감이 있었다.

말도 또박또박 할 수 있게 되니 그 모습은 이미 우리 인간과 별 차이가 없다. 다만 괴물이라는 점을 증명하는 청백색 피부와 비늘이 현실을 말해주었다.

이마에 박힌 붉은 돌이 햇빛을 받아 반짝인다.

"벨, 벨."

그리고 웃으면서 안겨드는 비네와 함께 엉켜 있을 때였다.

나를 잡으려 하다 문득 빗나간 손이── 손가락에서 뻗어나온 날카로운 발톱이 내 팔을 스쳤다.

"웃."

배틀클로스도 건틀렛도 착용하지 않고 더위에 소매를 걷었던 팔에는 세 줄기의 선이 내달렸다. 발톱에 베여나간 상처는 눈 깜짝할 사이에 붉게 물들더니, 뚝뚝, 피를 잔디에 떨어뜨리기 시작했다.

"어……?"

"베, 벨 님?!"

경직된 나, 그리고 피에 젖은 자신의 손을 보고 아연실색하는 비네. 하루히메 씨는 베인 내 팔을 보고 비명을 질렀다.

"구급상자를 가져오겠사옵니다!"

멈추지 않는 피에 벌떡 일어나 저택으로 달려가는 하루히메 씨.

"아, 어, 세상에…… 베, 벨, 아파?!"

이리저리 흔들리는 호박색 눈으로 날 보며 손을 뻗으려던 비네는 그 직전에 움직임을 멈추었다.

피를 빨아들인 붉은 손톱을 황급히 뒤로 뺀다. 눈살을 찡그려버린 내 얼굴과 상처 입은 팔, 그리고 자신의 손을 바라보던 비네는 얼굴을 확 찡그렸다.

"나, 어떡해…… 미안해, 벨……!"

눈에서 눈물이 굴러떨어졌다. 가녀린 목소리는 동요와 슬픔으로 떨렸다.

떨리는 손을 열심히 가슴에 끌어안는다. 만지고 싶지만 만질 수가 없다. 또 상처를 입힐 테니 손을 뻗을 수 없다.

"미안해, 미안해……!"

비네는 열심히 사죄를 반복했다.

간단히 남을 상처 입혀버리는 자신의 손에 이 아이 자신이 겁을 먹고 있다. 너무나도 애절한 광경이 시야를 두드려댔다.

"……!"

뺨을 타고 흐르는 눈물을 보고 내 손이 멋대로 움직였다.

비네가 놀라거나 말거나, 베인 오른쪽 팔을 뻗어 붉게 물든 손을 손톱과 함께 움켜쥐었다.

손바닥에 발톱이 파고들어 상처가 늘어나고 피가 넘쳐났지만 아랑곳하지 않았다.

"괜찮아."

처음 만났을 때처럼 웃어주었다.

상처의 아픔 같은 건 전혀 신경도 쓰지 않고, 쥔 손에 꾹 힘을 주었다.

"──벨!!"

감정이 북받친 것처럼 오열하며 비네는 내게 안겼다. 가슴에 달려들어 목덜미에 얼굴을 묻고 눈물로 피부를 흠뻑 적셨다.

정말로…… 그냥 어린아이구나.

상처 입는 것도 상처 입히는 것도 두려워하며 온기를 찾는, 그저 길 잃은 아이였다.

귓가에서 흐느끼는 앳된 목소리를 들으며 나는 그렇게 생각했다.

가녀린 몸을 끌어안고, 피에 젖지 않은 왼손으로 어르듯 은청색 장발을 쓰다듬었다. 어깨를 떨던 비네가 기분 좋은 듯 눈을 가늘게 뜨는 것을 알 수 있었다. 마치 고양이처럼 귀 뒤에 코를 비벼댄다.

나도 모르게 따뜻한 기분이 들어, 부드럽게 머리를 퐁퐁 두드려주었다.

"——?"

비네가 진정이 될 때까지 등을 쓰다듬어주고 있으려니, 문득 **시선**을 느꼈다.

여러 사정 때문에 민감해져버린 감각이 가리키는 대로 고개를 들자—— 저택 지붕에 새 한 마리가 앉아 있었다.

'올빼미……?'

하얀 깃털에 세로 줄무늬가 들어간 새의 모습에 의문이 느껴졌다. 올빼미란 건 야행성일 텐데…… 아니, 애초에 어떻게 이런 대도시에?

숲을 떠난 올빼미는 이쪽을 빤히 바라보더니, 분명히 한쪽 눈을 번뜩 빛냈다.

그 직후, 내가 응시하기도 전에 날개를 펼치더니 저택 지붕에서 날아가버렸다.

"……."

눈 깜짝할 사이에 허공으로 사라져간 올빼미를 보고 입을 다물었다. 상대는 동물인데도 '감시당했다'는 언짢은 감각을 도무지 씻을 수 없었다.

비네를 안은 손에 나도 모르게 힘을 주고 있으려니——금세 새로운 시선이 느껴졌다.

흠칫 뒤를 돌아보자,

"……우우~."

구급상자를 두 손에 든 하루히메 씨가 서 있었다. 나에게 안긴 비네를 어째서인지 부러워하는 눈으로 바라본다.

"……."

"……."

"벨, 벨!"

기뻐하는 비네의 목소리를 들으며, 나는 흐늘흐늘 꼬리를 흔드는 하루히메 씨의 모습에 땀을 삐질삐질 흘리고 있었다.

도시를 에워싼 시벽 너머로 해가 저물고, 밤이 되었다.

완전히 하늘이 깜깜해졌을 무렵 주신님과 벨프를 비롯

한 동료들이 홈에 돌아왔다.

"다녀왔다~."

"어서 오세요 주신님, 모두들. 어, 그래서…… 어땠나요?"

"틀렸어. 별 단서는 없더라고."

"이것저것 너무 많아서 '말하는 몬스터'와 직접 연관이
있는 건 릴리도……."

"미아흐 님과 타케미카즈치 님도…… 역시 모르신다고
하셨습니다."

알바를 마쳐 지친 헤스티아 님, 머리를 긁는 벨프, 어째서
인지 주신님 못지않게 초췌해진 릴리, 말을 흐리는 미코토
씨…… 모두들 밝지 못한 표정으로 저택 현관을 들어섰다.

이제 겨우 첫째 날이니 벌써부터 일이 잘 풀릴 리는 없겠
지만, 분위기를 보니 역시 호락호락하진 않은 것 같았다.

하루히메 씨와 함께 마중하며 나는 그렇게 생각했다.

"그래, 그쪽은 어땠냐?"

고개를 들며 벨프가 되물었다. 주신님과 동료들의 시선
도 내 뒤에 숨은 비네에게 모였다.

발톱을 세우지 않도록 내 옷을 잡으면서 우물쭈물하는
부이브르 소녀에게, 미소를 지은 하루히메 씨가 허리를 굽
히며 속삭여주었다.

"자, 한번 해보세요."

끄덕, 은청색 장발이 위아래로 출렁였다.

"……다, 다녀오셨어요."

내 뒤에서 한쪽 눈만 내밀며 작은 목소리로 속삭인다.

주신님도 동료들도 놀라 눈을 깜빡이는 가운데, 비네는 나에게서 하루히메 씨의 등 뒤로 사삭 옮겨갔다. 나는 난처하게, 하루히메 씨는 흐뭇하게 웃었다.

릴리와 미코토 씨가 아연실색하고, 벨프도 무어라 형언할 수 없는 표정을 지었다.

"엄청…… 잘 따르게 됐구만."

그 말대로 비네는 완전히 하루히메 씨에게 마음을 터놓고 있었다. 등에 이마를 붙여대는 청백색 몸을 금색 꼬리가 퐁퐁 두드렸다. 비네는 간지럽다는 듯 몸을 틀면서 르나르 소녀와 함께 웃었다.

아직까지 벌어진 입을 다물지 못하는 릴리의 곁에서 주신님이 불만스레 팔짱을 끼었다.

"이거, 하루히메 군은 엄마 소질이 있구나. 틀림없어."

어젯밤에 보기 좋게 차여버렸던 여신님은 어딘가 분한 눈치로 그런 말씀을 하셨다.

"맛있다……! 미코토, 대단해!"

"고, 고맙습니다……."

모두들 옷을 갈아입고 대식당에서 식탁에 모였다.

저녁을 한 입 먹은 비네의 첫 마디에 오늘 밤 식사당번이었던 미코토 씨가 허둥댔다.

넓은 식탁에 놓인 것은 고기며 생선을 중심으로 한 구이 요리였다. 미코토 씨는 비네에게 어떤 음식이 좋을지 고민하고 고민한 끝에, 될 수 있는 한 소재 그대로, 소금으로 살짝 간을 하는 정도의 요리를 한 것이다. 먹기 쉽도록 잘게 썬 돼지고기 스테이크에 생선 통구이, 그리고 야채수프. 그중에서도 가장 공을 들인 극동풍 달걀말이는 달달한 맛이어서 그런지 비네에게 대호평이었다.

"하루히메가 그랬어. 미코토 밥 엄청 맛있다고."

"아, 아뇨, 저는 아직 멀었달까, 저, 정진을……."

반짝반짝하는 눈으로 쳐다보니 미코토 씨는 당황했다 ──기보다는 부끄러워했다. 한데 묶은 흑발을 좌불안석 이리저리 흔들며 얼굴을 붉힌다.

먹을 것으로 길들이……는 것과는 다르지만, 맛있는 음식을 먹어 흥분한 비네의 목소리는 씩씩했다. 옆자리에 앉은 하루히메 씨에게서 따끈따끈 노릇노릇 구워진 달걀말이를 받아먹는 부이브르 소녀는 매우 행복해 보였다.

그 호박색 눈만이 아니라 이마의 붉은 돌까지도 빛나는 것 같았다.

"우, 우우…… 어떻게 대해야 좋을지 고민했던 자신이 우스꽝스럽게 여겨집니다……."

"미코토 님, 상대는 몬스터예요! 이 정도로 마음을 터놓지 마세요!"

"어허, 서포터 군은 머리가 굳었구나. 이럴 때는 배를 째고, 가 아니라 유연하게 사고를 전환할 줄 알아야지. ……그런고로 나는 이번에야말로 비네 군과 친교를 다지고 오겠다!"

"하루히메 님에게 경쟁심 불태우지 마세요!! 헤스티아 님은 왜 이렇게 태평해요?!"

이젠 완전히 노기가 빠져나갔는지 부이브르 소녀의 천진난만한 태도에 미코토 씨는 고개를 푹 숙였다. 릴리는 주의를 촉구했지만 주신님이 긴장감도 없이 비네에게 다가갔다.

"이 상황은 틀림없이 파벌의 비상사태라구요?!"

견디지 못하고 큰 목소리로 호소하지만 이젠 별로 의미가 없었다. 웃음을 짓는 하루히메 씨에 이끌린 미코토 씨, 교류를 다지려 하는 주신님과 이를 저지하려는 릴리를 더해 비네를 중심으로 식탁이 시끌벅적해졌다.

"완전히 적응했다고 봐도 되려나? 릴리돌이 때문만은 아니지만…… 괜찮을까, 이래도?"

주신님의 부탁으로 비네의 옆자리를 양보한 나는 시끌벅적한 여성진에게서 멀리 떨어져서 식사하던 벨프의 옆에 앉았다.

"어, 벨프도 비네를, 그 뭐냐…… 경계해?"

"솔직히 말하자면 헛고생한 기분이랄까."

피난을 온 내가 묻자 벨프는 쓴웃음과 함께 어깨를 으쓱했다.

"뭐, 일단은 짐을 덜어서 다행이잖아? 온종일 찰싹 달라붙어 있었지? 아니면 저 녀석들한테 빼앗겨서 서운하냐?"

"베, 벨프!"

놀리는 벨프에게 나는 짐짓 화난 목소리를 냈다. 그렇다고 해도 뺨을 붉힌 얼굴로는 폼도 나지 않았지만.

비네도 처음에야 겁을 먹었지만, 상대에게는 해를 끼치려는 뜻이 없다는 것을 알자 잘 따랐다.

지금 식탁에 펼쳐진 광경이 좋은 증거다. 하루히메 씨 덕이기도 하겠지만, 주신님과 동료들이 무섭지 않다는 말을 듣고 경계심은 훨씬 누그러졌다. 마치 이제까지의 고독감을 메우려는 것처럼, 비네는 우리와의 —— 인간과의 교류를 원하는 것 같았다.

남자와 여자로 갈라져 유쾌한 식사가 이어지는 가운데, 헤스티아 님을 비롯한 여성진과 함께 밥을 먹던 비네의 얼굴에는 웃음이 넘쳐났다.

여느 때보다도 시끄러워진 저녁식사가 끝난 후, 정리와 설거지를 마친 우리는 거실로 이동했다.

"릴리, 릴리."

"이, 이거 놓으세요!! 왜 릴리한테 달라붙는 거예요?!"

그런 가운데 자기보다도 훨씬 조그만 릴리가 마음에 들었는지 비네는 열심히 달라붙어 있었다.

"야~ 서포터 군에게도 완전히 마음을 터놓았구나."

"누구 탓인 줄 아세요?!"

릴리는 혼자 선을 그어놓으려고 했는데, 그녀와 주신님

이 티격태격하는 모습이 재미있었는지 비네의 경계심도 완전히 누그러진 것 같았다. 비네에게 붙들린 채, 곁에서 그녀의 은청색 머리를 쓰다듬어주는 헤스티아 님에게 대고 릴리는 새빨개진 얼굴로 고함을 질렀다.

"게, 게다가 짐승 냄새가 난다구요?! 아까부터 생각했지만 냄새가 나요!"

겨우 품에서 탈출한 릴리가 외쳤다. 조금 서운한 표정을 짓는 비네의 곁에서 미코토 씨와 하루히메 씨도 고개를 끄덕였다.

"그건 그렇군요……."

"오늘 아침에 물을 적신 천으로 몸을 닦기는 했사오나……."

어제 던전에서 올라와 이제까지 비네는 제대로 몸을 씻지 않았다. 그녀가 입은 살라만더 울도 땀 같은 것을 흡수해 냄새의 온상이 됐을 것이다. ……잠깐, 그러고 보니 나도 비네랑 계속 같이 있는 바람에 샤워도 아무것도 못했네.

새삼스레 내가 체취를 확인하고 있으려니, 무언가를 생각하던 주신님은 "좋았어!"라고 웃음을 지었다.

"그럼 다 같이 목욕을 하자꾸나!"

편백나무 향기와 함께 흰 증기가 피어나고 있다.

"와아…… 여기가, 목욕탕?"

"그렇사옵니다. 욕조에 몸을 담그면 아주 기분이 좋답니다."

실 한 오라기 걸치지 않은 모습으로 감탄하는 비네에게 한 손에 든 목욕수건 한 장으로 가슴의 융기를 가린 하루히메가 미소를 지었다.

홈 3층의 대욕탕. 탈의실에서 속속 들어온 【파밀리아】 여성진은 건강한 피부를 아낌없이 드러내고 따뜻한 김 속으로 들어왔다.

"여러분과 함께 목욕하는 것도 오랜만이군요."

"던전이나 알바 때문에 늘 시간이 달랐으니 말이다."

같은 여성이 부러워할 정도로 팔다리가 늘씬하고 탄력 있는 미코토의 말에 헤스티아가 풍만한 두 언덕을 출렁이며 대답했다.

묶었던 흑발을 풀어내린 소녀와 여신은 행복한 시간을 앞두고 기쁨에 풀어진 표정을 지었다.

"원래 이렇게 훌륭한 욕실을 한두 명이 쓰는 건 낭비의 극치예요……. 절약도 되니 앞으로는 다 같이 하는 게 좋겠어요."

편백나무 바닥을 가느다란 맨발로 총총 밟으며 릴리는 비용이 들어간 목욕탕을 새삼 둘러보았다.

미코토의 갈망에서 태어난 극동식 편백나무 목욕탕. 귀족 출신이면서 대형 파벌인 【이슈타르 파밀리아】에 속했던 하루히메조차 감격하게 만들었던 대욕탕은 일단 욕조가 아주 넓었다. 열 명 정도는 너끈히 들어갈 정도라 물이 가득한 욕조가 김을 내며 출렁이는 광경은 더할 나위 없이 고혹적이었다. 수도꼭지에서는 새로운 온수가 잇따라 흘러나온다. 편백나무로 깐 바닥과 천장은 커다란 창문 밖에 펼쳐진 밤하늘이 잘 보였으므로 도시의 시끌벅적한 소리만 없으면 정서도 완벽했다.

온수에 자신의 얼굴이 비치는 편백나무 욕조를 비네가 흥미진진하게 들여다보았다.

"우선 몸을 씻도록 해요, 비네 님."

한때 창부로 살면서 갈고 닦았던 청순하면서도 어딘가 요염한 몸에 들통으로 퍼낸 물을 끼얹은 하루히메는 비네를 욕탕 한쪽으로 불렀다.

헤스티아와 나머지 여성진도 한데 모여 저마다 몸을 씻기 시작했다.

"왜 벨은 같이 안 해?"

"벨 님은 남자니 당연하죠!"

"남녀에게는 이런저런 사정이 있는 거란다, 비네 군. 몬스터가 됐든 신이 됐든."

어딘가 서운한 표정을 짓는 비네에게 부루퉁하게 대꾸하는 릴리의 곁에서 헤스티아는 팔을 씻으며 훗 대꾸했다. 여기 오기 직전에 비네는 소년에게 함께 목욕을 하자고 졸랐지만 그는 얼굴을 새빨갛게 물들이며 제발 봐달라고 필사적으로 사양을 했던 것이다.

"비네 님, 가만히 계셔야 해요.""비, 비늘이……."

납작한 의자에 비네를 앉혀, 뒤에서는 하루히메가 머리를 감기고 앞에서는 미코토가 몸을 씻어주었다.

욕탕 안에서도 눈에 뜨이는 청백색 피부. 몬스터라고는 여겨지지 않을 만큼 매끄럽고 아름다운 피부에 넋을 잃으면서도 어깨와 허리 같은 곳에 부분적으로 돋아난 용의 비늘에 미코토는 악전고투했다. 타월로 문지르면 날카롭고 단단한 용가죽에 금세 너덜너덜해졌기 때문이다. 성실한 그녀는 신중하게 가느다란 팔다리를 들고 비늘을 피해가며 꼼꼼히 비누로 거품을 냈다.

하루히메와 미코토에게 몸을 맡긴 채, 머리와 온몸이 거품투성이가 된 비네는 간지럽다며 몸을 뒤틀고 웃었다.

"비네 님 머리는 굉장히 예쁘군요."

"정말?"

"예. 마치 맑은 냇물 같사옵니다."

등 뒤에서 하루히메가 말하자 비네가 얼굴을 빛냈다.

긴 금발, 그리고 같은 색의 귀와 꼬리를 적신 르나르 소녀는 푸르게 빛나는 머리카락을 부드럽게 쓰다듬며 직물처럼 감겨주었다.

"그럼 물을 끼얹겠사옵니다."

그리고 그런 말과 함께 머리부터 물을 쏟는다.

비누거품과 함께 지저분한 때를 벗어낸 비네는 파닥파닥 머리를 좌우로 흔들더니 바로 뒤에 있던 하루히메를 향해 몸을 기댔다. 풍만한 가슴이 몰캉 부드러운 소리를 냈다.

"비네 님?"

"……에헤헤."

하루히메의 가슴에 얼굴을 비벼대던 비네는 위를 올려다보며 웃었다.

그녀를 내려다보는 자신의 눈과 시선을 마주하는 부이브르 소녀에게 하루히메도 언니처럼 미소를 지었다. 두 사람의 곁에 있던 미코토 또한 흐뭇한 듯 눈을 가늘게 떴다.

"정말 마음을 터놓았네요, 하루히메 님에게……. 테이머 소질이 있는 거 아니에요?"

"하루히메 군은 모성이 있으니 말이다…… 서포터 군과는 달리."

"왜 릴리를 비교대상으로 삼으시는 거예요?!"

곁에서 비네와 미코토를 쳐다보던 어린 소녀와 어린 여신이 목소리를 높인 후 일동은 욕조에 들어갔다. 파문을 일으키면서 어깨까지 욕조에 푹 잠겨, 미코토를 중심으로 행복한 한숨을 토해냈다.

"기분 좋아……."

"아~ 하루의 피로가 싹 날아가는구나~."

몸을 안아주는 온수의 감각에 비네가 견디지 못하고 환성을 내고, 헤스티아는 천국에 온 기분으로 천장을 우러러보았다.

긴 머리를 머리 위로 한데 묶은 이가 많은 가운데, 모두가 늘어진 표정을 지었다.

이윽고 헤스티아 일행의 옥 같은 피부가 살짝 벚꽃색으로 물들었을 무렵.

"……."

"릴리 공, 왜 그러십니까?"

갈팡질팡 이리저리 시선을 돌리면서도 입을 꾹 다문 릴리에게 미코토가 고개를 갸웃했다.

"……우리 【파밀리아】에는 살집이 좋은 분들이 너무 많아요."

릴리의 갈색 눈이 미코토와 다른 이들의 몸——특히 가슴——에 쏠렸다.

투명한 온수 속에서 흔들리는, 혹은 떠 있는 권속과 여신의 가슴을 보고 그녀는 얼굴을 입가까지 물에 담그며 부글부글 소리를 냈다.

로리 왕가슴이라 불리는 부동 1위의 주신은 차치하고서라도 하루히메, 미코토 순서대로 가슴둘레의 서열이 매겨졌으며 릴리는 최하위가 되었다. 파룸인 그녀를 제외하면 평균 이상의 크기와 좋은 모양을 자랑했으니 압도되기에는 충분했다——기보다, 릴리는 천에 감겨 봉인되었던 미코토의 두 융기를 코앞에서 보았을 때 가장 큰 충격을 받고 있었다——

무언가 생각에 잠긴 비네의 가슴을 보고 릴리는 잠시 으스댔으나 이내 맹렬한 자기혐오에 빠졌다. 첨벙! 얼굴을 물에 침몰시킨다.

　그 직후였다.

　"——역시, 벨도 같이 하는 게 좋겠어!"

　청백색 피부에 발그레한 기운을 띤 비네가 힘차게 일어났다.

　용의 재빠른 움직임에 릴리와 여성진이 아연실색해 반응이 한 템포 늦어진 사이에 이형의 소녀는 욕조에서 일어났다.

　"——안 돼요, 절대!!"

　"기다리시옵소서, 비네 님!!"

　"어, 얼른 말리거라!!"

　"여, 여러부운—?!"

　쏴악 소리를 내며 릴리, 하루히메, 헤스티아가 알몸뚱이 소녀의 뒤를 쫓았다. 한 박자 늦은 미코토의 외침이 대욕탕에 울려 퍼졌다.

　각자 목욕타월을 확보해 거의 반라에 가까운 차림으로 세 사람은 복도로 뛰쳐나갔지만 추적도 허무하게.

　끼야악—?! 하는 소년의 비명이 저택 안에 울려 퍼졌다.

⊡

　……그런저런 일이 있은 후.

　목욕을 마치고 잠옷으로 갈아입은 우리는 거실로 다시

모였다.

모두의 시선은 방 한복판, 바닥에 앉은 벨프와 비네에게 쏠려 있었다.

"자, 오른손도 줘봐."

쭈뼛쭈뼛 손을 내미는 부이브르 소녀의 손—— 아니, 손톱을 벨프가 갈아주고 있었다.

연마석을 비롯한 도구를 이용해, 예리하게 만드는 것이 아니라 둥그스름하게 갈아나갔다.

직업이 스미스다 보니 손놀림은 아주 능숙했다. 상급 모험자에게 치명상을 입히는, 귀중한 드롭 아이템으로도 이름 높은 용의 발톱을 시간을 들여 별 고생도 없이 꼼꼼하게 처리해주었다.

아무도 상처를 입지 않도록 갈아낸다.

"좋아, 끝났어."

청백색 손목을 쥐고 있던 벨프가 작업을 마쳤다.

날카로움이 사라진 자신의 손톱을 내려다보고 눈을 동그랗게 떴던 비네는 웃음을 지었다.

"고마워, 벨프!"

"……어."

눈앞에서 감사를 받아 벨프는 잠시 간격을 두고 웃음으로 대답했다.

비네는 냉큼 일어나 내게 다가왔다.

무언가를 기대하듯, 또는 조금 겁을 내면서 쭈뼛쭈뼛 손을 내민다. 처음에는 왼손을, 다음에는 팔을, 마지막에는 가슴을. 그 손톱은 이제 피부는 고사하고 옷도 찢지 않는다.

나를 만지는 비네는 자신의 손이 피에 물들지 않는 데에 그 호박색 눈을 그렁그렁 적셨다.

"벨…… 안 아파?"

"응, 안 아파."

내 말에 비네는 눈가에 눈물을 머금으며 활짝 웃었다.

부이브르 소녀는 이윽고 두 손을 내 얼굴로 내밀었다. 좌우 뺨을 차닥차닥 소리와 함께 장난치듯 만진다.

에헤헤 해님처럼 웃는 비네와 그녀의 손가락이 가져다주는 간지러움에 나는 등줄기가 근질거리는 느낌을 받으면서 쓴웃음을 짓고 말았다. 그런 우리를 보고 릴리가 도끼눈을 뜨며 다가섰다.

"얼굴을 함부로 만지다니 못써요! 벨 님은 왜 좋아하는 거예요?!"

"조, 좋아했던 게 아니고……."

비네의 어리광을 받아주는 태도도 거슬리는지 설교가 나에게까지 날아들었다.

상당히 언짢아하며 나에게 주의를 주던 릴리에게 비네가 말했다.

"……릴리는, 벨 싫어해?"

"윽…… 무, 무슨 말인가요, 갑자기."

릴리가 당황하자 다시 한 번 질문을 거듭한다.

"싫어해?"

"그, 그건……! 그렇, 지는……!"

불안하게 흔들리는 호박색 눈에 릴리는 말문이 막혔다. 뺨을 붉히며 비네와 내 사이에서 시선을 왕복시킨다.

입을 뻐끔뻐끔 움직일 뿐 대답을 못하는 릴리에게 비네가 서운한 표정을 짓고 있으려니 —— 하루히메 씨가 황급히 앞으로 나섰다.

"소녀는 벨 님을 좋아하옵니다!"

바닥에 앉은 내 뒤에서 얼굴을 내밀며 있는 힘껏 외친다.

얼굴을 새빨갛게 물들인 하루히메 씨에게 릴리와 비네가 놀라고, 이어서 나도 눈을 크게 뜬 가운데.

이번에는 도구를 정리하던 벨프가 웃으면서 일어났다.

"그래, 나도 좋아해."

"당연히 나도다!!"

"후후…… 저도 그렇습니다."

이어서 주신님, 미코토 씨까지.

주위에 모인 모두를 보며 릴리도 체념한 듯 천장을 보며 외쳤다.

"——아— 진짜! 릴리도 그래요!! 벨 님을 너무너무 좋아한다구요!"

천장의 마석등 빛이 흔들렸다. 좋아한다는 말을 연속으로 듣는 바람에 얼굴을 붉히면서도…… 나도 모두와 함께 웃었다.

"나도, 다들 좋아해요."

【파밀리아】의 온기를 느끼면서 그렇게 말하자,

비네는 자신의 가슴에 두 손을 얹었다.

"다들 벨을…… 모두 서로서로 좋아하는구나."

그리고 눈을 감더니 한 떨기 꽃처럼 미소를 짓는다.

"따뜻해……."

무언가를 곱씹는 듯한 그 모습에 모두 함께 흠칫 놀라고 있으려니 비네가 내 가슴에 뛰어들었다.

두 팔을 등에 감고 귀를 비벼대며, 떨리는 심장 고동 소리를 들으려 한다.

행복한 그 표정에 주신님도, 릴리도, 벨프도, 미코토 씨도, 하루히메 씨도, 나도 무의식중에 활짝 웃고 있었다.

은청색 머리카락에 손을 얹으며 문득 고개를 든다.

창문에 어렴풋이 비치는 거실의 광경.

휴먼, 데미휴먼, 신, 그리고 몬스터.

모습도 형태도 피부색도, 모두가 제각각인 이종족이지만 그래도 한 소녀를 에워싼 그 광경은.

따뜻한, 가족의 그림이었다.

이형의 소녀를 더해 단란한 한순간을 보낸 후.

【헤스티아 파밀리아】는 취침 시각을 맞아 모두들 각자

방으로 향했다.

　층마다 하나씩, 또 하나씩 마석등 빛이 꺼져간다.

　"하루히메 공, 들려주십시오. 하루히메 공은 비네 공을……."

　"예, 소녀는 벨 님과 같은 생각이옵니다. 그 아이를 저버리고 싶지 않사옵니다. 그저 동정일지도 모르지만……."

　불을 끈 2인실에서 하루히메와 미코토는 이불을 나란히 놓고 있었다.

　옆으로 드러누워, 서로 푸른색과 자청색 눈을 마주 보며 속삭이는 목소리를 나눈다.

　"창부였던 시절의 저와…… 미코토 님네와 헤어지게 되어 외톨이였던 자신과, 겹쳐 보였던 것뿐인지도 모르겠사옵니다. 소녀는 그저 자기만족을 위해……."

　"그렇지는, 않습니다. 하루히메 공은 다정했던 그 무렵과 조금도 다를 바가 없습니다."

　듣도 보도 못한 자신들에게 식량을 나눠주었던 때처럼. 미코토는 그렇게 추억에 잠기며 웃었다.

　그늘진 표정을 지었던 르나르 소녀도 그 말에 웃음을 띠었다.

　"미코토 님은 비네 님을 어떻게 생각하시는지요?"

　"저는…… 못난 말이지만 아직 확실히 결론을 내리지는 못했습니다. 하지만."

미코토의 말이 이어졌다.

"비네 공의 웃음은 우리와 무엇 하나 다를 바 없는 것 같았습니다. 가능하다면 저는 그분과 유대를 이어나가고 싶습니다…… 【파밀리아】처럼."

"……고마워, 미코토."

커튼 틈새로 스며드는 달빛을 받으며 미코토와 하루히메는 눈을 가늘게 떴다.

좁은 신사에서 낮잠을 자던 어린 시절처럼, 두 사람은 숨결이 닿을 만한 거리에서 이마를 맞대고 잠들었다.

"헤스티아 님은…… 신들은, 역시 던전에 대해 무언가를 알고 있어요."

단원들이 나가고 어스름해진 거실.

벽걸이 마석등이 촛대처럼 딱 하나만 빛을 내는 가운데, 소녀의 손톱을 갈던 도구를 정리하던 벨프에게 릴리가 말을 걸었다.

"새까만 골라이아스가 나왔을 때도 그랬어요. 던전에 얽힌 일을…… 혹은 모종의 **정체**를 알면서도 하계 사람들에게 숨기고 있어요."

"그렇겠지."

의자에 앉아 다리를 달랑달랑 흔드는 릴리에게 벨프는 등을 돌린 채 맞장구를 쳤다.

"그리고 알면서도 그 괴물의 존재에 당황하고 있어요.

신들이 보기에도 완전한 이상사태……. 릴리네는 지금 매우 성가신 문제를 끌어안은 게 분명해요."

"벨이 데리고 올라오겠다고 했을 때 너도 찬성했잖아? 새삼스레 번복하기야?"

"찬성은, 한 적 없어요. 포기했을 뿐이죠. ……벨 님은 진짜 주책없이 속이 좋다니깐요."

단장과 파벌을 동시에 지탱하고 있는 파룸 소녀와 휴먼 청년은 말을 나누었다.

"만약 비네 님의 존재가 이【파밀리아】에 위험을 가져다 준다면…… 그때는."

"그 녀석을 쫓아내고 내팽개치겠다고?"

"……필요하다면요."

릴리의 의견을 들은 벨프는 고개를 들고 돌아보았다.

단원 중 누구보다도 파벌의 장래를 걱정하면서 미움 받는 역할도 불사하는 소녀에게 말해주었다.

"거울 좀 보고 와. 하나도 수긍하지 않는 얼굴이야."

"……."

릴리는 낯을 찡그렸다. 바닥을 내려다보는 밤색 눈에는 쓸쓸함이 어려 있었다.

"정에 얽혀서는 안 돼요……. 누구나 그 아이에게 마음을 허락해버렸다간, 분명, 상황을 제대로 파악하지 못하는 날이 올 거예요."

"……."

"이대로 있을 수만은 없을 거예요. 오늘처럼 계속 웃으면서 지낼 수만은……."

소녀는 '괴물'이기에.

꺼져 들어갈 것 같은 목소리로 중얼거리는 릴리에게, 이번에는 벨프도 아무 말을 하지 않았다.

"그럼 오늘은 셋이서 자자꾸나. 가족끼리 오손도손!"

"오손?"

"주, 주신님──?!"

저택 3층에 있는 벨의 방.

옷장을 개조한 무구 수납고, 손질한 흔적이 있는 갑옷 등 모험자용 장비가 놓인 것 말고는 딱히 이렇다 할 세간이 없는 방에 들어온 헤스티아는 의기양양하게 My 베개를 옆구리에 끌어안고 있었다.

벨과 함께 자겠다고 말하며 고집을 꺾지 않는 비네에게 편승, 이 아니라 주신으로서의 책무를 다하기 위해 소년과 비네가 무엇을 하는지 보고자 방으로 쳐들어온 것이다.

릴리나 다른 단원들에게는 비밀로.

"그러면 우선…… 비네 군. 지금부터 나는 '엄마', 벨은 '아빠'라고 부르거라."

"엄마, 아빠……?"

"주신님은 뭘 가르치시는 거예요?!"

비네의 머리를 쓰담쓰담 쓰다듬는 헤스티아에게 벨은

괴상한 비명을 질렀다. 자신보다도 키가 작은 어린 여신에게 애무를 받은 부이브르 소녀는 잘 모르겠다는 듯 고개를 갸웃했다.

"벨, 이럴 때는 하계의 법칙에 따라 모양부터 갖춰야 하는 법이란다."

"그런 법칙 처음 들어봤거든요?!"

허공을 우러러보는 권속에게 주신은 맑디맑은 웃음으로 그저 엄지를 척 내밀었다.

"아니 그보다도, 제 방에는 침구가 하나뿐이라 역시 무리라구요!"

"뭐냐, 벨. 어제도 비네 군과 찰싹 붙어서 자지 않았더냐? 그녀는 좋고 나는 안 된단 말이냐?"

"그, 그건……! 아니 하지만, 역시 주신님하고 같이 자다니……."

"게다가 교회 지하실에 있었을 때는 우리도 같은 소파 위에서 자지 않았더냐."

"억, 어라?!"

그건 주신님이 잠결에 쳐들어왔던 거 아니고요?!

벨은 혼란에 빠졌다. 두 손으로 머리를 움켜쥔 소년을 내버려 둔 채 헤스티아는 비네에게 부드러운 웃음을 지었다.

"괜찮겠지, 비네 군?"

"……응! 주신님도 같이!"

비네는 쑥스러운 듯 웃으며 그렇게 대답했다.

결국 벨은 완전히 밀려버려, 1인용 침대 속에 셋이 나란히 누웠다.

　"조, 좁지 않으세요?"

　"후후, 이렇게 좁은 게 좋은 거 아니냐."

　"엄청 따뜻하다!"

　조금만 움직이면 피부가 맞닿을 거리에 벨이 얼굴을 붉히고 있으려니, 헤스티아는 미소를 짓고 비네는 즐겁게 어깨를 들썩거렸다.

　부이브르 소녀를 중심으로 신과 인간이 나란히 드러누운 모양이었다. 체격으로 따지자면 헤스티아가 가운데에 눕는 것이 어울리겠지만 그녀는 그녀대로 만족스러운 것 같았다.

　마석등 불빛이 꺼진 방에서 시트 스치는 소리가 울려 퍼졌다. 긴장한 벨의 옆에서 처음에는 함께 장난을 치던 헤스티아와 비네는 시계바늘이 돌아가는 사이에 어느덧 새근새근 숨소리를 내며 잠들었다.

　이윽고 모든 방에서 불빛이 꺼지고 저택이 잠에 들었다.

　"……?"

　얕은 잠에 빠졌던 벨은 바로 옆에서 움직이는 기척에 눈을 떴다.

　쳐다보니 비네가 이쪽으로 몸을 붙이고 있었다.

　이제까지 몇 번이나 그랬던 것처럼 벨의 오른쪽 팔을 끌어안는다.

"잠이 안 와?"

소곤거리는 목소리로 묻자 호박색 눈을 가늘게 뜬다.

"아니…… 괜찮아."

어렴풋이 빛나는 이마의 붉은 돌에 사르륵 소리를 내며 떨어지는 은청색 머리카락. 잠옷에서 청백색 목덜미를 드러낸 소녀는 베개에 얼굴을 묻으며 살짝 웃었다.

마주 보던 벨이 문득 시선을 돌리니 쿨쿨 자던 헤스티아가 마침 몸을 뒤척여 등을 돌렸다. 그런 여신을 쳐다보고 조금 생각한 다음, 자세를 바꾸어 비네와 마주 보았다.

부이브르 소녀는 평온한 표정으로 바짝 붙었다.

어린아이의 곁에서 함께 자듯 몸을 마주 댄 벨은 천천히 입을 열었다.

"……비네는 어디서 왔어?"

마음을 터놓게 된 이형의 소녀에게, 계속 마음에 걸렸던 질문을 했다.

"몰라."

"동료는…… 비네를 괴롭히지 않는 몬스터는 없었어?"

"그것도, 몰라……."

벨의 물음에 비네는 모두 모른다고 대답하고, 눈을 내리깔았다. 정신이 들고 보니 어두운 미궁 속에 혼자 있었다는 것이다.

"그치만."

그리고 문득, 비네는 가슴속에서 고개를 들었다.

"꿈 꿨어."

"꿈……?"

"응. 벨 같은…… 사람들을, 해치는 꿈."

그 말에 벨은 눈을 크게 떴다.

"모르는 사람을 할퀴고, 물고, 토막토막……."

바위에 덮인 넓은 공간에서, 수없이 교차하는 통로 안에서.

검을 휘두르는 인간들에게 이빨을 꽂고, 날카로운 발톱으로 찢어버렸다.

시끄러운 비명에도 아랑곳 않고, 이리저리 도망치는 등을 몇 번이고 뿔로 꿰뚫었다.

"전부 다, 새빨갛게 되는…… 무서운 꿈."

문득 시야가 내려가 손을 쳐다보면, 비치는 것은 피에 물든 새빨간 손톱.

눈을 감으면 펼쳐지는 꿈의 세계에서 그런 광경을 몇 번이나 보았다고 비네는 털어놓았다.

"꿈속에서 난, 계속 화를 냈지만…… 점점, 추워져."

"뭐……?"

"사람들이, 벨처럼…… 나한테서, 누군가를 지켜줘."

처음 만난 당시, 릴리와 다른 단원들에게서 자신을 감싸주었던 벨처럼. 비네는 그렇게 말했다.

그것은 피투성이가 된 연인을 감싸고 자신의 몸을 방패로 삼던 엘프였을까.

혹은 동료들이 도망칠 수 있도록 혼자만 남아 무수한 몬스터에게 용감하게 맞선 드워프였을까.

혹은, 혹은, 혹은…… 소녀의 말을 듣고 단편적인 정보에서 수많은 그림이 벨의 머릿속에 떠올랐다.

바로 곁에 있는 비네는 몸을 조그맣게 움츠리며 긴 속눈썹을 떨었다.

"그 사람들 보고, 몸이 추워졌어."

"……."

"가슴에 구멍이 뻥 뚫린 것처럼, 텅 비고…… 대신, 그 사람들이 굉장히 예쁘게 보여."

서로 돕고, 서로 감싸고, 서로 사랑하는 사람들의 모습.

겁을 먹으면서도 동료를 지키려 하는 그런 그들을, 마침내는 놓아주고 마는 광경도 나오게 되었다.

"그 다음에는, 늘 똑같아. 내가 빨갛게 되고, 깜깜해져."

그리고 한결같이 찾아오는 꿈의 끝.

은색 빛에 베여 싸늘해져가는 몸. 움직이지 않게 되는 팔다리. 멈추지 않는 붉은 피.

바위에 뒤덮인 천장을 올려다보며, 시야가 서서히 어두워진다.

"살려달라고 울어도…… 아무도 도와주지 않아."

헐떡거리며 비명을 지르지만 주위에 있는 동족들은 쳐다보지도 않는다.

고함을 지르며 인간들만 공격한다.

허공을 춤추는 잿빛 안개를 마지막으로 모든 것이 어둠에 묻힌다.

"아주 무섭고, 쓸쓸한 꿈이야."

아무도 구원의 손길을 내밀어주지 않은 채, 그곳에서 꿈은 끝난다는 것이다.

"……."

이야기를 잠자코 듣던 벨은 입을 다물었다.

그게 정말로 꿈일까?

어쩌면 그건 비네의——

벨의 생각이 거기까지 비약하려던 순간, 이형의 소녀는 움찔움찔 움직이더니 가슴에 얼굴을 묻었다.

"하지만 이제는, 안 무서워."

벨이 옆에 있으니까.

목소리에서 배어 나오는 안온함과 함께 끌어안는다.

비네는 웃고 있었다.

온기를 찾던 소녀를 벨도 아무 말 없이 받아주었다.

그저 가만히 손을 뻗어, 은청색 머리카락을 부드럽게 쓰다듬고 있었다.

"……."

벨과 비네에게 등을 돌린 헤스티아는 천천히 눈을 떴다.

다 들은 이야기를 반추하듯 창밖의 푸른 밤하늘로 시선을 돌린다.

이윽고 잠이 든 소년과 소녀의 숨소리가 한데 섞이기 시작했을 무렵.

그녀는 다시 몸을 뒤집어, 몇 번인가 망설인 후, 뒤에서 소녀의 몸을 끌어안았다.

🕯

푸른 어둠이 펼쳐져 있었다.

수많은 별이 깜빡이는 하늘은 한밤을 알리고 있었다. 회색 구름에 몸을 절반 가린 달빛이 어스름하게 도시를, 오라리오를 비추었다.

대로변을 비롯한 시내에서 주점의 소란은 아직도 끊이질 않았다. 그런 가운데 가장 북적거리는 번화가나 환락가에서 떨어진 오라리오 동부, 도시 동문 부근의 뒷골목에 그들이 있었다.

거대한 시벽이 바로 앞에서 내려다보는 어두컴컴한 골목길의 막다른 곳.

방치된 나무 궤짝과 나무통 위에 앉은 모험자들과 함께, 어떤 남신이 깃털 달린 모자를 만지작거리고 있었다.

"헤르메스 님, 로리에 일행이 돌아왔습니다."

달을 가린 구름이 조용히 흘러가는 가운데, 물색 머리카락을 출렁이는 묘령의 미녀가 나타났다. 순백색 망토로 어스름을 밀어낸 그녀의 뒤에는 여행자로 가장한 세 명의 데미휴먼이 있었다.

은제 안경을 쓴 자신의 권속, 아스피 알 안드로메다의 목소리에 사뿐 나무통에서 내려온 남신, 헤르메스는 여리여리해 보이는 웃음을 지었다.

　"오랜 여행 수고 많았어! 로리에 너희도. 기다렸다."

　여행자 차림의 후드를 내리는 엘프 소녀, 수인 남녀 두 명에게 헤르메스는 노고를 치하하는 말을 건넸다.

　"그래, 어땠어?"

　"예…… 도시에서 나간 밀수품의 경로와, 이를 조종하던 상회를 적발했습니다."

　"그렇구나. 잘했어."

　로리에라 불린 엘프의 보고에 헤르메스는 만족스럽게 고개를 끄덕였다.

　던전을 보유한 세계 제일의 마석제품 생산도시인 오라리오에서는 밀수출이 끊이질 않는다. '마석'에 관한 이익을 독점한 길드의 눈을 피해 온갖 수법으로 도시의 검문을 빠져나간 제품과 '마석' 그 자체가 다른 나라, 다른 도시에서 거래되는 것이다. 길드 및 그들에게 협조하는 【파밀리아】가 엄중히 단속한다지만, 그래도 밀매가 이루어지는 것은 지나치게 커진 도시의 필연이었다.

　그리고 밀수품의 경로를 추적해 이와 관련된 조직을 적발하는 것은 【헤르메스 파밀리아】의 업무 중 하나였다. 그들은 길드에 의뢰를 받는 형식으로 도시 밖에 나가, 물건을 밀거래하는 조직이나 출처를 조사하는 것이다. '운반책'

을 비롯한 여러 가지 업무를 맡은 그들이 자유로이 도시를 출입하도록 허락을 받은 이유 중 하나이기도 하다. 만능자 【페르세우스】의 매직 아이템을 구사하는 중립 파벌 【헤르메스 파밀리아】의 의뢰 수행 신용도는――설령 공식 레벨을 속이고 있더라도――길드 내에서 매우 높다.

전부터 편지로 귀환 보고를 받았던 헤르메스는 밀수 조사를 위해 도시를 오랫동안 떠났다가 오늘 밤 돌아오는 단원들을 마중하러 온 참이었다.

"각종 정보는 이곳에 기록해두었습니다……. 그리고 한 가지 보고드릴 것이."

둥글게 만 양피지를 헤르메스에게 넘겨준 엘프 단원은 고운 피부를 창백하게 물들이면서 입을 열었다.

"말씀하셨던 대로…… **몬스터의 밀매** 또한 확인했습니다……."

"……팔려간 곳은?"

"저희가 잠입했던 곳은 에를리아 귀족의 저택……. 경로를 조사한 결과, 다른 지역의 왕후와 귀족들에게도 실려갔을 가능성이 있습니다."

자신이 보았던 당시의 광경을 떠올리는지 엘프 단원은 구역질을 참으려는 것처럼 가느다란 목을 손으로 꼭 눌렀다.

"지하의 고문실에, 몬스터가 사슬로 묶여 있었습니다. 테임을 받았는지 어떤지는 알 수 없습니다만, 인간의 소행이라고는 여겨지지 않는 치욕…… 아, 아니, 취급을, 받고 있었습니다.”

얼른 말을 고친 그녀는 금발과 뾰족한 귀를 가늘게 떨었다.

“저희가 잠입했을 때는 이미 숨이 끊어지기 직전이라……
죽으면서, 이것을 동포에게 전해주었으면 한다고…….”

엘프 단원의 뒤에서 수인 하나가 걸어 나와 흰 천에 싸
인 물건을 건네주었다.

헤르메스가 천을 풀자 나온 것은 무수한 생채기가 남은
몬스터의 뿔── 드롭 아이템, 아니, 유품이었다.

남신은 등황색 눈을 가늘게 떴다.

지금 들은 내용과 무참한 뿔에, 아스피를 비롯한 주위의
단원들은 눈을 크게 뜨고 있었다.

남녀 수인들 또한 입을 꾹 다문 가운데, 엘프 소녀는 더
이상 견딜 수 없다는 듯 냉정함을 포기했다.

“──말을 했어요! 도움을 청했어요! 몬스터가!! 저희와
똑같이 인간 말을 알아듣고, 눈물을 흘리면서!!”

소녀의 호흡이 거칠어졌다. 크게 뜬 한쪽 눈을 오른손으
로 누른 채 상식과는 다른 모습을 보였다.

결벽한 엘프족 소녀는 그저 동요하고만 있었다. 착란이
라 해도 과언이 아니었다. 아름다운 두 눈에 눈물을 맺고,
이제까지 꾹 억눌렀던 감정을 주신 앞에서 터뜨렸다.

“그건 뭔가요?! 어떻게 그런 눈으로 저를……! 저는, 저
는……!!”

혼란에 빠진 그녀를 앞에 두고.

잠자코 있던 헤르메스가 다가가 상대의 손을 잡았다.

"네가 보고 들은 건 이 헤르메스가 맡아주마. 더 품고 있을 필요는 없으니, 전부 나한테 맡기고 편안히 있어."

손을 잡아 자신의 가슴으로 이끌어, 심장 소리를 들려주었다. 손바닥 너머로 전혀 흐트러지지 않는 율동을 들은 엘프 소녀는 서서히 자신의 호흡을 되찾아갔다.

떨면서도 천천히 고개를 든 그녀에게, 헤르메스는 씨익 웃음을 지어주었다. 자신의 깃털 모자를 손에 들어선 억지로 씌워주었다.

"너희도."

그리고 남녀 수인에게도 웃음과 함께 어깨를 두드려주고는, 고개를 숙인 소녀와 함께 다른 단원들에게 맡겼다.

그들에게 뒷일을 맡겨 홈으로 보냈다.

"……그래서 어떻게 하실 겁니까, 헤르메스 님?"

피폐해진 소녀들이 떠나가는 것을 지켜보며 아스피가 어딘가 언짢은 목소리로 말했다. 단원에게 한껏 폼을 잡은 주신에게 눈을 흘기자, 당사자는 말없이 머리 위를 올려다보며 주위에 있던 단원 중 하나를 불렀다.

"루루네, 수상한 애를 발견했다고 그랬지?"

"응, 헤르메스 님. 처음 보는 엘프 꼬맹이가 '말하는 몬스터'에 대해 알아보고 다니더라고. 뒤를 쫓아갔지만…… 고약한 냄새가 나는 자루 때문에 코가 마비돼서 놓쳐버렸지 뭐야."

갈색 피부의 시앙스로프 소녀는 여전히 괴로운 것처럼 코를 싸쥐며 미안하다고 코맹맹이 목소리로 사과했다.

그녀를 흘끔 본 헤르메스는 시선을 되돌려, 뒷골목의 모양으로 잘려나간 밤하늘을 올려다보았다.

"의뢰주의 말은 절대적이야. 우린 정보를 모을 수밖에 없지만······."

그리고 말을 끊더니,

"아아, 나 원."

푸념하듯 중얼거리며 말을 잇는다.

"뭐 이렇게 성가신 일을 떠넘긴 거야, 우라노스······."

가늘고 긴 눈으로 달을 바라보며, 헤르메스는 조금 전 받은 양피지 두루마리에 시선을 떨구었다.

펼쳐진 양피지에는 밀수에 관여한 상회, 그리고 몬스터 밀매의 경로를 추적한 정보가 나열되어 있었다. 그리고 오라리오까지 거슬러 올라오는 루트의 시발점으로는 어떤 【파밀리아】의 이름이 거론되었다.

파벌의 이름은 【이켈로스 파밀리아】라고 했다.

어둠 속에 쇠사슬 소리가 울려 퍼졌다.

격렬하게 부딪치는 금속성에 섞여 공간을 뒤흔드는 것은 분노에 타오르는 포효, 혹은 슬픔 섞인 울음소리였다.

끔찍한 아비규환이 어둠으로 터져 나갔다.

"부이브르 괴물을 놓쳤다고?"

주위의 소란에도 아랑곳 않고 께느른하게 입을 여는 인물이 있었다. 흑발 휴먼. 남성이다.

불투명 수정인 스모크 쿼츠로 만든 고글을 장착했으며, 검은색이 감도는 렌즈 안에 붉은 눈동자가 살짝 비쳐 보였다. 키가 크고, 지저분해진 배틀클로스에서 엿보이는 가슴팍과 목덜미는 잘 다잡힌 것이었다. 허리에는 단검으로 분류되는 대형 배틀나이프를 찼다.

텅 빈 까만색 우리 위에 책상다리를 하고 앉았으며, 어조와 음성은 듣는 이에게 거칠다는 인상을 주었다.

"19층에서 보긴 했는데, 어디로 갔는지 찾을 수가 없어서…… 미, 미안해, 딕스."

"아— 거 아깝게시리. 생포해서 에를리아의 귀족 놈들에게 팔아치우면 한몫 단단히 챙겼을 텐데."

남녀 4명의 모험자들이 어깨를 늘어뜨린 가운데, 딕스라 불린 고글 사내는 머리 위를 올려다보았다.

석재 천장은 어둠으로 뒤덮여 압박감이 있었다. 주위에는 검은색 우리가 수없이 보였으며 끈에 매달린 얼마 안 되는 마석등이 이리저리 돌아다니는 수많은 데미휴먼의 얼굴을 비춘다. 그리고 그들을 향해 터져 나오는 쇠사슬 소리와 포효는 모두 우리 안에서 들려왔다.

고글 사내는 모험자들의 발밑에 침을 뱉더니 일어났다.

"괴물들의 '둥지'도 못 찾고……. '거목미궁'에 있는 건 틀림없을 텐데 말이지."

세워 놓았던 붉은 창을 들고, 좁다랗게 늘어선 우리 중 하나로 다가간다.

창날은 뒤틀리고 구부러져 이질적인 형상이었다. 효율적인 찌르기를 도외시하고, 마치 격렬한 고통을 주는 것만을 목적으로 한 것처럼.

"이놈이고 저놈이고 말을 안 하네…… 나 원!"

붉은 창이 우리 틈으로 파고들어 안에서 꿈틀거리던 그림자에 힘껏 박혔다.

무언가를 호소하는 것처럼 새어 나오던 힘없는 울음소리가 금세 귀를 찢을 듯한 절규로 바뀌었다. 연신 사슬이 울리며 붉은 피가 튀는 소리가 이어졌다.

우리 안의 그림자가 몸을 저으며 고통에 신음하는 것을 본 사내는 표정 하나 바꾸지 않고 창을 뽑았다.

"하지만 부이브르라…… 오랜만의 대박인데. 꼭 손에 넣고 싶단 말이지."

창 자루로 자신의 어깨를 두드리며 고글 안에서 눈을 가늘게 뜬다.

"19계층이라고 했냐? 그때 상황을 좀 자세히 말해봐."

"어, 응…… 우리가 부이브르를 발견했을 때는 리빌라에서 퀘스트를 내서, 파이어버드 사냥이 있었어. 모험자들이 계층 여기저기서 돌아다니더라고."

피에 젖은 창을 든 사내의 질문에 모험자 중 하나가 쭈
뼛쭈뼛 말하기 시작했다.

　"몬스터가 말을 했다고 소란을 떠는 엘프가 있었는데,
그래도 그게 다였어. 아무도 믿지 않았는걸. 아마 부이브
르는 아직 던전에 있거나…… 아니면 다른 몬스터한테 당
했을 거야."

　말하기 저어된다는 것처럼 설명하는 상대의 이야기를
듣고, 고글 사내는 생각에 잠긴 후 입을 열었다.

　"일부에서는 소란을 떨어댔는데, 해치웠다고 나선 놈은
하나도 없었단 말이지……. 어디의 멍청이가 데리고 있는
건지도?"

　입술을 틀어 올리는 사내의 발언에 모험자들은 놀라더
니, 이내 말도 안 된다며 웃었다.

　"야, 그 부이브르도 말이 안 나올 만큼 얼굴이 반반했다
며. 멍청한 모험자가 정신이 나가버려도 이상할 거 없지."

　'괴물 취향' 같은 성벽도 있지 않느냐고 비웃음을 흘린다.

　적어도 같은 모험자가 '말하는 부이브르'를 해치웠다면
이상한 몬스터가 있었다고 화제로 삼았어도 이상하지 않
을 거라고, 사내는 자신의 생각을 들려주었다.

　"뭐, 너희 말대로 몬스터한테 당했거나 아직 던전을 헤
맬 가능성도 있지. 나도 보러 가야겠다……. 그리고 리빌
라에서 낸 퀘스트에 참가했던 놈들을 모조리 알아와."

　그 지시에 모험자들은 황급히 고개를 끄덕이고 움직이

기 시작했다.

달려나가는 그들을 곁눈질하며, 고글 사내는 뒤를 돌아 보았다.

"그런고로…… 이켈로스 님, 이번에도 힘 좀 빌려주셔야 겠수다."

"──히히, 그게 주신에게 뭘 부탁하는 태도야? 건방진 애송이놈."

사내의 시선 너머에 있던 것은 한 남신이었다.

남색 머리카락에 같은 색깔의 눈동자, 갈색 피부. 검은 색을 베이스로 한 의상. 신이라는 증거인 단아한 외모에는 경박한 웃음이 새겨져 있었다.

이제까지 아무 말 없이 재미나다는 듯 고글 사내와 다른 자들의 동향을 지켜보던 청년 신은 쪼그리고 있던 석제 좌대 위에 책상다리를 하고 앉았다.

"신이면 우리 같은 애들 거짓말은 다 알아볼 수 있을 거 아뇨. 수상한 놈이 있으면 속을 떠봤으면 좋겠다고요."

"귀찮게시리~. 난 신인데 막 부려먹냐?"

신── 이켈로스의 능글거리는 눈빛에 고글 사내 딕스 도 목을 큭큭 울리며 웃었다.

"지루하지 않아서 좋잖수?"

"……하는 수 없지~."

권속의 그 말에 이켈로스는 '오락'에 굶주린 신 특유의 웃음을 지었다.

"이번에도 날 웃게 해줄 거지, 딕스?"

"신의 분부대로."

마석등 불빛에 두 개의 그림자가 길게 뻗어나갔다.

석재의 냄새가 감도는 광대한 공간에 여전히 짐승과도 같은 울음소리가 끊어지지 않는 가운데, 인간과 신은 거울로 비춘 것처럼 나란히 희미한 웃음을 나누었다.

© Suzuhito Yasuda

3장 세계와 현실과 몬스터

"말로는 들었지만…… 실물을 보니 이젠 놀랄 수밖에 없네."

오른쪽 눈의 안대를 손가락으로 긁으며, 헤파이스토스 님은 비네를 앞에 두고 그렇게 말씀하셨다.

아침 햇살이 스며드는 '화덕관'의 거실. 홈에 모인 타케미카즈치 님, 미아흐 님, 헤파이스토스 님은 내 뒤에 숨은 부이브르 소녀를 보며 아연실색했다.

"인간을 습격하지 않는 몬스터…… 게다가 의사소통까지 가능하다니."

"하계의, 아니, 우리의 상식까지 뒤집어버리는걸."

"이상사태라는 한마디로 치부해버릴 수는 없겠어……."

우리 【헤스티아 파밀리아】의 단원들이 지켜보는 가운데 신들은 복잡한 표정을 지었다.

친한 신들을 불러온 헤스티아 님이 물었다.

"역시 전혀 짐작 가는 바가 없어?"

헤파이스토스 님을 비롯한 신들은 아니나 다를까 고개를 가로저을 뿐이었다.

신들조차 당황하게 만드는 사태…… 역시 비네는 그 정도로 이질적인 존재인 걸까?

"뭔가를 파악한 자들이 있다면…… 길드 아니겠어?"

이야기가 이어지는 가운데, 헤파이스토스 님이 꺼낸 한마디가 이 자리에 긴장감을 가져다주었다. 나도 길드라는 단어에 반응하고 말았다.

"……하긴, 지금 우리에 비하면 무언가를 알고 있을 가능성은 크지."

"하지만 아무리 그래도 길드를 떠보는 건 위험해."

도시의 관리기관인 길드는, 동시에 미궁의 관리자이기도 하다. 우리 같은 일개 【파밀리아】보다도 현재의 던전에 대해 잘 알거나, 혹은 독자적인 정보를 보유했을 가능성은 크다고 할 수 있다. 그야말로 에이나 누나 같은 말단 직원에게는 알려지지 않은──우리가 교전했던 칠흑의 골라이아스 같은──기밀정보가.

하지만 길드에 비네의 존재가 새어 나가는 것은 매우 위험하다. 몬스터를 보호한다는 사실이 알려졌다간 【파밀리아】의 입장이 위험해지는 것은 당연하며, 이상사태의 극치인 비네는 최악의 경우 실험체로 끌려가버릴지도…….

근거도 없는 자신의 상상에 오싹하면서도, 위험성이 너무 높다는 미아흐 님과 타케미카즈치 님의 의견에는 나도 동의했다. 주신님도 팔짱을 끼고 떨떠름한 표정을 지었다.

결국 상황이 진전될 가망은 없었지만, 자신들도 정보를 알아볼 테니 무언가 알게 되면 연락하겠다고 세 분은 협조를 약속해주었다.

신들이 돌아간 후.

"앞으로 어떻게 할지 말인데…… 벨, 너희는 던전에 가다오."

주신님은 우리에게 그렇게 말을 꺼냈다.

"지상에서 얻을 수 있는 정보에 한계가 있다는 건 슬슬 알 것 같다. 이렇게 된 이상 던전에 내려가볼 수밖에."

비네와 만난 후 이미 엿새가 지났다.

지금까지 얻은 얼마 안 되는 수확, 혹은 온갖 헛수고를 돌이켜본 주신님은 내가 비네를 발견했던 장소, 던전 제19 계층에서 무언가 단서를 찾아와달라고 말했다.

"전에 말씀드렸듯 릴리네 말고도 '말하는 몬스터'의 정보를 추적하는 사람들이 있어요. 언제 갑자기 상황이 뒤집어질 수도……. 움직일 거라면 일찌감치 움직이는 게 좋을지도 모르겠어요."

"……그렇겠지. 갈 수밖에."

전에 릴리가 가르쳐주었던 정보에 미코토 씨와 하루히메 씨가 긴장을 느끼고 벨프가 찬성했다.

이대로는 손가락만 물고 있을 뿐이다. 변동하는 상황을 따라갈 수 없을지도 모른다.

고개를 끄덕인 우리는 탐색범위를 던전까지 확장하기로 결정했다.

"미안하구나, 다들……. 나도 무슨 일이 일어나고 있는지를 알고 싶다. 다들 잘 부탁한다."

주신님은 우리의 얼굴을 둘러보며 간곡히 부탁했다.

헤스티아 님의 그런 진지한 표정, 그리고 당황하던 신들의 모습을 떠올린 우리는 신들조차 예상하지 못하는 일이 일어나고 있음을 새삼 느꼈다.

"벨……."

"……괜찮아, 비네. 금방 돌아올게."

불안해하며 올려다보는 비네에게 나는 몇 번이나 입에
담았던 말을 하고 웃음을 지어주었다.

"이렇게 셋이 던전에 가는 것도 오랜만인걸."

"요즘은 인원부족에 시달리는 일은 없었죠."

대도를 걸머진 벨프, 백팩을 짊어진 릴리와 홈 정문 앞
에 모였다.

던전에 가는 것은 나와 릴리, 벨프 세 사람이 되었다. 미
코토 씨와 하루히메 씨는 비네를 돌볼 겸 홈을 지키기로
했다.

【파밀리아】결성 전부터 있었던 원조 파티, 익숙한 3인 1
조에 우리는 웃음을 나누었다.

"하지만 목적지는 19계층…… 솔직히 말하자면 릴리네
만 가기에는 불안한 면도 있어요. 도착한다 해도 조사할
시간을 포함하면 왕복에 하루 이상 시간이 필요할지도 몰
라요."

정문 앞에서 출발해 홈 부근인 도시 남서쪽 대로를 걸으
며 릴리가 우려를 표했다.

"하긴. 홈을 너무 오래 비워놓고 싶진 않으니."

"그렇지……?"

지형이나 몬스터의 경향, 대처 방법을 포함해 세이프티 포인트까지의 여정은 상당히 익숙해졌으며, 아마 이 셋만으로도 갈 수는 있을 것이다. 다만 시간이 걸릴지도 모른다.

얼마 전 우리 파벌만으로 제18계층에 도착했을 때는 5인 파티였다. 게다가 하루히메 씨의 마법인 '레벨 부스트'를 벨프와 미코토 씨에게 사용하기까지 했다.

미코토 씨와 하루히메 씨가 없는 만큼 당연히 위험은 늘어나니——사용한계가 있는 벨프의 '마검'과 릴리의 '냄새 자루'에 의존하는 것도 어리석은 방법일 것이다——그만큼 신중해진 우리의 진행도 느려진다. 또한 다른 멤버들을 비네와 함께 남겨둔 홈을 오래 비우는 것도 심정적으로 피하고 싶었다.

'릴리나 벨프와 만나기 전에는 계속 혼자 던전에 내려갔으니, 배부른 고민일지도 모르지만……'

참고로 솔로 전문 상급 모험자, 특히 나와 같은 Lv.3 모험자는 혼자서 세이프티 포인트까지 왕복도 한다는 이야기를 리빌라 마을에서는 곧잘 들었다. 내 경우에는 압도적으로 경험이 부족하기도 했고…… 예전에 '중층'에서 벌인 결사행 또한 애매하게 트라우마로 남았다. 적어도 자진해서 하고 싶지는 않았다.

"으음……."

중층 첫 도전 무렵과 비교해 나와 벨프의 레벨이 올라갔다고는 해도 방심은 금물. 무엇보다 시간을 많이 들이지 않고 제19계층으로 가고 싶다.

오늘도 맑디맑은 하늘을 올려다보며 무언가 좋은 방법은 없을까 생각에 잠겨 있으려니…… 내 뇌리에 어떤 인물의 얼굴이 떠올랐다.

하지만 그 사람은…… 아무리 그래도 말이지.

"제 얼굴에 뭐가 묻었습니까?"

"아, 아뇨."

일반 시민들로 붐비는 서쪽 메인 스트리트.

길을 오가는 마차와 모험자들의 모습도 보이는 가운데, 나는 아름다운 하늘색 눈동자에서 시선을 돌렸다.

"왜 그러세요, 벨 씨? 아까부터 류를 흘끔흘끔 쳐다보시고."

"그, 그게, 아무것도……."

주점 '풍요의 여주인' 앞.

오늘도 나는 시르 씨에게서 점심을 받고 있었다.

시르 씨는 우리가 던전 탐색에 가지 않았던 날도 연습 삼아 매일 도시락을 만들었다고——내가 오지 않는 날은 점원분들에게 드리고 감상을 듣는다고——한다. 감사하면서 조그만 광주리를 받자, 시르 씨와 함께 나온 류 씨를 쳐다보던 사실을 지적받고 말았다. 생각하던 것이 태도로 드러난 모양이었다.

다시 말해, 류 씨에게 파티의 도우미를 부탁할 수는 없을까…… 하는.

옛날에는 모험자였으며 엄청난 실력을 가진 이 사람이 와준다면 목적지에는 눈 깜짝할 사이에 갈 수 있을 것이다. 하지만 아무리 그래도 그런 부탁은 너무 이기적이랄까, 류 씨를 편리하게 부려먹는 것 같달까…… 워 게임 때도 포함해 정말 몇 번이나 도움을 받았으니, 이 이상 이 사람의 힘에 의존하는 것은 너무 불성실하다.

나는 시르 씨, 류 씨 앞에서 거짓 웃음을 지으며 얼버무리려 했다. 하지만 릴리는 뒤에서 옷깃을 쭉쭉 잡아당기더니 말했다.

"벨 님, 밑져야 본전이니 류 님께 도우미로 와달라고 교섭해보세요."

"엑, 릴리!"

"수단을 가릴 때가 아니잖아요. 이젠 류 님 말고는 부탁드릴 만한 분도 없으니까."

그야 【타케미카즈치 파밀리아】와 【미아흐 파밀리아】 분들께 임시 파티를 부탁드리려 해도 이 시간이면 이미 던전 탐색에 내려가고 없을 것 같지만…….

작은 목소리로 그건 아니라고 황급히 반론했으나, 비네가 걱정이 된 나는 결국 릴리에게 밀려버렸다.

우물쭈물하면서 류 씨와 시르 씨를 다시 쳐다보고, 교섭을 시작했다.

"……세이프티 포인트까지 가시고 싶으시다는 거군요."

"네, 네에…… 역시 무리, 겠죠?"

제19계층이라고는 하지 않고, 일부러 목적지는 세이프티 포인트라고만 전했다. 가게의 나무 쟁반을 든 채 서 있는 류 씨의 반응에 목소리도 몸도 움츠러들었다.

"벨 씨는 왜 거기까지 가려고 하나요?"

"어, 그게, 오늘 안으로 해야 하는, 퀘스트 같은 게 있어서……."

의아한 표정으로 묻는 시르 씨에게 간신히 그럴듯한 말을 입에 담아봤지만…… 표정 하나 움직이지 않고 빤히 바라보는 류 씨의 하늘색 눈동자를 직시할 수 없어 시선은 이리저리 흔들렸다. 성실한 눈빛을 앞에 두고 무언가를 숨긴다는 것이 매우 미안했다.

어깨를 축 늘어뜨린 나의 수상쩍은 태도, 라기보다는 서툰 거짓말에 릴리와 벨프가 한숨을 쉬었다.

"……크라넬 씨, 죄송하지만 저에게도 가게 일이 있는지라——"

그리고 아니나 다를까, 류 씨가 거절을 하려던 그때였다.

"벨 크라넬!"

뒤에서 기세 좋은 목소리가 들려왔다.

벨프, 릴리와 함께 나란히 돌아보니—— 그곳에는 잘록한 허리에 한쪽 손을 척 얹은 아름다운 여걸이 서 있었다.

"아, 아이샤 씨?!"

무희 같은 의상을 걸친 그녀—— 아이샤 벨카 씨를 보

고 나는 눈을 크게 떴다.

【이슈타르 파밀리아】에서 간부였던 제2급 모험자. 창부 노릇을 강요당했던 하루히메 씨의 얼마 안 되는 편이기도 했던 혈기왕성한 아마조네스다.

아름다운 긴 다리, 배꼽을 비롯한 갈색 피부를 드러낸 차림, 무엇보다도 온몸에서 풍기는 강렬한 매력에 대로를 오가는 남성들의 눈길이 못 박혔다.

"여, 여긴 무슨 일로……?"

"그 멍청한 여우가 어떻게 지내나 살피러 온 김에 네 얼굴도 좀 볼까 했더니 던전에 갔다잖아. 그래서 고분고분 돌아가려고 대로로 나오니깐 네가 있더라고. 겸사겸사."

다가오는 아이샤 씨의 대답에 나도 고개를 끄덕였다. 이러쿵저러쿵 핑계를 대면서도 하루히메 씨를 챙겨주었던 이 사람은 그 후로도 홈을 찾아오곤 했다. 벨프와 릴리하고도 가끔 이야기를 나눈다.

오늘도 그랬던 모양이고, 그 결과 우리와 엇갈렸던 것이리라.

"그런데 이런 술집 앞에 서서 뭐 하는 거야?"

초면이므로 고개를 숙여 인사하는 류 씨와 시르 씨, 그리고 우리를 번갈아 쳐다보며 아이샤 씨가 물었다.

잠시 망설였지만, 류 씨의 신상은 대충 얼버무린 다음 사정을 설명했다.

"흐응, 말하자면 호위란 말이지. 좋아, 내가 맡아줄게."

"네?!"

"세이프티 포인트에 갔다가 냉큼 돌아오면 되잖아? 별 거 아니네."

아이샤 씨의 말에 나만이 아니라 릴리와 벨프, 시르 씨와 류 씨도 놀랐다.

"그, 그래도 괜찮으시겠어요……?"

"퀘스트라고 생각하면 되지 뭐. 보수만 마련하면 어울려줄게. 그리고 너하곤 한번 던전에 같이 내려가보고 싶었거든."

앞부분은 담담하게, 그리고 뒷부분은 요염하게 말하며 아이샤 씨는 척 팔짱을 끼었다. 속옷과 분간이 가지 않을 만큼 짧은 옷에 눌린, 헤스티아 님께도 꿀리지 않을 만큼 풍만한 가슴이 출렁이며 밀려 올라왔다. 어딘가 선정적인 아이샤 씨의 몸짓에 뺨이 확 달아오르는 것을 알 수 있었다.

……아마조네스라는 종족을 한 몸에 드러낸 것 같은 아이샤 씨가 나는, 그 뭐랄까, 대하기가 좀 어렵다.

대담한 성격도 그렇지만, 생생한 갈색 피부와 깊은 가슴 계곡이 일일이 시선에 날아드니 얼굴을 붉히지 않을 수 없는 것이다. ……한편으로는 나를 노려보는 릴리와 생긋 웃는 시르 씨가 왠지 무서웠다.

이마에 땀을 삐질삐질 흘리며…… 솔직히 제2급 모험자인 이 사람이 따라와준다면 다행이겠다는 생각도 들었다. 이렇게 되면 류 씨의 손을 빌리지 않아도 되겠고.

내가 그런 생각을 하고 있으려니, 갑자기 아이샤 씨가 눈을 가늘게 떴다.

"다만—— 내 보수는 비싸."

"히익……?!"

뱀처럼 뻗어온 팔이 어깨에 감겨 나를 확 끌어당긴다. 밀착된 부드러운 몸의 감촉에 가슴이 두근거리기도 전에 나는 겁을 먹어버렸다. 눈앞에서 아이샤 씨가 입맛을 다시고 있었으니까.

릴리와 시르 씨가 깜짝 놀라고 벨프가 어이없어하는 것을 알 수 있었다. 그때까지 침묵을 지키던 류 씨마저 두 눈을 날카롭게 떴다.

"보, 보수라면……?!"

"알면서 그래. **지난번에는 미처 못 먹었잖아.**"

머릿속에 떠오르는 것은 환락가를 쫓겨다니던 악몽의 기억. 갈색 몸에서 살짝 풍기는 사향 냄새가 이번만큼은 당시의 공포를 부활시켰다.

육식짐승을 방불케 하는 아이샤 씨의 웃음에, 내가 낯을 창백하게 물들인 순간——

"——건드리지 마라."

마치 검이 번뜩이듯 무시무시한 속도로 나무 쟁반이 날아들었다.

풀려난 나와 함께 경악하며 아이샤 씨가 눈을 돌리자, 그곳에는 이제까지 본 적이 없을 정도로 냉담한 눈빛을 띤 류 씨가 있었다.

"떨어지십시오, 아마조네스. 그에게 음탕한 짓을 했다간 용서치 않겠습니다."

싸늘한 엘프의 시선에 아마조네스 여걸은 호전적인 웃음을 지었다.

"아앙? 뭐야. 너도 이 수컷에 집착하는 사람?"

"……착각하지 마시지요. 그에게는 이미 반려 선약이 있으니."

무슨 소리예요?!

"호오~ 그거 우연인걸. 나에게도 이 꼬마에게 영원무궁토록 잘 부탁하고 싶은 여동생 같은 녀석이 있거든."

"헛소리는 집어치우십시오. 크라넬 씨가 난처해하니."

"아~ 알았어, 알았어. 먼저 우리가 맛을 봐줄 테니까 너는 손잡는 데서부터 시작하라고. 엘프답게 말이지."

"품성 없는 상대에게 그를 맡길 수는 없습니다. 당신들이야말로 꺼지시지."

내가 눈을 크게 뜨고 쳐다보는 가운데 펼쳐지는 격렬한 시선의 응수.

키가 큰 아이샤 씨가 위에서 내려다보고 류 씨는 밑에서 올려다본다. 당장이라도 격렬하게 튀는 불꽃의 환영이 보일 것 같다. 두 사람 사이에서 있는 말 없는 말이 오가는 바람에 이제는 뭐가 뭔지 알 수 없었다.

……성에 분방한 아마조네스는, 드워프와 마찬가지이거

나 혹은 그 이상으로 엘프와 상성이 나쁜지도 모르겠다.

날카로운 안광을 띤 류 씨와 태연히 웃는 아이샤 씨의 눈싸움을 앞에 두고 나는 식은땀과 함께 그렇게 생각했다.

"시르, 죄송합니다. 반차를 내겠습니다. 미아 어머니에게 말씀 전해주십시오."

"엑, 류?!"

"그녀는 위험합니다. 내버려 둘 수 없습니다. 크라넬 씨의 정조를 지키기 위해 퀘스트 동안 제가 동행하며 감시하겠습니다. 야간 영업시간 전까지는 돌아올 터이니."

저, 정조……?!

여전히 시선을 아이샤 씨에게 고정한 류 씨에게 시르 씨도 갈팡질팡했다. 류 씨가 진심으로 아이샤 씨의 마수에서 날 지키려 해…….

성실하기 그지없는 성격 탓인지, 농담이 아니라 진짜로 의협심을 자극받은 모양이다.

"……뭐, 의도치 않게 든든한 분들의 힘을 빌릴 수 있게 됐으니 바라마지않던 바지만요."

"……이름을 날리는 모험자란 것도 별별 놈들에게 다 찍혀서 힘들겠다."

마치 기사처럼 아이샤 씨의 앞을 가로막고 나서는 류 씨를 바라보며, 릴리와 벨프가 입을 모아 말했다.

연민이 담긴 벨프의 말이 은근히 제일 아팠다.

류 씨와 아이샤 씨의 도움을 얻게 된 우리는 시르 씨의 배웅을 받으며 던전으로 향했다.

얼른 다녀오고 싶다는 우리의 사정을 배려해서인지, 두 분은 장비와 갈아입을 옷을 바벨에 가는 길에 있던 무기상에서 때워 홈에 들렀다 오는 시간을 덜어주었다.

그리고 제2급 모험자 두 명이라는 강력하면서도 화려한 도우미를 얻은 임시 파티는 '상층'을 쉽사리, 눈 깜짝할 사이에 돌파해버렸다.

"하아아아아아아아아!!"

거친 기합성과 함께 거대한 칼날이 번뜩여 수많은 '헬 하운드'를 양단해버렸다.

바위굴을 연상케 하는 '중층' 제14계층. 전열 공격수를 맡은 아이샤 씨는 사나운 웃음을 머금으면서 맞닥뜨리는 몬스터를 모조리 격파해버렸다.

그녀가 오는 길에 무기상에서 산 것은 대형 무기에 속하는 대검이었다. 원래 무기인 박도와 비교하면 강도와 위력이 현저히 떨어질 텐데도 쉬엄쉬엄 휘둘러 몬스터의 접근을 허용하지 않는다. 칼놀림은 대도를 다루는 벨프가 감탄할 정도였다.

옛 소속 파벌이 소멸하고 한때 무소속이 되었던 아이샤

씨는 이미 컨버전을 마친 후였다.

대체 어느 파벌에 속했는지 예전에 하루히메 씨와 함께 물어본 적이 있는데,

"비밀이야."

웃으며 넘어가버렸다.

길드의 공식 정보를 살펴보면 아마 금방 알 수 있겠지만······

"······아이샤 님, 혹시 Lv.4가 되셨나요?"

"오, 용케 알아봤네."

핸드보건으로 원호할 필요도 없는 압도적인 움직임을 보고 통찰력이 뛰어난 릴리가 알아차렸다. 아이샤 씨는 순순히 긍정했다.

Lv.3에서 Lv.4, 다시 말해【랭크 업】—— 높은 차원의 '그릇'으로 승화한 것이다.

지난번에 교전했을 때와는 움직임이 눈에 뜨이게 달라졌다고 어렴풋이 느끼기는 했지만······ 두 사람의 말을 듣고 놀라움을 드러내자, 아이샤 씨는 몬스터 떼를 물리치면서 그런 나를 슬쩍 쳐다보았다.

"전에 쓴 맛을 봤으니 말이야. 한동안 던전에 틀어박혀서 처음부터 다시 수련했지."

보아하니 환락가에서 있었던 항쟁 이후 그녀는 적지 않은 '모험'에 나섰던 모양이다.

원래 Lv.3 중에서도 최상위의 한 명으로 꼽혔던 바벨라

였고, 이미 그 싸움으로부터 한 달이 지났으니 【랭크 업】을 해도 전혀 이상할 것이 없다.

나에게 투쟁심을 드러내는 웃음을 짓는 상대를 보며 한 발 뒤쳐졌음을 실감했다. 종합적인 【스테이터스】는 지금 나보다도 아이샤 씨가 틀림없이 높을 것이다.

대검과 함께 구사하는 체술로 긴 다리를 놀려 몬스터의 머리를 과일처럼 터뜨려나간다. 물 흐르듯 뻗어나가는 족도와 대검이 번갈아 몬스터를 해체했다.

댄서의 의상과 칠흑의 장발을 나부끼며, 몸에는 피 한 방울 묻히지 않고 현란한 검무를 춘다.

"【안티아네이라】…… 그렇군요, 그녀가 바로."

아이샤 씨에게서 한 발 물러나 자리를 양보해준 전열 위치, 후드를 깊이 눌러쓴 류 씨가 그녀의 별명을 중얼거렸다. 그와 동시에 교전 중인 아이샤 씨의 사각에서 벽을 가르고 태어난 여러 마리의 몬스터를 두 자루의 소태도로 순식간에 물리쳤다.

"헤에, 제법인걸."

"당신도."

순식간에 몬스터를 섬멸한 류 씨를 아이샤 씨가 솔직하게 칭찬했다.

류 씨가 무기상에서 구입한 것은 여행용 장비와도 비슷한 배틀클로스였다. 후디드 로브도 함께 뒤집어써서 여느 때처럼 정체를 숨겼다. 쓸데없이 정체를 캐려는 이들이 없도록 워 게임 때 목격되었던 옷은 피하고 조금 수수한 차림으로 나왔다. 무기는 항상 휴대하는 것임 직한 두 자루의 소태도뿐.

아이샤 씨는 류 씨의 정체를 어렴풋이 알아차렸는지도 모른다. 하지만 언급하려고는 하지 않았다. 피가 끓는 전투 앞에서는 사소한 문제라는 것처럼, 워 게임의 복면모험자를 방불케 하는 류 씨와 함께 몬스터를 섬멸해나간다.

『──키익!!』

"!"

너무나도 강한 전열이 하염없이 길을 열어나가는 가운데.

중견 위치에서 대기하던 나와 벨프에게, 옆구멍에서 나타난 몬스터가 공격을 가했다.

토끼 몬스터 '알미라지'의 무리와 교전에 들어갔다. 대도를 휘둘러 여러 마리를 수평으로 쓸어버린 벨프의 옆에서, 초동이 조금 늦어진 나에게 투척된 네이처 웨폰──토마호크가 쇄도했다.

《주신님 나이프》와 《우시와카마루 2식》으로 재빨리 모두 쳐냈다. 무기를 잃고 손이 빈 알미라지의 무리는 괴물의 본능에 따라 굴하지 않고 머리에 돋아난 날카로운 뿔을 겨누며 돌진했다.

이를 모두 흘려내고, 튕겨내고, 걷어내고, 자세가 흐트러진 한 마리에게 반격하고자──

"──윽!"

검신을 꽂기 직전, 움직임이 둔해졌다.

"벨!"

"벨 님?!"

몬스터의 붉은 눈과 시선이 마주친 나는 망설이고 말았다.

완벽하게 발을 멈춰버린 그런 나에게 벨프와 릴리가 고함을 지른 다음 순간, 공격을 피한 알미라지는 동그란 눈을 치켜세우며 브레스트 플레이트에 몸받기를 날렸다.

몸 한복판을 후려치는 충격에 꼴사납게 벌렁 넘어져 등을 부딪히고 말았다.

'아차──!'

쓰러진 나를 향해 사방에서 달려드는 알미라지.

위험해──!!

그리고 내가 너무 늦어버린 반격을 가하려 했을 때──질풍이 내달렸다.

『키익──?!』

후디드 로브가 펄럭이며 도합 네 번, 은색 참격이 몬스터들에게 작렬했다. 정확하게 '마석'을 베어 재로 변하는 알미라지.

나를 구해준 그림자는 그대로 남은 몬스터를 소탕했다.

"……고, 고맙습니다, 류 씨."

전열에서 재빨리 물러나 류 씨는 적을 눈 깜짝할 사이에 전멸시켜버렸다.

그녀가 내밀어주는 손을 잡고 나는 비틀비틀 일어났다.

"뭐야, 그 꼬락서니는? 어이가 없다, 벨 크라넬."

전투가 끝나고 대검을 어깨에 걸머진 아이샤 씨가 기가 막힌다는 표정을 지었다. Lv.3이면서 '중층' 몬스터에게 밀린 나에게 실망의 눈빛을 보낸다.

넌 나한테 이긴 남자가 아니냐고, 그녀의 눈은 마치 책망하는 것처럼 호소했다. 못난 꼴을 보인 나는 아무 말도 못했다.

"크라넬 씨, 당신답지 않군요."

그리고 류 씨도 내 낯빛을 살피며 말을 걸었다.

"무슨 일이 있었습니까?"

"……."

근심스레 묻는 그녀에게 고개를 숙일 수밖에 없었다. 나는 생각보다도 비네에게 영향을 크게 받은 모양이었다.

우리가 만나는 몬스터들도, 그 아이처럼 말을 하는 것은 아닐까. 사실은 우리와 다를 바 없는 지성과 이성을 가졌고, 어쩌면 눈물을 흘리지는 않을까. 그렇게 생각하면…… 손이 움츠러들어 칼을 꽂을 수가 없었던 것이다.

던전에 내려온 후로는 다른 사람들에게 맡기기만 할 뿐 거의 몬스터를 쓰러뜨리지도 못했다.

오늘까지 이런 일은 없었는데.

내 속내를 헤아렸는지 벨프와 릴리는 입을 다문 채 가만히 바라보았다.

'이대로는 안 되겠어…….'

이래서는 안 돼. 마음을 바꿔먹어야지. 류 씨와 아이샤 씨에게 폐가 될 텐데.

그렇게 자신을 타이르며 주먹을 꽉 쥐었다.

나는 두 사람에게 사과하고, 파티의 진행을 재개했다.

하지만 결국.

내 뇌리에는 비네의 옆얼굴이 어른거려, 마음에서 망설임을 없앨 수는 없었다.

벨 일행은 마침내 제18계층에 도달했다.

지상에서 이곳까지 걸린 시간은 류와 아이샤의 활약 덕에——계층 터주가 다른 모험자들에게 토벌된 상태이기도 해서——약 세 시간. 아무리 서둘러도 한나절은 걸릴 거라던 릴리의 당초 예측을 크게 배신했다.

아득히 높은 곳의 천장에 국화처럼 돋아난 수정에서 뿜어져 나오는 '낮'의 빛을 받으며, 일행은 계층 서쪽에 있는 호수, 바위섬 위에 세워진 리빌라 마을로 향했다.

던전의 역참은 오늘도 상급 모험자들로 붐볐다.

"——그래서, 너희는 언제쯤 돼야 돌아갈 건데?"

"글쎄요? 남성분들끼리 이것저것 친분을 다지고 있는 건 아닐까요?"

천막 상점과 반짝이는 청수정에 에워싸인 마을 안에서

아이샤가 입을 열었다.

수정기둥을 등진 대로 한쪽. 중장비를 걸친 모험자들의 왕래를 곁눈질하며 묻는 그녀에게 릴리는 불룩해진 백팩을 고쳐 메며 새침하게 대답했다.

이곳에는 릴리와 아이샤, 류밖에 없다.

"한 방 먹었어. 설마 널 놔두고 별도행동을 할 줄이야."

벨과 벨프는 '드롭 아이템을 환전하겠다'고 말하고 아이샤 일행과 잠시 헤어졌다. 그 후로 도통 돌아올 기척이 없었다.

"이 계층에 볼일이 있다고 했지? 우리한테도 알리면 안 되는 일이야?"

"아이샤 님이 무슨 말씀을 하시는지 릴리는 모르겠는 걸요."

"요 꼬맹이가."

한 마디도 하지 않고 그저 시치미를 뗄 뿐, 씨이익 만면의 미소를 띠는 파룸 소녀에게 아이샤는 얄밉다는 웃음을 지어주었다.

그녀들의 곁에 서 있던 류 또한 후드 안에서 후우 한숨을 쉬었다.

🖻

"괜찮을까? 류 씨랑 아이샤 씨한테 아무 말도 없이……."

"같이 행동하다가 이것저것 들통 날 수도 없잖냐. 그쪽은 릴리돌이한테 맡기자고."

나무 미로 속에서 나와 벨프는 어깨를 나란히 하고 걸었다.

류 씨와 아이샤 씨에게 호위를 받아 도착한 세이프티 포인트 제18계층보다도 더 아래인 제19계층 '거목미궁'. 비네와 처음 만났던 이 층역에 우리는 단둘이 들어와 있었다.

"게다가 그 녀석들도 모험자야. 맡아주었던 의뢰 이외의 일에 대해 억지로 언급하려 들진 않을걸."

퀘스트에서 필요한 것은 임무의 수행 그 이상도 그 이하도 아니다. 쓸데없이 내막을 캐려 해선 안 된다. 모험자들 사이의 암묵적인 규칙을 벨프는 웃으며 들려주었다.

류 씨와 아이샤 씨에게 죄책감은 지울 수 없지만…… 비네에 관한 정보를 극비로 모으기 위해서라도 나는 벨프의 말대로 선을 긋기로 했다.

어떻게든 쓴웃음으로 대답하면서 의식을 현재의 목적에 집중시켰다.

"이제 막 발을 디딘 것뿐이지만…… 이 계층도 이제까지 하곤 또 상당히 다른데."

폭이 넓은 통로를 둘이서 걸으며 벨프가 주의 깊게 주위를 살폈다.

나무껍질에 뒤덮인 미궁은 그야말로 거대한 나무의 내부를 탐험하는 기분이 들었다. 통로가 복잡하게 가지를 친다 싶었더니 위쪽으로 10M 이상 올라가는 긴 갈림길이 나타났다. 혹처럼 불거진 나무뿌리를 계단 대신 삼아 올라가보니 제19계층은 광대한 면적 외에도 고저차가 생각보다 뚜렷하다는 것을 알 수 있었다.

광원은 이전 계층에서 혼히 보았던 인광이 아니었다. 천장과 벽면, 바닥에까지 우거진 엄청난 이끼가 빛을 발하며 별무리처럼 반짝거린다. 아름다운 녹색 빛의 입자는 이곳이 던전임을 잊게 할 정도로 환상적이었다.

벨프의 말대로 제19계층은 이제까지 우리가 탐색했던 미궁과는 매우 달랐다.

수정과 대자연으로 가득한 제18계층 '언더 리조트'에서 이어져 '비경'이라는 양상이 더욱 짙어진 것 같았다.

"【미아흐 파밀리아】에서 오는 채집 관련 퀘스트도 앞으로 더 늘어나겠다, 야."

"아하하……."

주위에 떠도는 식물의 냄새 중에는 모험자를 현혹시키는 듯한 달콤한 꽃향기도 있었다.

'거목미궁'에는 나무껍질과 이끼 이외의 풀꽃도 많다. 위를 올려다보면 벽과 천장의 경계에 흰 꽃이 흐드러지게 피어나고, 길모퉁이를 돌아간 순간 거대한 버섯이 시야에 확 들어오기도 한다. 이러한 것들은 대부분 지상으로 가지고 돌아가면 포션을 비롯한 여러 아이템의 원재료가 된다고 하니 놀랍다.

불가사의한 색을 띤 약초, 막다른 벽을 가시밭처럼 뒤덮은 금색의 작은 꽃과 넝쿨, 천장에서 떨어지는 물방울로 이루어진 조그만 푸른 샘…… 약사들이 침을 흘릴 것 같은 채집용 아이템이 미궁 곳곳에 넘쳐났다.

　"벨, 전열은 내가 맡을게. 마침 좋은 기회니【엑세리아】를 듬뿍 벌어가야겠어."

　주위에 경계의 빛을 늦추지 않으면서도 벨프는 조금 전부터 몇 번이나 가볍게 말을 걸어주고 있었다. 분명 제대로 싸우지 못하는 나를 걱정해주는 것이다.

　미공략, 미탐색 계층인 이곳은 돌아다니는 데만도 지금보다 더한 긴장감이 필요하다. 안 그래도 세이프티 포인트를 경계로 공략 난이도가 올라가는데, '첫 사선'이라고도 불리는 제13계층 이하 '암굴미궁'과 같은 중층 영역이라고는 해도 이미 다른 세계라 생각하는 편이 좋을 것이다.

　잠재능력 자체가 뛰어난 '버그베어'와 거대 갑충 '매드 비틀'을 비롯해, 원거리 공격을 주로 사용하는 '건 리베룰라'와 '파이어버드', 무엇보다도 상태이상 공격을 자주 쓰는 까다로운 몬스터들이 이 층역에서 속출한다. 해독약은 물론 '이상내성' 발전 어빌리티가 '거목미궁' 공략의 핵심이라고들 한다.

　'중층'의 가장 깊은 곳인 제23계층에서 제24계층은 Lv.2의 상위 스테이터스, 무엇보다도 파티의 밀도와 연계가 요구되지만…… 이곳 제19계층 부근은 Lv.3인 나와 Lv.2인 벨프 2인 1조로도 간신히 통할 수준이다. 제대로 된 공략이 아니라 전투를 회피하는 탐색이라면 위험성은 발생해도 그나마 어떻게든 될 것 같다. 또한 릴리에게서도 만에 하나를 위해 단검 형태를 가진 '크로조의 마검'과 '몰불' 같은 다양한 무장과 아이템을 받았다.

이제 남은 제일 큰 걱정거리는 계층에 익숙해지지 않았다는 점이다.

"으…… '매드 비틀'하고 '건 리베룰라'."

"길을 막고 있구만……. 이건 싸워야겠다!"

진로 정면을 가로막은 매드 비틀 떼, 그리고 머리 위를 날아다니는 여러 마리의 건 리베룰라. 제19계층에 들어와서 처음으로 맞닥뜨린 곤충계 몬스터의 무리에 벨프는 칠흑색 로브를 펄럭이며 돌격했다.

벨프가 키나가시 위에 입은 것은 릴리가 장비했던 《골라이아스의 로브》였다. 몬스터의 발톱이든 불꽃이든 모든 공격을 튕겨내는, 그야말로 거인의 방어구. 2인 1조로 가게 되면서 이 장비도 릴리가 떠넘긴 것이었다.

성능은 '거목미궁'에서도 압도적이었다. 매드 비틀의 발톱이나 가늘고 긴 복부 끝에서 사출되는 건 리베룰라의 사격탄을 모두 튕겨내버린다.

가공하지 않은 원래 소재 거의 그대로인데도 상처 하나 입지 않는 방어구에 벨프는 복잡한 표정을 지으면서도 매드 비틀에게 잇따라 대도를 꽂아넣었다.

'……망설여선, 안 돼.'

벨프가 몬스터의 수를 줄여나가는 가운데, 주먹을 부르 쥐었다.

내가 발목을 잡아선 돌이킬 수 없게 된다. 벨프 혼자서 는 무장과 아이템을 구사하더라도 금방 한계가 올 것이다.

아직까지 해소되지 않은 망설임을 지금만큼은 미뤄놓고 나는 【파이어볼트】를 연사했다. 머리 위를 체공하는 건 리 베룰라를 격추시켜 비행 몬스터를 일소했다.

헤스티아 님에게 막 갱신받은 【스테이터스】와 연동하듯 진남색 광택을 띠는 《주신님 나이프》. 이를 휘둘러 몬스터 들을 몇 번이고 베어 단말마를 뒤집어쓰며 나와 벨프는 미 궁 안쪽으로 나아갔다.

그리고 다음 계층으로 이어지는 정규 루트를 벗어나서 한동안.

"거의 다 왔냐?"

"응…… 비네하고 만난 게 이 근처였어."

한시도 경계를 늦추지 않으면서, 허리 주머니에 넣어두 었던 간이 지도와 몇 번이나 주위를 비교해보고 있으려니 눈에 익은 지형이 시야에 펼쳐지기 시작했다.

많은 옆길이 이어진 폭 넓은 가로수길. 천장은 까마득히 높으며, 시야 가장 먼 곳에는 나무뿌리에 뒤덮인 거대한 오르막이 보인다. 고개를 바짝 들고 올려다봐야 할 정도로 높아 마치 산의 경사면 같다.

아마 다리를 다쳤던 비네는 저 꼭대기에서 굴러떨어졌던 것이겠지.

"여기까지 오는 도중에는 단서라 할 만한 건 못 찾았는데……."

무언가 알아내면 좋겠다고 하는 벨프의 중얼거림에 고개를 끄덕이고, 주의 깊게 주위를 살폈다.

이끼의 빛이 가득 찬 벽면과 바닥, 여러 가지 식물에 시선을 돌리며 그 안쪽에 펼쳐진 오르막길을 향해 전진했다.

이윽고 멈춰선 곳은 가로수와 무수한 잎이 우거진 그늘이었다. 부상을 입은 비네가 몸을 숨겼던 장소── 나와 그녀가 처음 만난 곳이다.

'……역시 그렇게 운 좋게 발견할 수는 없나 봐.'

아무리 식물을 헤쳐봐도 원하는 정보의 조각은 찾을 수 없었다.

현재 위치는 지도로 보자면 서쪽으로 치우친 언저리. 팬트리가 존재하는 계층 심장부에서는 멀지만, 만약 비네가 저 오르막 끝에서 떨어져 여기까지 왔다면 그녀는 계층 안쪽 깊은 곳에서 왔다는 뜻이 된다.

이보다도 더 나아갈 수밖에 없으려나── 그렇게 생각하고 있으려니.

수평굴 중 하나에서 사람의 모습이 나타났다.

'……모험자?'

긴 후디드 로브를 뒤집어쓴 키가 큰 인물이었다. 천 밑에 갑옷이라도 입었는지 하반신과 비교해 상반신이 약간 불룩했다. 신장은 벨프와 비슷할 정도로 크다. 후드를 깊이 눌러써서 얼굴도 종족도 잘 알아볼 수 없었지만 어쩐지 여성 같다는 인상을 받았다.

후디드 로브를 쓴 인물은 무언가를 찾는 것처럼 고개를 이리저리 돌리며 주위로 시선을 보냈다.

우리가 왔던 방향에서 발소리를 내며 이쪽으로 다가온다.

통로 한곳에 부자연스럽게 서 있던 나와 벨프는 재빨리 눈짓을 나누고, 마치 아이템 재료라도 채집하는 것처럼 행동했다.

연기를 멈추고 일어나, 일단 원래 왔던 길로 돌아가고자 후디드 로브 차림의 인물과 엇갈렸다.

"——동포 냄새가 난다."

한순간이었다.

막 스쳐 지나가려던 후디드 로브 차림의 인물이 우리에게 휙 고개를 돌리더니 섬뜩해지는 목소리를 귓가에 내뱉었다.

오싹. 등줄기가 떨린 나와 벨프는 땅을 박찼다. 직감에 따라 상대에게서 거리를 벌리고 재빨리 몸을 돌렸다.

발을 멈춘 후디드 로브 차림의 인물도 천천히 돌아서,

마주 보는 꼴이 되었다.

"……뭐야, 지금 그거."

귓가를 쓰다듬었던 어딘가 딱딱한 말투. 하지만 그 이상으로 한순간 부풀었던 위압감.

벨프가 아연실색해 중얼거리는 가운데, 나도 심장이 벌컥벌컥 뛰는 것을 느꼈다.

"……."

상대는 시선을 우리에게 고정시킨 채 떼어놓질 않았다.

침묵에 잠긴 후드 안에서 여성적인 가느다란 얼굴의 윤곽이 엿보였다. 우리를 맹금처럼 노려보는 것은 바다, 혹은 하늘을 방불케 하는 푸른 눈동자.

"동포를 습격한 것은 당신들인가?"

""——?!""

뿜어져 나오는 터무니없는 살기.

사나운, 마치 짐승 같은.

괴물 같은.

인간은 도저히 흉내 낼 수 없는, 본능을 위협하는 원시적인 살의.

후드 안쪽의 푸른 두 눈이——동공이 세로로 갈라져 있었다.

——설마.

서툰 발음, 증오로도 여겨질 수 있는 압도적인 적대감, 무엇보다도 무시할 수 없는 기시감—— 뇌리에 내달리는 비네의 옆얼굴.

나와 벨프는 동요와 싸우면서도 상대의 정체를 추측하고 있었다.

"……아니, 다른걸. 피 냄새가 안 나."

뻣뻣하게 선 우리를 노려보는가 싶더니, 상대는 높은 콧날을 킁킁 살짝 울리면서 금세 살의를 거두었다. 세로로 갈라졌던 동공은 이성이 깃든 아름다운 눈으로 돌아와, 이번에는 빤히 관찰한다.

"혹시 당신들이 펠즈가 말했던 분들입니까?"

"펠, 즈……?"

"아까부터 대체 무슨 소리를 하는 거야?!"

곤혹스러워하는 내가 단어를 되풀이하고, 벨프도 당혹감을 떨치려는 듯 고함을 질렀다.

무슨 말인지 알아들을 수 없는 발언에, 들어본 적이 없는 인명임 직한 단어.

투명감이 있는 구슬 같은 목소리는 넋을 놓고 들어도 이상할 것이 없었다. 하지만 그럼에도 혼란만 커질 뿐이었다.

한심할 정도로 상황을 따라가질 못했다. 생각이 제대로 돌아가지 않았다. 너무나도 예상치 못한 사태에 기분 나쁠 정도로 목이 말라붙었다.

"……."

수수께끼의 인물은, 아니, '그녀'는 입을 다물었다.

기묘한 공간이었다. 먼 곳에서 울려 퍼지는 몬스터의 울음소리가 전혀 들어오질 않아 우리만이 던전에서 뚝 떨어진 것 같은 착각마저 들었다.

피아간의 간격은 약 5M. '그녀'는 거대한 오르막길을 등진 채 움직이지 않았다.

시간의 흐름을 맹렬히 느리게 느끼고 있으려니, 상대는 천천히 입을 열었다.

"당신들에게 묻고 싶습니다. 우리가 공생할 수 있다고 생각합니까?"

"뭐……."

맥락 없는 질문에, 아니, 생각지도 못한 물음에 나와 벨프는 말을 잃었다.

"우리가 손을 잡을 수 있다고 생각합니까?"

"무, 무슨 소리야……."

"당신들이 우리를 죽이고, 우리도 당신들을 죽이고. ……숙명, 일까요? 서로 이해할 수는 없을까요?"

담담한 목소리 속에는 체념과 함께, 도저히 버릴 수 없는 선망 같은 감정이 담겨 있었다.

후드 안의 푸른 눈동자가 근심스레 가늘어졌다.

"나는…… 햇빛을 받고 싶습니다. 꽉 닫힌 이 나락이 아니라, 빛의 세계에서 날개를 치고 싶습니다."

천장을 우러러보는 몸짓에 맞춰 외투가 흔들렸다.

후드가 흔들리면서 한순간 드러난 그 얼굴은 비네와 마찬가지로 숨을 멈출 만큼 고왔다.

"당신들은, 무언가 다른 기분이 드는군요…… 조금, 기대해보겠습니다."

그리고 두 무릎을 깊이 구부린 순간── '그녀'는 뛰었다.

""!!""

앞을 향한 채 하늘 높이 호를 그리며 후방으로.

【스테이터스】를 가진 모험자라 해도 흉내 낼 수 없을 대도약. 마치 새처럼 가볍게, 등 뒤로 펼쳐진 거대한 언덕을 순식간에 뛰어넘어 모습을 감춰버렸다.

아연실색한 우리의 눈앞에…… 로브 안에서 흘러나온 수많은 금색 깃털이 팔랑팔랑 떨어졌다.

"이게 꿈이야, 생시야……? 그 자식, 정말로…….."

마치 백일몽이라도 만난 것처럼 벨프가 중얼거렸다. 그 자리에서 움직이지 못하던 나도 마음은 마찬가지였다.

"비네와, 똑같은……."

그 다음 말을 나는 결국 입 밖에 내지 못했다.

충격적인 조우를 거친 후.

한동안 멍하니 서 있던 나와 벨프는 몬스터의 무리에 붙들려 어쩔 수 없이 이동을 개시했다.

습격을 받아내고 반격한 다음 뿌리치고, 계층 탈출을 위해 정규 루트로 다시 돌아갔다. 이 이상의 정보수집은 동요에 빠진 지금 상태에서는 제대로 되지 않으리라고 판단했기 때문이었다. 사실 몬스터에게도 집중하지 못해 겨우 방어나 하는 상황이었다.

"……."

"……."

우리는 길을 걸으며 내내 말이 없었다.

직면한 사건에 아직까지 충격이 가시지 않았다. 말을 나누면 무언가 균형이 무너져버릴 것 같아 무서웠다.

표정을 굳힌 채 미궁 안을 나아갔다.

"……?"

조우하는 몬스터들을 어찌어찌 돌파해, 제18계층으로 이어지는 연결통로가 보이기 시작했을 무렵.

5인조 모험자 파티가 전방에서 다가왔다. 눈길을 끄는 것은 기묘한 붉은 창을 들고 고글을 쓴 휴먼 남성 모험자였다.

딱히 드물지도 않은 모험자들에게 무언가가 마음에 걸리는 점을 느꼈다가—— 나는 흠칫했다.

고글 모험자 이외의 데미휴먼 네 사람. 그들은 비네를 쫓아왔으며 내가 간신히 얼버무려 보냈던 그 남녀 모험자들이었다.

나는 얼른 눈을 돌려 상대의 얼굴을 보지 않으려 했다. 곁에 있던 벨프는 무언가를 눈치챘는지 자연스러운 움직임으로 몸을 움직여 모험자들의 시야에서 나를 감싸주었다.

그리고 엇갈리면서 고글 사내가 이쪽을 보는 것 같았다.

"……."

얼굴을 슬쩍 움직여 등 뒤로 몰래 눈길을 주니, 모험자들은 우리를 쳐다보고 있었다.

"【헤스티아 파밀리아】…… 【리틀 루키】였지?"

"아…… 맞다, 그랬어! 저 꼬맹이도 리빌라 퀘스트에 같이 나갔어!"

"호오~."

고글을 쓴 사내는 제18계층 쪽으로 사라져가는 소년의 등을 바라보며 웃음을 지었다.

"동료도 별로 없이, 살금살금 뭘 하고 앉았던 거지?"

"……야, 딕스. 설마."

"그래, 좀 냄새가 나는걸. 이거 주신님을 이용해 본격적으로 캐내달라고 해야겠어."

무사히 세이프티 포인트에 도달해 우리는 일행과 합류했다.

자기들만 남겨놓고 따로 행동했다고 아이샤 씨는 투덜거렸지만, 입을 다문 나와 벨프의 모습에서 무언가를 알아차리고 그 이상 책망하는 일은 없었다. 류 씨도 침묵을 지킨 채 아무것도 묻지 않았다.

두 사람에게 미안함을 품었지만, 그래도 신경을 쓸 여유가 없어 우리는 일찌감치 지상으로 귀환했다.

『보수는 됐어. 이건 빚으로 남겨둘게.』

아이샤 씨는 그렇게 말하고 웃으며 우리와 헤어졌다. 본인은 부정할지도 모르지만 우리를 생각해주는 그 마음 씀씀이에 감사했다.

『크라넬 씨, 무언가 곤란한 일이 생기면 의논해주십시오. 미력하나마 힘이 되어드리겠습니다.』

류 씨도 신경을 써주며 주점으로 돌아갔다.

"……."

도시의 대로를 따라 혼자 걸었다.

바벨을 빠져나간 나는 릴리, 벨프와 따로 행동했다. 혼자서 이런저런 것들을 정리하고 싶었기 때문이다.

시각은 아직 저녁 전. 태양은 서쪽 하늘로 기울어지고 있지만 머리 위에는 푸른 하늘이 펼쳐졌다. 류 씨와 아이샤 씨 덕에 결국 당일 안으로 돌아올 수 있었다.

대로의 인파며 소란을 피해 자연스레 발이 움직였다.

아무렇게나 걸어다니다, 슬슬 홈으로 돌아갈까 생각했을 때였다.

"야~ 러키. 이봐~【리틀 루키】."

"……?"

홈으로 통하는 길, 도시 남서쪽 대로에서 어떤 남신님이 내게 말을 걸었다.

본 적이 없는…… 아마 초면일 것 같은 신이었다.

남색 머리카락과 눈동자, 갈색 피부. 중간키에 검은색을 베이스로 한 의상을 입었다. 신답다고 해야 하려나, 헤실 헤실 웃으며 싹싹한 태도로 다가온다. 별명을 불린 나는 발을 멈추고 자세를 가다듬었다.

"어…… 제게, 무슨 볼일이라도 있으세요?"

"히히, 너무 경계하지 말라고. 라고 해도 무린가? 원래 수상하니까, 우린."

첫 【랭크 업】을 계기로 낯선 신들이 이런저런 장난이랄까 뭐랄까, 아무튼 시내에서 누군가가 말을 거는 빈도가 늘어났다. 오늘까지 몇 번이나 경험했다.

실례이기는 해도 내가 주춤거리고 있으려니 남신님은 히히히 웃었다.

"내 이름은 이켈로스. 잘 부탁해."

"이켈로스 님이신가요? 그런데 제게 무슨……."

"그게 말야, 건방진 애들한테 혹사를 당하는 중이라서 말이지."

들어보라면서 이켈로스 님은 권속에 대한 푸념과 함께 내 주위를 빙글빙글 돌았다. 얼굴을 들여다보기도 하고, 싹싹하게 어깨에 팔을 감기도 하고. 친근한 척을 넘어서 주책맞은 행동을 보이는 이켈로스 님에게 나는 연신 당황하기만 했다.

전혀 종잡을 수 없는 이야기에, 『이상한 신에게 붙잡힐 것 같으면 즉시 도망쳐야 한다!』는 헤스티아 님의 말을 떠올리고 아무래도 실례하는 편이 좋겠다고 땀을 흘리고 있으려니——

"말하는 부이브르, 혹시 알아?"

"——"

등 뒤로 돌아가 전조도 없이 귓가에 속삭인 말에 심장을 덜컥 붙들린 기분이 들었다.

"듣자하니 엄청 예쁘다던데 말야…… 19계층에 나온대. 한번 보고 싶다니깐."

정보를 찾고 있다는 이켈로스 님의 끈적거리는 목소리와 빨라지는 심장 고동 소리가 뒤섞여 귀에 감겼다. 몸 구석구석의 혈관이 떨리는 듯한 착각과 함께 손바닥이 순식간에 땀에 젖었다.

아무 대답도 못한 채 녹슨 것 같은 움직임으로 옆을 보니.

바로 코앞에 있던 이켈로스 님이 입술을 틀어 올렸다.

마치 마음속을 꿰뚫어보려는 것처럼 남색 눈을 가늘게 뜬다.

"응~? 뭔가 알고 있다면——"

경직된 나에게 재차 추궁이 시작되려 했을 때.

"벨."

우리가 아닌 제삼자의 목소리가 이켈로스 님의 말을 가로막고 울려 퍼졌다.

"헤, 헤르메스 님……?"

"여어, 우연인걸. 이런 곳에서 만나다니."

나와 이켈로스 님이 돌아본 곳에서, 깃털 달린 모자를 쓴 헤르메스 님이 여리여리한 웃음과 함께 서 있었다.

한쪽 손을 들고 싱글싱글 웃으며 다가온다.

"벨, 그만 가봐도 돼."

"네……?"

"신이 괜히 말을 거는 바람에 난감했잖아? 말할 필요도 없지. 내 다 알거든."

아연실색한 반응밖에 보이지 못하는 나에게 헤르메스 님은 웃음을 짓고 이내 시선을 돌렸다.

자리를 바꾸려는 것처럼 나에게서 떨어져 능글능글 웃는 이켈로스 님에게 곁눈질을 보낸다.

"그리고 난 여기 이켈로스에게 볼일이 좀 있거든."

모자챙을 매만지며 헤르메스 님은 엷은 웃음을 지었다.

"자, 어서."

"고, 고맙습니다…… 그럼 실례할게요."

헤르메스 님의 채근에 나는 제대로 인사도 못하고 등을 돌렸다.

이켈로스 님 쪽은 보지도 않고 빠르게 그 자리를 떠나갔다.

"왜 그래, 헤르메스~. 나랑 【리틀 루키】가 한창 이야기 나누는 중이었잖아."

"어, 천진난만한 아이가 신의 독니에 걸려들 것 같아서 그냥 놔둘 수가 없었거든."

"히히, 너무하네."

벨이 떠난 후 헤르메스와 이켈로스는 얼굴도 보지 않고 이야기를 나누었다.

마치 미리 의논이라도 했던 것처럼 두 사람은 대로에서 벗어나 분수가 설치된 작은 광장으로 이동했다. 밀회를 시작하려는 듯 인적이 없는 장소에서 서로를 마주 보았다.

"홈을 찾아갔더니 아무도 없는 빈쭉정이더라고…… 한참 찾았지."

"아~ 미안미안. 거긴 영 살기 불편해서 말야. 이사했어."

"길드에 한마디 말은 했어야지, 이켈로스?"

오가는 말에 거리낌이 없다. 마치 서로 흉금을 잘 아는 오랜 관계인 것 같다.

그럼에도 불구하고 남신들이 두른 분위기는 서로 속내를 캐려는 자들의 분위기였다.

"그래서 볼일이란 게 뭐야, 헤르메스?"

"뭐, 그냥 좀 물어보고 싶은 게 있거든. ……【이켈로스 파밀리아】가 도시의 밀수에 관여하고 있다는 그런 정보를 언뜻 들어서."

"어라라, 어디서 나온 정보야? 헛소문 아냐?"

"분명 에를리아의 귀족이었던가?"

"……히히, 언뜻은 개뿔이. 아주 멀리까지 알아보러 싸

돌아다녔네."

헤르메스의 손패를 일찌감치 알아차린 것처럼 이켈로스
는 입가에 지은 웃음을 더욱 깊이 새겼다.

"헤르메스, 날 의심해?"

"나도 '천계' 시절 친구를 의심하고 싶지는 않지만……
이켈로스, 너희【파밀리아】는 과거에 이블스의 한패로 후
보에 오른 적이 있어."

"그러니까아~ 그건 누명이래도. 적어도 난 사신 행세
같은 거 한 적 없어."

이켈로스는 시종 시치미를 떼며 이리저리 질문을 회피
했다. 헤르메스 또한 모자 안에서 엿보이는 웃음을 무너뜨
리지 않았다.

"재미있는 정보는 아직도 있지."

"헤에, 좀 들려줄래?"

**"유별난 몬스터까지 새어 나가고 있다나 봐. 이곳 오라
리오에서. 세상을 혼란에 빠뜨리려는 것처럼."**

그 순간이었다.

핵심에 발을 들이민 헤르메스에게 이켈로스는 남색 눈
을 크게 뜨고——찢어져라 입술을 틀어 올렸다.

"히, 히히히히히히히히……!! 내가 그걸 바란단 거야, 헤
르메스?! 내가 짐승의 꿈——악몽을 하계에 퍼뜨린다고?!
그거 진짜 재미있네!!"

무엇이 그리 유쾌한지 이켈로스는 깔깔 웃음을 터뜨렸

다. 잠자코 바라보는 헤르메스의 눈앞에서 배를 부여잡고 몇 번이나 몸을 꺾어댄다.

"근데~ 안됐지만 난 하나도 관여한 적 없어. 시킨 적도 없고. 설치고 있는 건——애들이지."

이제는 전혀 감출 마음도 없다는 듯 이켈로스는 말을 이었다.

"요즘 말야, 멍청한 애들이 확 줄어들고 건방진 것들만 늘었다니깐. 신을 공경하려고도 하지 않는 것들이. 나를 막 부려먹고 앉았어."

"……."

"하지만…… 너무 시시한 짓들만 해서 아주 웃기거든?"

얼굴에 떠오른 그 웃음은 희열을 꾹 참는 신의 웃음이었다.

신의 시점에서 보자면 어리석은 짓을 하는 아이들이 우스꽝스럽고 무엇보다도 사랑스럽다고 하듯.

"【파밀리아】의 고삐를 쥐는 것도 주신의 일일 텐데?"

"마음에도 없는 소리 하지 마, 헤르메스. 애들은 고통에는 견딜 수 있지만 쾌락에는 거역하지 못해. 우리도 그렇잖아? 난 그놈들 마음을 뼈저릴 정도로 잘 알아."

그래서 그들이 나를 즐겁게 해주는 한 자신은 그들을 말리지 않겠다며.

헤르메스에게 얼굴을 들이대고, 이켈로스는 딱 잘라 말했다.

"나를 죽여서 송환해도 좋지만, 애들은 막을 수 없을걸? 어디로 내빼거나, 다른 신들하고 다시 계약하거나 둘 중 하나지."

"그렇겠지."

"뭐, 열심히 알아보라고 해. 여기저기 숨어다니는 네 권속들을 부려서, 내 신상을 털든 그놈들을 털든 상관 안 할 테니까. 마음껏 냄새 맡고 다녀.——그게 더 재미있을 것 같네."

자신과 아이들의 파멸——권속들의 행방을 즐거워하듯, 이켈로스는 그 말을 마지막으로 대화를 끝내버렸다.

끝까지 경박한 웃음을 지우지 않은 채 광장에서 떠나갔다.

남신의 등을 지켜보던 헤르메스는 탄식과 함께 입을 열었다.

"이거야 원, 오락에 굶주린 신만큼 성가신 것도 없다니까."

그런 헤르메스를 향해, 주위의 그늘에 숨어 있던 권속들이 일제히 외쳤다.

사돈 남 말하고 있네!

◆

시벽 너머의 하늘에서 들어오는 햇살이 홈 바깥을 비춘다.

벨 일행이 나간 '화덕관'에는 현재 미코토, 하루히메, 비네, 헤스티아 네 사람이 남아 있었다. 아침 무렵 헤파이스토스의 가게에 미리 이야기를 해놓고 알바를 쉰 주신과 함께, 던전으로 나간 벨과 벨프가 돌아오기를 기다린다.

그녀들의 행동은 제각각이었다.

헤스티아는 몬스터에 관한 책, 혹은 오라리오의 역사서를 뒤져 정보를 찾고.

미코토는 저택 부지 내를 돌아다니며 경계를 했다.

그리고 비네는 자신을 돌봐주는 하루히메와 한데 얽혀 놀고 있었다.

"하루히메, 찾았다!"

"후후, 들켜버렸네요."

복도의 그늘 속에 숨어 있던 메이드복 차림의 하루히메를 비네가 끌어안았다.

두 사람은 숨바꼭질을 하고 있었다. 어제까지 집을 지키던 벨과 하루히메가 비네를 위해 계속 어울려주었던 놀이 중 하나였다. 밖에는 절대 나가선 안 되고 안뜰에서만 놀자는 약속과 함께, 두 사람은 교대로 술래를 맡았다.

"다음은 하루히메가 찾을 차례야!"

"네. 그러면 숫자를 세겠사옵니다."

복도의 기둥에 얼굴을 돌린 하루히메는 하나, 둘, 목소리를 냈다.

비네는 웃음을 지으며 종종걸음으로 달려갔다.

몸에 걸친 로브 자락을 부풀려가며 숨을 곳을 찾는다.

안뜰에 있는 식재 속으로 몸을 숨기려 했을 때.

'……벨은 언제 올까.'

아직까지 돌아오지 않는 벨을 생각한 비네의 얼굴이 흐려졌다.

이제까지 계속 곁에 있어주었던 소년이 없다. 하루히메는 여전히 함께 있지만 그래도 서운한 것은 서운했다.

자칫하면 정서가 불안정해졌다.

모두가 자신을 해치려 하던 어두운 미궁 속에서, 웃음을 지어주고 고독에서 구해주었던 소년은 비네에게 빛 그 자체였다. 그가 비네에게는 유일한 안식이었다.

부모의 온기를 찾는 어린아이처럼, 어린 용종 소녀는 소년을 그리워하지 않을 수 없었던 것이다.

"……"

비네는 저택 3층을 올려다보며 이쪽에 등을 돌린 르나르 소녀에게 시선을 보냈다.

망설인 후, 그녀와의 약속을 어기고 안뜰을 살짝 빠져나갔다.

저택 안으로 돌아간 그녀가 이끌리듯 찾은 곳은 3층, 벨의 방이었다.

잠기지 않은 문을 삐걱 소리와 함께 열고, 비네는 조심스레 안을 엿보았다.

방의 주인이 역시 보이지 않아 의기소침하면서, 이불을 개어 놓은 침대에 조용히 다가갔다.

이불을 머리부터 뒤집어쓰고 굼실굼실 들어간다.

"벨 냄새……."

킁킁 코를 울리며 시트에 얼굴을 묻는다.

꽉 감은 눈꺼풀 안쪽에 함께 잠을 자던 소년의 모습을 떠올리면서 비네는 몸을 말았다.

"……?"

문득.

기척을 느꼈다.

숫자는 넷.

3층의 긴 복도를 따라 지금 비네가 있는 벨의 방 바로 옆, 지금은 쓰이지 않는 빈 방 중 하나로 들어갔다.

의아하게 여긴 것과 동시에 야단을 맞겠다고 겁을 먹은 비네가 숨을 죽이고 있으려니——

『비네 군 말고도 말을 하는 몬스터가?』

——옆방에서 분명 그런 목소리가 들렸다.

호박색 눈동자가 크게 뜨였다. 은청색 장발이 흔들렸다.

엘프의 것보다도 이질적이고 뾰족한 귀가 가늘게 떨렸다. 원래 넓은 미궁 안에서 멀리 떨어진 침입자의 존재까지도 감지할 수 있었던 뛰어난 청각이 옆방의 말소리를 모조리 듣고 있었다.

정신이 들고 보니 비네는 소리 하나 내지 않고 몸을 침대에서 일으키고 있었다.

소녀는 조용히, 벽에 귀를 가져다 댔다.

"그게 사실이냐, 벨프 군?"

"예. 19계층의, 벨과 비네가 만났던 곳에서……."

경악하는 헤스티아에게 벨프는 긴장한 얼굴로 고개를 끄덕였다.

벨과 헤어져, 벨프와 릴리는 먼저 저택으로 귀환했다. 두 사람의 부탁에 헤스티아는 미코토만을 데리고 저택 3층으로 장소를 옮겨 밀담을 나누고 있었다.

비네가, 그리고 그녀와 가까운 하루히메가 듣지 못하도록.

"대화를 나누었습니다. 저희에게서 동포의 냄새가 난다고…… 아마도 비네를 말하는 것인 듯."

"비네 공과 같은 존재가, 설마, 그 밖에도……?"

직접 조우했던 벨프의 보고에 미코토도 놀라움을 금치 못했다.

말을 잃은 그녀의 곁에서 릴리는 입을 다물고만 있었다.

"……벨프 군은 상대를 어떻게 느꼈나?"

"적어도 비네보다 지성이 느껴졌습니다. 말은 서툴지만 로브를 입어 정체를 감추면서 모험자 행세를 했으니……. 그리고 무언가를 아는 눈치였습니다."

벨프가 자신이 들은 단어를 늘어놓는 동안 헤스티아는 조용히 목을 울렸다. 미코토도 숨을 죽였다.

실내에 긴박한 공기가 흐르는 가운데, 그때까지 잠자코 있던 릴리가 입을 열었다.

"릴리는, 비네 님을 그만 보호해야 한다고 생각해요."

"!!"

그 발언에 일동이 눈을 크게 뜨는 가운데.

가장 빠르게 반응한 것은 미코토였다.

"릴리 공, 그게 무슨 말씀입니까?!"

"솔직히 말할게요. 릴리네는 매우 수상쩍은 문제에 발을 들여놓기 시작했어요. 신들조차 알 수 없는 이상사태도 그렇고, 릴리네 말고도 말하는 몬스터를 추적하는 집단도 있다고 하고……. 인간의 말을 다루는 개체가 달리 확인된 이상 더 이상은 섣부른 예측을 할 수가 없어요."

이상사태를 둘러싼, 무언가 중대한 사태에 휘말려들고 있다고, 이제까지 주점 같은 곳에서 조사했던 정보를 토대로 릴리는 지극히 부감적인 상황을 설명했다.

"하지만 보호를 그만둔다니……! 그렇다면 비네 공은 어떻게 되는 겁니까?! 우리가 저버린다면 그녀는……!"

"……어려울지도 모르지만, 도시 밖으로 내보내면 되지 않을까요. 그녀는 부이브르예요. 오라리오 밖의【파밀리아】와 지상의 몬스터 정도에게 어려움을 겪지는 않을 거예요."

'중층' 출신, 나아가서는 최강의 몬스터인 드래곤의 종족.

부이브르의 잠재능력까지 고려해 릴리는 무표정하게, 담담하게 견해를 늘어놓았다.

"'세오로 밀림'에라도 숨어서 지낸다면 살아갈 수는 있을 거예요."

"릴리 공……!!"

오랜 지기인 하루히메에 대한 마음도 있겠지만, 무엇보다도 의협심이 강한 미코토는 분노를 드러내며 버들잎처럼 모양 좋은 눈썹을 한껏 틀어 올렸다.

의분에 사로잡힌 동료 소녀의 모습에 릴리는 싸늘한 목소리로 말했다.

"그러면 여쭙겠는데, 그 아이를 계속 보호해서 어떻게 하시겠어요?"

"!"

"이대로 영원히, 아무에게도 들키지 않고, 그녀를 은닉할 수 있을 거라고 진심으로 믿고 계세요? 조금 전에도 말씀드렸지만 릴리네를 둘러싼 상황이 허락하지 않을 걸요. 실제로 【헤르메스 파밀리아】는 누군가의 의뢰를 받아 움직이고 있어요."

미코토가 극동의 가면을 떠올릴 만큼 감정을 모조리 없애버린 표정으로 릴리는 말을 이었다.

"말을 못하게 해서, 테임이 된 몬스터라고 주위를 속일까요? 어려울걸요. 우리 파벌에는 길드 공인 테이머가 없고, 무엇보다 몬스터에게서는 찾아볼 수 없는 미모 때문에 다들 쓸데없는 의혹을 품을 거예요."

"큭……."

"신들에게 찍히면 분명 재미있어하며 집적거리겠지요. 애초에 릴리네는 현재 제대로 움직이지도 못하는 상황이에요. 이대로 가다간 【파밀리아】를 유지할 만한 자금을 모으는 것도 힘들어질 게 뻔해요."

전에 없이 많은 말을 하며——그러나 무표정을 관철하며——릴리는 의견을 피력했다.

정론이라는 이름의 폭력에 미코토는 한 마디도 받아치지 못했다.

헤스티아도, 벨프도 무겁게 입을 다문 채였다. 릴리의 말대로 현재까지는 타개책을 전혀 발견할 수 없었으며, 출구가 없는 미궁을 헤맨다는 자각이 있었기 때문이다.

"그녀는 자칫하면 폭탄이 될 수도 있어요. 지금은 괜찮지만 언젠가 반드시 【파밀리아】를 위기에 빠뜨릴 때가 올 거예요. ……착해빠진 벨 님에게 말해봤자 소용없어요. 원한을 사든 말든 릴리네가 결단해서 그 사람을 지켜야 해요."

릴리는 고개를 숙였다.

이제부터 할 말에 자꾸만 일그러지려 하는 표정을 연신 감추면서, 목소리만은 바꾸지 않은 채 내뱉듯 말했다.

"릴리네와 그녀는, 함께 있어서는 안 돼요…… 그녀는, 몬스터예요."

【파밀리아】와 소녀, 두 가지를 저울에 올려놓고 릴리는 확실히 말했다.

그리고 그 목소리는 벽 하나를 건너 옆방을 뒤흔들었다.

분위기를 수습하려는 듯 헤스티아가 입을 열었다.

"……그 결론은 아직 성급하다. 서포터 군도 좀 침착하

거라.”

파벌, 나아가서는 벨의 신상을 걱정한 나머지 조급해진
릴리에게 말을 건다.

“……죄송합니다.”

바닥으로 툭 떨어지는 그녀의 사과를 들으며 벨프도, 미
코토도 그저 말없이 서 있었다.

“……?”

모두가 움직이지 못하는 가운데, 그 사실을 가장 먼저
알아차린 것은 미코토였다. 문 열리는 소리가 바로 곁에
서―― 옆방에서 들린 것이다.

무거운 방의 분위기에 생각이 납처럼 둔해져 치명적일
정도로 움직임이 늦어졌다.

탁탁탁, 무언가가 달려가는 소리를 듣고 겨우 흠칫 놀란
그녀는 문을 열고 뛰어나갔다.

고개를 좌우로 돌려도 긴 복도에는 아무도 없었다.

미코토의 뒤를 따라 나온 다른 사람들도 그녀와 마찬가
지로 아연실색했다.

“설마…….”

동요에 흔들리는 자신의 정신을―― 컨디션이 만전이 아
님을 자각하면서.

효과 범위가 현저히 줄어든 스킬 【야타노쿠로가라스】를
사용했지만 반응은 전혀 느낄 수 없었다.

"헉, 헉……!"

비네는 달리고 있었다. 복도를 지나, 계단을 뛰어내려, 문을 열어젖혔다.

눈 깜짝할 사이에 저택을 빠져나가 뒷문으로 시내를 향해 뛰어나갔다.

'나는, 나는……?!'

엿들어버린 밀담의 내용이 뇌리에 되살아났다.

——릴리네가 결단해서 그 사람을 지켜야 해요.

——릴리네와 그녀는, 함께 있어서는 안 돼요.

——그녀는, 몬스터예요.

파룸 소녀의 목소리가 지금은 저주 같은 울림을 띠고 비네의 마음을 좀먹었다.

몬스터이면서도 분명히 존재하는 소녀의 마음을, 그 무서운 검처럼, 깊이 베어놓고 있었다.

'난, 다른 사람들하고…… 벨하고 같이 있으면, 안 돼?!'

아름다운 은청색 머리카락이 나부낀다. 이마의 붉은 돌이 무언가를 외치듯 번뜩였다. 호박색 눈에 투명한 눈물이 떠올랐다.

'벨, 벨! 어디 있어?'

말해주었으면 했다.

그렇지 않다고.

다시 한 번, 그 말을 들려주었으면 했다.

괜찮아, 라고.

그 난처한 듯한 웃음으로, 그러나 다정한 웃음으로, 자신을 감싸주었으면 했다. 안아주었으면 했다. 머리를 쓰다듬어줬으면 했다.

전부 부정해줬으면 했다.

'제발……!'

눈꼬리에서 눈물을 떨구며 비네는 소년의 모습을 찾았다.

소년을 보고싶다고, 유일하게 기댈 곳을 그저 찾아 헤맸다. 자신에게 허용된 상자정원을 뛰쳐나와서.

인기척이 두려워, 몇 번이나 골목길을 꺾으면서 로브에 달린 후드를 재빨리 뒤집어썼다.

눈에 새겨진 새하얀 웃음을 찾아, 어딘지도 모를 장소를 그저 달렸다.

태양이 서쪽 하늘로 저물어갔다.

도시가 붉게 물들고 황혼이 찾아오려 했다.

"비네가 없어요?!"

벨은 그 소식을 들은 순간 소리를 지르고 있었다.

일몰을 눈앞에 둔 시각이었다. 이켈로스와 접촉해 불길

한 예감을 느끼며 홈으로 서둘러 돌아오니, 마치 그를 비웃듯 예감을 현실로 만들어버린 것이다.

당장이라도 뛰어나가고자 【파밀리아】의 구성원이 정면 현관 앞에 모인 가운데.

뻣뻣하게 선 벨을 향해 하루히메가 고개를 푹 숙였다.

"면목이 없사옵니다! 소녀가 눈을 뗀 탓에……!"

"제 스킬로 찾아도 전혀 반응이 없습니다……."

눈물을 흘리는 하루히메의 옆에서 미코토가 눈살을 찡그리며 어깨를 늘어뜨렸다.

조우 경험이 있는 몬스터를 감지하는 미코토의 【야타노쿠로가라스】에도 걸리지 않는다면── 비네는 이 저택에 없다는 뜻이다.

【스테이터스】로 검증되어 의심할 여지가 없는 사실에 벨은 얼굴에서 핏기가 빠져나가는 것을 느꼈다. 이켈로스와 맞닥뜨렸던 일도 머리에서 깡그리 사라져버렸다.

"큭……!"

겨우 몇 분 전에 있었던 밀담을 그녀가 들었음을 알아차린 릴리는 질끈 이를 악물고 조그만 주먹을 힘껏 쥐었다.

"──얼른 찾아야죠!! 미코토 씨, 같이 가주세요!!"

"예!"

벨은 다짜고짜 달려나갔다. 말이 떨어지기 무섭게 미코토도 뒤를 따랐다.

"우리도 가자!"

"아, 알았사옵니다!"

"아직 멀리는 못 갔을 게다. 흩어져서 찾아보자!"

벨프, 하루히메, 헤스티아의 목소리가 울리고, 릴리는 대답도 아껴가며 저택 앞뜰을 가로질렀다.

홈을 비우고 모든 것을 내팽개친 채, 【헤스티아 파밀리아】는 부이브르 소녀의 행방을 쫓았다.

🔥

시끌벅적한 소음이 거리를 에워싸고 있었다.

땅거미가 지기 시작하면서 인파는 점점 커졌다. 던전에서 모험자들이 하나둘씩 귀환하고, 도시에서 일하는 노동자들도 하루를 마무리하고자 주점을 찾기 때문이다.

수많은 가게가 본격적으로 영업을 개시하고 손님을 맞기 위해 문을 연다. 구운 고기의 향긋한 냄새와 조리에 쓰인 화주의 강한 향기가 감돌기 시작하고, 음유시인이 연주하는 하프의 섬세한 선율과 활달한 관악기의 연주가 얽혀 길을 오가는 사람들의 코와 귀를 즐겁게 해주었다.

한적한 길모퉁이에도 인적이 늘어나기 시작한다.

"흑……."

후드를 깊이 눌러쓴 비네는 그런 골목 중 하나를 헤매고 있었다.

이제까지 본 적이 없는 인파, 데미휴먼의 수는 그녀에게 두려움을 주었다. 흥미를 느낄 틈도 없었다. 어디선가 흘러나오는 현악기의 선율에도, 달려가는 마차에도, 이리저리 뛰어다니는 아이들이 천진난만하게 내는 목소리에도 흠칫흠칫 일일이 어깨를 떨었다. 신발도 아무것도 신지 않은 발바닥으로 전해지는 돌의 감촉은 싸늘했다.

로브로 온몸을 가린 채, 당장이라도 칼날이 날아들지 않을까 하는 공포와 싸우면서 눈에 뜨이지 않도록 길 가장자리를 걸어갔다.

'벨……'

후드 안에서 눈을 돌려 백발 소년의 모습을 찾으려 했다.

도시를 가로지르는 대로에 비하면 훨씬 좁은 길이다. 혼잡한 길 한복판, 뒷골목으로 이어지는 좁은 길, 시야 곳곳으로 시선을 보냈다.

그리고 주위를 살피던 때였다.

그 광경을 본 것은.

'——아.'

길 한구석, 상점 앞에 멈춘 한 대의 짐마차.

말이 우는가 싶더니, 휘청.

높이 쌓인 짐이 마치 블록 장난감처럼 무너지려 했다.

고정해놓은 끈이 약했던 것인지 어떤지는 알 수 없다. 그러나 실제로 짐은 기울어지기 시작했으며, 게다가 그 밑에는 아무것도 모르는 어린 시앙스로프가 있었다. 저녁놀이 지는 길거리를 뛰어다니던 아이 중 하나였다.

비네의 눈이 크게 뜨였다.

주위에서 이를 알아차린 몇몇 사람들도 흠칫 숨을 멈추고, 당장이라도 비명을 터뜨리려 했다.

흉악한 양의 짐이, 나무 궤짝이 소년의 위로 떨어지려 했다.

'——아파.'

저건 분명, 아플 것이다.

아주아주 아플 것이다.

울음을 터뜨릴 정도로. 발톱과 검에 피부가 찢겼던 자신처럼.

그렇게 생각한 순간 비네의 몸은 움직이고 있었다.

"!"

터엉. 발이 포석을 박차는 소리가 나고, 비네는 화살처럼 가속했다. 주위 일대에 있던 사람들에게는 마치 순간이동을 한 것처럼 아이의 옆으로 뛰어나왔다.

낙하하는 짐을 뒤늦게 보고 굳어버렸던 아이의 표정에, 맹렬한 불길을 앞에 두고 얼어붙은 자신——그리고 불의 괴물에게서 자신을 구해주었던 소년의 기억이 이어졌다.

——구해야 해.

그 의지가 방아쇠가 된 것처럼.

비네의 몸에 변화가 일어났다.

소녀의 등이 **부풀어올랐다.**

다음으로는 기괴한 살점 소리를 울리며, 청백색 피부와 로브를 뚫고—— 날개가 출현했다.

"――어."

어린아이가 낸 작은 목소리는 펼쳐지는 피막, 그리고 튕겨져 나가는 짐 소리에 묻혔다. 수많은 궤짝이 포석 위를 튀며 굴러갔다.

시내 한곳을 순식간에 지배해버릴 정도로 격렬한 소리가 멎은 후…… 움직이지 못하던 데미휴먼들은 말을 잇지 못하면서도 그 광경에 시선을 고정하고 있었다.

난잡하게 굴러다니는 짐, 충격을 받아 흩어지는 궤짝의 내용물. 술병과 곡물이 주위에 어질러지는 가운데, 주저앉은 아이 곁에서, 그것은 짐승의 주둥이처럼 몸을 펼치고 있었다.

인간의 몸길이에 육박할 만한 크기.

은청색 골격에 회색 피막을 가진 한쪽 날개.

괴물의 왕을 상징하는, 용의 날개였다.

그렇게나 소란스러웠던 길거리에서 모든 소리가 사라졌다.

"……."

한쪽 날개를 원반처럼 펼쳤던 비네는 발밑을 내려다보았다.

날개를 방패 대신 삼아 모든 짐짝에서 지켜내 소년에게는 상처 하나 없었다. 안도한 비네는 얼어붙은 아이에게 입술을 움직였다.

괜찮아? 라고.

하지만,

"으 —— 으아아아아아아아아아아아아아아아아아아
아아아아아아아?!"

비네의 목소리는 소년의 비명에 묻혀버렸다.

그의 눈에는 형형하게 빛나는 호박색 두 눈, 그리고 사
람의 것이 아닌 괴물의 한쪽 날개가 비치고 있었다.

공포에 사로잡힌 데미휴먼 아이는 경악하는 비네에게서
도망쳤다.

"모——"

"몬스터다아아아아아아아아아아아아아아아아아아
아아아아아!!"

순식간에 절규가 겹쳐졌다.

아이의 비명이 계기가 된 것처럼, 조용해졌던 길거리가
폭발했다.

파도가 물러나는 것처럼 모든 사람들이 비네에게서 거
리를 두고, 곁에 정차했던 짐마차조차 폭주한 말에 끌려
뛰쳐나갔다. 휴먼 어머니가 아이의 손을 잡아당기고, 낯이
창백해진 연인을 웨어울프 청년이 뒤로 감싼다. 뚱뚱한 파
룸 상인은 다리가 풀려 주저앉아 있었다.

반(半)광란에 빠진 사람들, 끊임없이 울려 퍼지는 발소
리, 잇따라 터지는 비명.

저녁놀에 물든 길거리가 공황의 소용돌이에 휩싸였다.

자신을 중심으로 형성된 반원형의 인파에 비네는 말을 잃은 채 서 있었다.

"하피—— 아니, 세이렌인가?!"

"어떻게 이런 곳에?!"

그 자리에 있던 하급 모험자들이 잇따라 검을 뽑았다. 그곳에서 드러나는 강철 칼날에 비네가 겁을 먹는 가운데, 주위에서 그녀에게 향하는 것은 공포와 혐오의 눈빛이었다.

저녁놀의 붉은 빛을 띤, 로브를 뒤집어쓴 수수께끼의 몬스터.

얼굴을 감춘 후드의 어둠 속에 떠오른 것은 날카로운 호박색을 띤 두 개의 빛이었으며, 이마 위치에는 핏빛으로 착각할 만큼 붉은 광채가 번뜩였다. 아무것도 모르는 사람들이 보더라도 세 개의 눈을 가진 기분 나쁘면서도 추악한 괴물로밖에는 여겨지지 않았다.

건물을 등진 외날개 몬스터에 혐오의 감정이 드높아져 갔다.

"괴, 괴물이다!!"

다음 순간 엘프 여성이 돌을 던졌다.

"윽."

투척된 작은 돌은 후드 위로 비네에게 직격했다.

그것이 방아쇠가 되었다.

공포에 질린 사람들의 감정은 증오에서 파생된 분노로 반전되어, 수많은 손이 발치에 놓인 돌에 향했다.

움츠러드는 기색을 보이는 몬스터에게 돌팔매질의 비가 쏟아졌다.

"꺼져, 괴물!!"

"여긴 우리 도시야!"

"지저분한 미궁으로 돌아가!!"

증오가 담긴 돌팔매질이 수많은 호를 그리며 조그만 괴물에게 명중했다.

"다들 그만둬!!"

"자극하면 안 돼!"

날개 달린 몬스터의 잠재능력을 아는 하급 모험자들은 필사적으로 고함을 질렀지만 대중은 멈추지 않았다. 입을 모아 욕설을 퍼붓고, 자신들의 영역에 발을 들인 인류의 적에게 감정을 격발시켰다.

한편 그 자리를 지나치던 얼마 안 되는 신들은.

"우와⋯⋯."

"일 났네~."

건물 옥상으로 올라가 눈앞의 광경을 방관하고 있었다.

어떤 자는 얼굴을 찡그리고, 어떤 자는 근심하고, 어떤 자는 느물느물 웃으며.

인간과 몬스터의 대립을 나타내는 하계의 축도를 내려다본다.

"아, 아파…… 아파."

투석에 몸을 드러낸 비네의 가녀린 목소리가 인간들의 매도에 묻혔다.

막 돋아난 날개가 투석에서 몸을 지켜주기는 했지만, 극심한 악의의 칼날까지 막아낼 수는 없었다.

가슴이 울고 있었다.

끊일 줄 모르는 적의와 살의를 받아, 마음이 찢어져나갔다.

몸을 조그맣게 웅크린 소녀의 눈에 눈물이 떠올랐다.

"베엘……!"

"몬스터가?!"

"그래, 저쪽 길거리에 나타났대!"

그 소식을 들은 순간.

벨은 밟아 부술 듯이 포석을 박차고 질주했다.

"벨 공?!"

함께 수색을 나섰던 미코토를 내버려 둔 채 아무것도 생각하지 않고 가속한다.

무시무시한 풍압이 얼굴에 떠오른 땀을 날려버리고, 귓가에서 윙윙 우는 바람 소리가 서두르라고 부르짖는다.

'비네!!'

높아지는 고동 소리와 발열을 끌어안은 채, 저녁놀에 물든 좁은 골목을 달려나간다.

시민들이 술렁거리던 방향, 그와 함께 서서히 소란스러워지는 소동을 따라 소녀가 있는 길거리로 뛰었다.

그리고.

"!!"

벨의 눈에 들어온 것은 본 적이 없는 거대한 외날개에 무수한 돌팔매질을 당하는 소녀의 모습이었다.

제7구역, 센트럴 파크에서 멀리 떨어진 도시 서북서 방향의 변두리 길가.

벨 자신조차 몸이 움츠러들 만큼 극심한 욕설과 악의의 한복판에 비네는 홀로 서 있었다.

"벨 님?!"

"벨!"

거의 동시에 하루히메와 헤스티아, 벨프가 나타나고 미코토도 뒤늦게 도착한 가운데, 움직임이 멈춘 것은 겨우 눈을 몇 번 깜빡할 만한 순간뿐이었다.

후드 안에서 반짝이는 눈물을 보고 벨의 온몸에 불이 붙었다.

——저 아이가, 울고 있어.

——비네가, 도움을 청하고 있어!

벨은 달려나갔다.

"거기 서, 벨!!"

인파를 헤치고 나가려 하는 소년에게 벨프가 고함을 질렀다.

몸을 날려 괴물을 감싼다. ──많은 이들 앞에서, 신들 앞에서.

단행해버렸다가는 이젠 변명을 할 수 없다. 소년은 이형의 소녀와 함께 혐오와 배척의 대상이 된다.

그러나 벨은 동료들이 제지하는 목소리를 따르지 않았다.

멈출 수는 없었다. 저버릴 수는 없었다.

눈물을 흘리는 비네에게 달려가려 한다.

그러나.

그런 벨보다도 먼저 인파의 발밑을 헤치고 달려나가는 그림자가 있었다.

"?!"

로브를 펄럭이는 조그만 인물이 여전히 이어지는 투석에도 아랑곳 않고 비네에게 달려갔다. 금색 장발을 나부끼는 아름다운 엘프 소녀였다.

120C도 안 되는 어린 데미휴먼을 보고 사람들은 놀라 돌팔매질을 멈추었다. 그 틈을 타 소녀는 재빨리 비네의 손을 잡았다. 그대로 건물 틈새의 좁은 길, 뒷골목으로 몬스터와 함께 도망쳐 들어가는 모습에 사람들은 눈을 크게 떴다.

마찬가지로 놀랐던 벨은 고개를 돌린 엘프 소녀의 눈──밤색 눈을 보고 모든 것을 깨달았다.

──릴리!

정체를 들키지 않는 '변신마법'.

동료 파룸 소녀가 기지를 발휘해 누구보다도 먼저 비네를 구한 것이다. 놀란 비네의 손을 잡아끌며, 변신한 릴리는 벨 일행을 향해 외쳤다.

"비밀 지하실!!"

단지 그 메시지만을 남기고 릴리는 비네와 함께 뒷골목으로 사라졌다.

몬스터를 데려간 소녀 때문에 주위 일대가 소란스러워지는 한편, 인파 밖에 있던 벨은 흠칫 둘러보았다.

'그렇구나!'

지금의 위치를 파악하고 릴리의 진의를 올바르게 이해했다. 고개를 돌린 곳에 있던 헤스티아도 벨이 내린 결론을 긍정하듯 힘차게 고개를 끄덕이고, 벨프 또한 웃음을 지었다.

"그런 거란 말이지……!"

"얼른 가시지요!"

"어, 어디로 말이옵니까?"

합류 장소를 다른 사람에게 들키지 않도록 감추어둔 단편적인 메시지에 하루히메가 당황하는 가운데.

혼란에 빠진 인파를 남기고 벨 일행은 재빨리 이동을 개시했다.

"우리 홈이에요!"

해가 완전히 모습을 감추고 푸른 달밤이 도시를 뒤덮었다. 금이 간 천장 틈새——잔해 너머에서 비쳐드는 달빛을 흘끔 보고 그 사실을 알 수 있었다.

머리 위로 향했던 시선을 돌려, 나는 좁은 지하실에 있는 주신님과 벨프, 다른 동료들의 얼굴을 둘러보았다.

【헤스티아 파밀리아】의 옛 홈, '교회의 비밀 지하실'.

나와 벨프를 비롯한 동료들은 비네를 데려간 릴리의 지시에 따라 이 비밀 지하실에 모여 있었다.

'교회의 비밀 지하실'은 워 게임 전에 나와 주신님 둘이 살던 홈이다. 【아폴론 파밀리아】와의 항쟁 때 파괴되는 바람에 주거를 옮기지 않을 수 없었지만…… 잔해의 무더기로 변한 교회 부분과 비교하면 지하에 있는 이 비밀 지하실은 어찌어찌 원형을 유지하고 있었다.

"용케도 이 장소를 이용할 생각을 했구나, 서포터 군."

"얼마 전에 벨프 님이 드롭 아이템을 회수하러 갔다고 하셨거든요……."

예전에 비축해두었던 돈과 드롭 아이템 '골라이아스의 경피' 같은 것들을 벨프와 발굴하러 왔을 때 잔해를 치우고 비밀실로 이어지는 지하계단을 지나갈 수 있게 해두었던 것이 도움이 된 모양이다. 작은 목소리로 이야기를 나누는 주신님과 릴리의 말을 듣고 나는 그렇게 생각했다.

물론 일상생활을 보낼 수는 없겠지만 이렇게 긴급상황에 집합장소로 이용하기에는 충분하리라. 바로 위에 있는 교회의 흔적은 이미 폐허와 다를 바 없으니 비밀기지라고나 할까.

지금쯤 지상…… 밖에서는 길드까지 동원되어 소동이 벌어졌겠지.

소동이 가라앉을 때까지 우리는 몸을 숨기기로 했다.

"흑, 으, 흑……!"

지하실에는 흐느껴 우는 목소리가 울려 퍼지고 있었다. 내게 안긴 비네가 오열하는 것이다.

그녀의 등에는 접혔음에도 인간 몸의 절반 정도는 될 것 같은 외날개가 있었다. 낯선 아이를 지키려고 하다가, 정신이 들고 보니 돋아났다고 한다.

벽에 기댄 벨프와 릴리가, 가만히 서 있던 미코토 씨와 하루히메 씨가, 먼지 쌓인 침대에 앉은 주신님이 하나같이 무거운 표정으로 지면에 쪼그려 앉은 우리를 에워싸고 있다.

……있는 그대로 보여주고 만 셈이었다.

비네가 괴물이라는 편린을.

그리고 릴리와 주신님이 우려하던 것을.

인간과 '괴물' 사이의 고랑, 알력, 압도적인 적의.

인류는 '괴물'의 존재를 용납하지 않는다. 그들이 가진 이빨과 발톱, 하늘을 나는 날개를 혐오하고 존재 그 자체를 기피한다.

그것은 뒤집어 말하자면 한때는 속수무책으로 유린당했던 '고대'부터 이어져온 잠재적인 공포의 반증이었다.

몬스터는 인류의 적.

뒤집을 수 없는 현실에 우리도, 비네도 큰 충격을 받았다.

호박색 눈에서 떨어지는 눈물이 내 옷을 적셨다.

"있지…… 벨."

모두가 눈을 내리깐 가운데 비네가 고개를 들었다.

조그만 두 손으로 옷을 붙들고, 청백색 뺨에 수많은 눈물 자국을 지으며 떨리는 입술을 열었다.

"난 벨이랑 같이 있으면…… 안 돼?"

그 매달리는 듯한 목소리에.

나는 아무 말도 할 수 없었다.

괜찮다고.

이제까지 몇 번이나 들려주었던 그 말을, 해줄 수가 없었다.

현실에 굴복해 아무 말도 할 수 없는 한심한 내 얼굴을 올려다보며 비네는 얼굴을 한껏 일그러뜨렸다.

나는 안아줄 수밖에 없었다.

스스로도 울 것 같은 표정을 지으며, 부러져버릴 것 같은 가녀리고 덧없는 몸을 한껏 끌어안았다.

인간과 '괴물'은 공존할 수 없다.

바로 눈앞에 있는, 흉흉한 용의 외날개가 마치 그 사실을 말해주는 것만 같았다.

밤의 장막이 걷히고 주위는 어둠에 휩싸였다.

북적거리는 대로에서 떨어진 뒷골목 안쪽 깊은 곳.

정면 현관부터 앞쪽 절반 정도가 무너진 교회 터에 사람이 다가올 기척은 없었다. 정적을 띤 채, 온몸이 부서져내린 여신상이었던 것이 잔해 위에 쓰러져 있었다.

고요한 달빛을 받는 그런 무참한 폐허를 올빼미 한 마리가 내려다보았다.

하얀 깃털에 세로 줄무늬. 건물 철책을 발로 붙들고 앉아 있다.

올빼미는 한쪽 눈을 푸르게 빛내는가 싶더니, 이윽고 날개를 펼쳐 건물 위에서 날아올랐다.

별의 바다와도 같이 빛나는 도시의 상공을 가로질러, 하얀 깃털을 떨어뜨리며 자신에게 내민 한쪽 팔—— 주인의 팔로 날아내렸다.

"무리였나……."

심부름꾼인 올빼미를 회수하며, 옥상에 서 있던 흑의인물은 후드 안에서 중얼거렸다. 문양이 새겨진 칠흑색 장갑에는 올빼미의 한쪽 눈에 박힌 의안과 같은 빛을 뿜어내는 청수정을 들고 있었다.

맨살을 한 점도 드러내지 않는 검은색 로브가 탄식하듯 출렁거렸다.

"그들의 태도가 한 줄기 희망이 될 수 있었는데…… 역시 아직 멀었군."

마치 그 말에 동조하듯, 팔에 머물던 올빼미가 두 눈을 감았다.

흑의인물은 심부름꾼이 날아왔던 서쪽 메인 스트리트보다도 북쪽, 교회의 폐허 방향을 쳐다보았다.

"더 이상은 내버려 둘 수 없겠어."

흑의인물은 달이 뜬 밤하늘을 올려다보았다.

"뒷일 부탁해, 우라노스."

그리고 자신의 발밑.

하얀 기둥으로 만들어진 장엄한 만신전── 길드 본부에 중얼거리는 목소리를 떨어뜨렸다.

4장 MISSION

"날개 달린 몬스터?"

자신에게 도착한 정보에 프레이야가 되물었다.

"예. 오늘 저녁 무렵 시내에 출현했다고 합니다."

"아, 그러고 보니 평소보다 시내가 떠들썩하다 싶었는데…… 그런 일이 있었구나."

보어즈 종자 오탈의 이야기에 수긍의 표정을 짓는다.

수많은 별들이 하늘에 뜬 한밤중. 백색 거탑 '바벨'의 최상층에서 프레이야는 화려한 의자에 앉아 있었다.

곁에 선 오탈의 이야기에 포도주를 한 손에 들고 질문을 건넸다.

"시내에 피해는 나오지 않았지?"

"국지적인 혼란이 일어났다고는 합니다만, 피해라 부를 만한 것은 전혀 없었습니다. 몬스터는 아무도 해치지 않았고, 누군가의 손에 끌려갔습니다."

"누군가, 라……. 길드에서 무언가 통달은 있었어?"

"아니오, 없습니다. 현재 사태 파악과 수습에 내몰리고 있는 듯하니 그럴 때가 아니겠지요."

오탈은 온 도시의 모든 동향, 그중에서도 특필할 만한 것을 주신에게 전달한다. 공손한 종자의 보고에 은발 미신은 별로 흥미가 없다는 표정을 지었다.

적어도 지금은.

"알아볼까요?"

"글쎄…… 사태가 커질 것 같으면 생각해보겠지만, 아직은 괜찮아. 여차하면 헤르메스라도 잡아다가 물어보면 되고. 적어도 우리보다는 뭔가 파악하고 있을 테니까."

푸헤치?!

거탑 아래의 거리 어디선가 재채기가 울려 퍼졌지만 프레이야와 오탈의 귀에는 들어오지 않았다.

미의 신은 등받이에 몸을 기대 칠흑색 나이트가운에서 엿보이는 팽팽하고 풍만한 두 언덕을 출렁였다.

"아무 일도 일어나지 않았다면 그건 그거대로 좋고, 무언가가 일어났다면 길드에서 요청이 오겠지. 후자일 경우에는 성가신 일을 떠넘기면서 말이야."

환락가 습격 및 【이슈타르 파밀리아】 소멸 사건 이후로 【프레이야 파밀리아】는 길드에서 페널티를 받고 있다. 아직도 한동안은 조직의 종복 노릇을 해야만 한다.

딱히 거역해도 상관은 없겠지만, 도시를 운영하는 길드의 체면을 세워줄 필요도 있다. 자신을 질시하는 여신들의 목소리는 여전히 시끄럽고, 그런 여자들이 로키 같은 이에게 달려가기라도 했다간 성가시다.

프레이야는 누구에게도 속박될 마음은 없었지만 이슈타르처럼 오만한 왕이 될 마음도 없었다.

"또 심부름을 보내게 될지도 모르겠지만, 그때는 잘 부탁해."

"알겠습니다."

실제로 고생하게 될 권속에 대한 아주 작은 감사와 미안함을 담아 여신은 웃음을 지었다.

그녀는 포도주를 찰랑거리다가 잔을 입에 가져갔다.

"한동안은 지루하지 않게 보낼 수 있으려나……?"

프레이야는 어딘가 기대하듯 그런 말을 중얼거렸다.

"인간형, 몬스터……?"

아이즈는 지금 막 들은 정보를 되물었다.

"응응~. 어제 서쪽 구역에서 나타났대~."

"대형급, 같은 건 아니고……?"

"그건 아닌가 봐. 하급 모험자들이 봤는데 하피 아니면 세이렌인 것 같았다나. 예전 필리아 축제 소동 때하고는 아마 상관이 없지 않을까?"

고개를 갸웃하는 아이즈의 물음에 아마조네스 자매 티오나와 티오네가 번갈아 대답해주었다.

작은 새 지저귀는 소리가 들려오는 아침 무렵이었다. 【로키 파밀리아】홈의 좁은 복도를 걸으며 아이즈는 어제의 소동에 대한 개요를 알았다. 파벌의 하위 단원들 사이에서도 화제가 끊이질 않는다고 한다.

"어제는 꽤 소동이 컸나 봐~. 지금도 길드 직원들이 이것저것 확인한다던데."

"……핀은, 알아?"

티오나의 말에 아이즈가 티오네에게 물었다.

"응. 단장님은 슬쩍 정보를 모아달라고 하셨어. 무언가 생각이 있으신가 봐."

"음……."

아이즈는 슬쩍 고개를 들고 천장을 보았다.

핀의 지시는 그렇다 쳐도, 자신과는 상관이 없으니까……라고 박정한 소리를 딱 잘라 말할 수 있을 만큼 도시에 애착이 없는 것은 아니었다. 지금도 몬스터가 어딘가에 숨어 있다면 일반인들은 두려움에 떨 것이다. 도시에 몸담은 모험자 중 하나로서 아이즈는 이야기를 마음속에 담아두기로 했다.

"몬스터를 발견하면?"

"생포가 바람직하다고 핀은 그러던데."

머리 뒤에 깍지를 끼고 대답하는 동생의 말을 받아 티오네가 말했다.

"만약 피해가 나올 것 같으면——처분하라는 말도."

긴 금발을 출렁이며 허리에 찬 세검을 만지고,

"알았어."

아이즈는 고개를 끄덕였다.

길드는 혼란 한복판에 있었다.

어제 제7구역의 거리에서 느닷없이 정체불명의 몬스터가 출현해, 날개를 펼치고 아이를 습격하려 했다는 것이다. 위기관리 능력은 어떻게 된 거냐고 일반 시민들의 질문과 비난이 쇄도하는 가운데, 길드는 자세한 정보를 수집하기 위해 분주했다.

몬스터가 지상으로 침입했거나 던전에서 진출하도록 내버려 두었다면 그것은 큰일이다. 얼마 전에는 '다이달로스 거리'의 고아원 부근 지하에 '바바리안'이 출현했다고 어떤 모험자에게서 보고가 올라오기도 했다.

지난 몬스터 필리아에서의 추태도 그렇고, 이대로는 관리기구의 체면이 말이 아니다.

대체 무슨 일이 일어났단 말인가. 길드 직원들은 대응에 내몰렸다.

"흐에~ 나 어제 야근했는데~!!"

"긴급상황이니 어쩔 수 없잖아."

총동원되어 일을 하는 길드 직원들 중에는 하프엘프 에이나의 모습도 있었다.

울상을 짓는 동료 미샤와 함께 본부 안을 여기저기 바쁘게 이동했다.

창구 접수는 물론 본부 내에서의 정보전달, 현지를 직접 방문해 벌이는 탐문을 비롯한 조사 등, 해야 할 일은 일일이 열거할 수도 없었다. 이 상황을 즐기는지 신들이 느물거리며 던져주는 수상쩍은 정보까지도 하나하나 진위를 확인해야만 하는 상황이었다.

"그치만 그치만, 시내에 느닷없이 나타났다니…… 테임

한 몬스터가 도망친 것도 아닐 거 아냐?"

복도를 걸으며, 쫄레쫄레 따라오는 미샤의 물음에 에이나는 고개를 끄덕였다.

"응. 【가네샤 파밀리아】에서는 한 마리도 탈주하지 않았대."

길드는 도시 소속 테이머의 숫자를 항상 정확하게 파악하는데, 그중 오라리오에서 몬스터 사육을 허락받은 것은 몬스터 필리아의 쇼를 담당하는 【가네샤 파밀리아】뿐이다. 광대한 부지를 가진 홈 안에서, '던전 공략에 반영'한다는 명목으로 몬스터에게 실험을 비롯한 여러 가지 시도를 하는 것이다.

"애초에 테임이 끝난 몬스터에게는 발신 플레이트를 달 의무가 있으니까 도망친다고 해도 금방 알아볼 수 있어."

테임된 몬스터의 목 내지는 몸 한군데에 달아놓는 이 매직 아이템은 장비 대상의 위치를 수신 측의 아이템에 끊임없이 알려준다. 파괴되었을 경우에도 요란한 경보가 울리기 때문에 【가네샤 파밀리아】가 알아차리지 못했을 리 없다.

제7구역에 출현했다는 인간형 유익 몬스터. 아마도 하피나 세이렌.

목격정보 중에는 아직까지 플레이트를 봤다는 이야기는 없었다.

'신경이 쓰이는 점은 로브를 뒤집어썼다는 정보……. 만약 정체를 감췄던 거라면 그 몬스터는 지능이 있다는 뜻이

되는데…….'

그렇다면 섬뜩한 일이겠다고, 에이나는 미샤와 대화를 나누며 자신의 팔을 문질렀다.

사무실로 들어가 업무용 책상으로 향하던 도중, 수인 상사가 말을 걸었다.

"튤."

"무슨 일이신가요, 반장님?"

에이나와 마찬가지로 안경을 낀, 선이 가느다란 시앙스로프 남성은 내키지 않는……다기보다는 미안한 표정을 지으며 용건을 전달했다.

"길드장께서 부르시네. 속히 집무실로 가보게."

"네……?!"

그 지시에 에이나는 그 자리에서 굳어버렸다. 곁에 있던 미샤도 안됐다는 웃음을 지었다.

──내가 무슨 일이라도 저질렀나?!

에이나는 흘러 떨어지는 안경을 간신히 붙들며 그렇게 생각했다.

"……실례합니다."

길드 본부 최상층, 중후한 떡갈나무 문을 노크한다.

들어오라는 굵은 목소리가 들린 후, 에이나는 쌍여닫이 문을 열고 들어갔다.

벽 하나를 거대한 책장에 점령당한 실내는 매우 넓었다.

화려한 융단을 비롯해 항아리며 회화, 벨벳이 깔린 소파며 설화석고로 만든 마석등에 이르기까지 호화롭기 그지없는 온갖 세간이 곳곳에 놓여 있다. 사치를 좋아하는 신들이 많이 사는 오라리오 내에도 이 방과 견줄 만한 곳은 그리 많지 않을 것이다.

인사를 하고 실내로 들어간 에이나는 다소 긴장하면서 방의 주인에게 다가갔다.

서류 더미가 수없이 놓인 거대한 집무용 책상 안쪽, 화려한 의자에 그 인물이 앉아 있었다.

"늦었잖나, 에이나 툴."

서류작업을 하던 책상에서 고개를 들고 녹색 눈이 에이나를 노려보았다.

얼굴에서 튀어나온 뾰족한 귀는 틀림없는 엘프를 나타냈다. 하지만 그의 외견은 용모가 수려하다고 칭송을 받는 종족과는 거리가 멀었다.

보통 직원의 것보다도 질 좋은 정장을 밀어올리는 뱃살. 옆으로 퍼진 체형은 아무리 잘 봐주어도 살집이 좋다는 말 정도로는 형용할 수 없었으며, 모 접수원이 비아냥거렸다시피 '오크'처럼 뚱뚱했다. 팔도 다리도 굵고 짧았으며 턱은 축 늘어졌다.

훌륭한 차림새와 맞물려, 그야말로 벼락치기로 돈을 벌었던 호상(豪商) 같은 모습이었다.

길드장 로이만 말디르.

도시 운영의 최종결정권을 가진, 사실상 길드의 최고권력자다.

"부른 지 몇 분이나 지난 줄 아나? 나를 기다리게 하다니 상당히 건방지군."

"면목 없습니다……."

일찌감치 시작된 잔소리에 에이나는 쓸데없는 말은 하지 않고 사죄를 입에 담았다.

로이만은 1세기도 넘게 길드에서 일하는 엘프다. 지금의 지위에 오른 후로는 호사스럽고 방탕한 생활을 보냈으며, 뒤룩뒤룩 살이 찐 이유도 여기 있다.

'길드의 오크'.

오라리오의 모든 엘프들은 그를 그렇게 경멸하며 기피했다.

종족의 긍지와 자긍심을 잊은 후안무치. 돈에 빠져 타락했으며 심지어 뚱뚱하고 추악하게 변한 그 모습을 통렬하게 비판하는 것이다.

그렇게 미움을 사는 데다 권력자 특유의 변화도 있었는지, 로이만은 동료의식이 강하기로 유명한 엘프이면서도 동족에게 태연히 오만불손한 태도를 보인다. 그가 겸허함을 보이는 상대는 오라리오 내에서도 지위가 높은 신들뿐이다.

하물며 자신은 하프엘프. 지금도 속으로는 '반푼이'라고 멸시하고 있을 것이다.

'뭐, 불려 나온 시점에서 이렇게 될 거라고 알고는 있었지만⋯⋯.'

에이나는 로이만이 질색이었다. 애초에 그런 의식이나 반감을 품지 않는 길드 직원이 더 적겠지만.

그러나 사치를 부리는 한편 그는 유능했다. 1세기 이상 길드에서 일했던 경력은 헛것이 아니다. 욕망이 주위의 발목을 잡아당기는 경우도 종종 있지만, 전면적으로 보자면 로이만은 길드의 운영에 공헌한다.

그렇지 않고서야 주위의 지지 —— 무엇보다도 길드의 '진정한 주인'에게 허가를 받아 수장이 될 수는 없다.

'분명 피곤하신 거겠지⋯⋯.'

지금도 꼬장꼬장 이어지는 주특기인 비아냥거림도 온 도시의 신들에게 휘둘리는 고생과 스트레스가 원인⋯⋯일 거라고 생각하면 일단 동정할 수 없는 것은 아니니까.

천성이 착한 에이나는 그렇게 스스로를 타이르며 직립 부동 자세를 유지했다.

"흥, 그 몸으로 모험자들을 잘 구워삶고 있는 모양이군. 다 들어어. 도시의 재산인 상급 모험자를 두 명이나 홀려서 마침내 문제를 일으켰다지."

빤히, 사양도 하지 않고, 정장을 밀어내는 가슴의 융기며 가녀린 허리를 쳐다보는 로이만. 에이나는 몸을 뒤틀고 싶다는 충동을 꾹 억눌렀다. 이것도 트집을 잡기 위한 정신공격이다. 실제로 로이만에게는 호색이 아닌 모멸의 감정밖에 없으니 그나마 낫다고 할 수 있다.

"······오해입니다. 저는 길드장님이 생각하시는 일은 전혀 한 적이 없습니다."

"닥쳐! 여봐란 듯이 엘프의 피를 이용해서는! 부끄러운 줄을 알아야지!"

얼마 전에 있었던 드워프 도르무르와 엘프 루비스와의 사건을 부정하자 아니나 다를까 얼굴을 시뻘겋게 물들이며 고함을 질러댄다.

에이나가 한숨을 목 안으로 삼키고 있으려니——한껏 치켜세웠던 로이만의 눈이 번뜩 빛났다.

"무엇보다 넌 담당자인 벨 크라넬의 정보를 의도적으로 감추고 있지?!"

'윽······.'

날카롭다.

어빌리티 '행운'이나 속공마법 '파이어볼트'——전례가 없는 무영창마법——같은 정보를 에이나는 모두 보고하지 않았다. 후자는 이미 워 게임 탓에 주지의 사실이 되어가고 있지만, '급성장'을 거두고 있는 벨의 정보라면 속속들이 밝혀내려는 길드의 입장에서는 사실 알면 냉큼 말하라고 힐문하고 싶은 심정일 것이다. 게다가 에이나는 벨의 【랭크 업】에 관한 모델 케이스도 공개하지 않고 있었다. 이 점이야 불가항력이지만 이렇게 억측을 하고 나서도 도리가 없다.

'담당 모험자와는 【파밀리아】의 수비의무 규칙을 따르는 범위 내에서 협의했다'고 그럴듯하게 보고를 올렸지만……
로이만은 보고서를 보고 생각하는 바가 있었으리라.

에이나는 그의 지적에 흠칫 떨릴 뻔한 어깨를 열심히 억눌렀다.

"아마 담당 모험자가 신의 장난감이 되는 걸 막아주려고 그랬겠지!"

"아뇨, 그런 일은……."

"거짓말 하지 마! 넌 길드 가입 당초부터 모험자들 편만 들지 않았나!! 나 원, 벨 크라넬의 '성장'에 무언가 비결이 있다면 그걸 파악하지 못하는 건 손해 정도가 아냐!"

책상을 내리치면서 뿌익뿌익 새끼돼지처럼 고함을 질러대는 로이만에게, 에이나는 그저 꾹 참으며 비난의 폭풍이 지나가기만을 기다릴 수밖에 없었다.

잠시 후, 겨우 울분을 다 토해냈는지.

이마며 늘어진 뺨에 땀을 머금은 로이만은 후우 숨을 내뱉었다.

"……본론일세."

길드장이 얼굴을 손수건으로 닦으며 말을 꺼내 에이나도 마음을 다잡았다.

"이걸 【헤스티아 파밀리아】에게…… 벨 크라넬에게 전달하도록."

"예?"

그가 책상 위로 내민 것은 밀봉한 봉투였다.

에이나는 놀랐지만 로이만의 시선에 채근을 받아 조심스레 손에 들었다.

"길드장님, 이것은……."

길드의 봉랍이 찍힌, 모종의 통지서인 것 같았다.

퀘스트 의뢰서냐고 에이나가 묻기도 전에, 로이만은 생각을 앞지른 것처럼 입을 열었다.

"미리 말해두지만 이건 퀘스트가 아니야. '미션'이지."

"!"

그 순간 에이나는 눈을 크게 떴다.

"그것도 극비일세. 다른 직원들은 물론 【헤스티아 파밀리아】 이외의 다른 자들에게도 알려져선 안 돼. 전달할 때는 세심한 주의를 기울이도록. ……말할 것도 없겠지만 괜히 내막을 캐려 하진 말게."

'미션'.

길드가 발령하는 절대명령. 오라리오에 속한 【파밀리아】와 모험자는 이를 반드시 따라야만 한다.

그것도 공공연히 밝힐 수 없는 극비 임무라니. 왜 그런 것이 담당 모험자인 벨에게 내려졌는지, 에이나는 이해할수가 없었다.

"넌 그 모험자의 담당이니 적임자 아닌가."

입장상 자신이 직접 접촉하면 너무 눈에 뜨인다고, 에이나가 아연실색하거나 말거나 로이만은 의자에서 몸을 젖히며 말했다.

"알았나? 반드시 전달하도록. 거부는 용납하지 않겠다."

"기, 길드장님, 이건, 상부의——"

"말단 직원 따위는 알 필요도 없어. 그만 가도록. 나는 바쁘니."

딱 잘라 말하며 로이만은 언급을 거부했다.

신 헤스티아에게도 반드시 전해지도록 전달하라는 등 온갖 지시를 일방적으로 떠넘기고는 냉담하게 집무실에서 몰아내버린다.

'극비 미션……? 그럴 수가, 어째서…….'

집무실에서 퇴실당한 후, 에이나는 닫힌 문 앞에 멍하니 서 있었다.

한 손에 든 봉서를 내려다보는 에메랄드색 눈이 이리저리 흔들렸다.

'상부의 의향? 하지만 그렇다면 길드장이 나를 직접 불러낼 이유가 없을 텐데…… 그 사람의 독단?'

여기까지 생각을 했을 때, 그건 아니라고 머리 한구석에서 부정하는 목소리를 냈다.

'저 사람도, **명령을 받아서**——'

——설마.

일말의 억측이 마음속에서 부푸는 것을 느꼈다.

상부보다도 더 위쪽, 길드라는 조직의 꼭대기에 군림하는 '주인'의 존재를 떠올렸다.

자신이 모르는 곳에서 무언가가 움직인다.

불길한 예감과 함께 에이나는 그렇게 느꼈다.

⊡

우리는 어젯밤에 홈으로 돌아왔다.

날개가 돋아난 비네가 남의 눈에 뜨이지 않도록 어떻게 든 숨기면서.

하룻밤이 지난 지금도 저택에는 여전히 씻을 수 없는 무 거운 공기가 감돌았다. 심신을 채찍질해 정보수집을 나간 릴리 말고는 아무도 외출하지 않았으며, 시내에서 들려오 는 당혹감의 술렁임으로부터 숨을 죽이고만 있었다.

그런 가운데 나는 혼자 길드 본부에 소환을 받았다.

"미안해, 벨. 갑자기 오라고 해서."

"아, 아니에요."

본부 내의 면담용 부스.

눈앞에 있는 에이나 누나에게 나는 동요가 드러나지 않 도록 주의했다.

에이나 누나 명의의 호출 서한이 전용 배달원을 통해 도 착한 것은 정오 무렵. 서두르라고 적힌 말에 등을 떠밀려, 나는 얼른 길드 본부로 달려왔다.

몸이 들썩거리려는 것을 스스로도 알 수 있었다.

왜 하필 오늘일까.

시내를 소란스럽게 만들었던 사건과의 관련성을 의심하

는 것은 아닐까 싶어서 영 불안했다.

에이나 누나 개인이 담당 모험자인 나를 불러낸 것이니 그럴 가능성은 낮다는 사실을 머리로는 이해하면서.

울며 지쳐 잠들었다고는 하지만 저택에 남겨놓은 비네도 걱정이 됐다.

방음성능이 뛰어난 부스에서, 서로 의자에 앉지 않고 선 채로, 어딘가 표정이 딱딱한 에이나 누나와 마주했다.

"……이거."

"네?"

내가 긴장하고 있으려니, 그녀가 내민 것은 한 통의 봉서였다.

"에이나 누나, 이건…….."

당황하며 받아들자, 에이나 누나는 몇 번인가 망설인 후 입을 열었다.

"극비 미션이래. 너에게 전달하라고 명령을 받았어."

나는 놀랐다.

길드에서 내린 미션? 그것도 극비?

던전의 이상사태 처리와 강력한 몬스터 토벌, 그 외에는 도시 외부에까지 미치는 급한 일을 처리할 때 등등 사건해결을 위해 길드에서 내리는 지령이, 이름을 높이고는 있다지만 일개 중견 파벌인【헤스티아 파밀리아】에 내려지다니.

미션, 나아가서는 극비라고 한다면 도시 내에서도 상위 【파밀리아】, 그리고 모험자에게 내려지는 거라고만 생각했는데…….

나는 고급 봉투를 빤히 바라보고 말았다.

"여기서, 뜯어봐도…… 될까요?"

"응. ……나에게는 보여주지 마. 알 권리는 없으니까."

서로 떨떠름한 대화를 나누었다.

입을 다문 에이나 누나가 지켜보는 가운데 나는 천천히 봉랍을 뜯었다.

따끔거리는 긴장감을 품으며, 속지 안에 든 지령서를 펼쳤다.

『【파밀리아】전원 및 용종 소녀와 함께 던전 제20계층으로 갈 것.』

"_____"

얼어붙었다.

체온이 단숨에 사라지고 팔다리의 감각이 몇 초 사라졌다.

눈앞에 늘어선 코이네 공통어가, 서면에 춤추는 문자가 있을 수 없을 정도로 심장을 뛰게 만들었다.

"신 헤스티아께도 반드시 보이라고…… 벨……? 왜 그러니?"

에이나 누나의 말이 머리에 들어오지 않았다. 손에 든 지령서에 시선이 못박히고 호흡이 떨렸다. 심장 고동이 주는 충격이 시야를 몇 번이나 흔들었다.

그럴 수가, 어떻게, 언제부터——

수많은 말이 머릿속에서 터져 나왔다가는 사라졌다.

용종 소녀. 비네를 말하는 거다. 【헤스티아 파밀리아】가 그 아이를 숨겨두었다는 사실이 들통 난 거야?

길드에게 모두 파악당했어?

협박을 당한 걸까, 우린?

'그렇다면——'

이 미션의 목적은 뭐지?

길드의 진의는 대체 뭐란 말인가.

도저히 냉정한 판단을 내릴 수가 없었다.

"벨, 벨?!"

나의 심상찮은 분위기에 에이나 누나가 몇 번이나 이름을 불렀다.

창백해진 나는 끌려가듯 지령서에서 시선을 떼어냈다.

"에이나 누나, 길드는——"

목이 뻣뻣하게 굳은 것처럼 그 이상 움직이지 않았다.

말이 이어지질 않았다. 물을 수 없었다.

길드는 뭘 알고 있을까.

적일까, 아군일까.

의심암귀에 사로잡히려 했다.

눈앞에 있는 에이나 누나의 얼굴이 왈칵 소리와 함께 일그러지는 것 같았다.

혹시 당신도——

'──아니, 아니야! 아니야!!'

머리를 가로저어 폭주하려는 생각을 걷어차버렸다.

이 사람이 우리의 속사정을 캐려 할 리가 없다. 내 반응을 살피다니.

에이나 누나는 직원 중 한 사람, 길드에서도 말단이다.

아까도 말하지 않았는가. 알 권리가 없다고.

이제까지 힘을 빌려준 이 사람에게 이상한 억측을 품어선 안 돼!

'그래. 그러니까, 이건──'

길드 내부에서도 상부가 내린 미션.

나는 꼴깍 침을 삼켰다.

무언가 거대한 힘의 소용돌이에 휘말리려 하고 있다.

"──저기, 벨. 나하고도 의논해줘."

"!"

상황에 휘둘리는 내게 에이나 누나가 몸을 내밀었다.

흠칫 놀라 고개를 들자, 마치 매달리는 듯한 표정으로 나를 직시한다.

"고민이 있으면, 난처한 일이 있으면 말해줘. 아무에게도 말하지 않겠다고 약속할게. 난 지금 이렇게 괴로워하는 너를 못 본 척할 수가 없어."

마음을 호소하는 에이나 누나의 눈이 흔들렸다.

"길드 직원 실격이라는 소릴 들어도, 나는 너희 모험자들을 돕고 싶으니까."

내 눈도 흔들렸다.

"나는 이것 말고는…… 네 말을 들어주는 것 말고는 할 수 있는 일이 없어. 그러니까——"

——나를 믿어줘.

에이나 누나의 애원에 마음이 흔들렸다.

이 사람은 아무것도 모른다.

하지만 만약 지금, 모든 것을 토로해버렸다간, 다정함에 기대버렸다간, 이 사람도 분명 휘말려들 것이다. 앞이 전혀 보이지 않는 어두운 바다 밑바닥으로 끌고 들어가게 된다.

이 사람을 끌어들일 수는——

"——괜찮, 아요. ……마음에 두지, 마세요."

떨리는 목으로 그 말만을 쥐어짜냈다.

에이나 누나의 몸에서 힘이 빠져나가는 것을 알 수 있었다. 굉장히 서글픈 표정을 짓는다.

눈을 마주할 수가 없었다.

어깨를 늘어뜨리는 내 앞에서, 에이나 누나 또한 시선을 떨구었다.

우리 사이에 고랑이 놓이는 환청을 들었다.

나는 에이나 누나를 남기고 도망치듯 부스를 빠져나왔다.

"미션이라고……."

미련을 간신히 뿌리치고, 나는 길드 본부에서 저택으로 돌아왔다.

서둘러 돌아온 저택 거실에서, 미션 지령서를 본 벨프와 동료들이 아연실색했다.

"들킨 거야? 어제 소동 때문에?"

"그렇다곤 해도 움직임이 너무 빠르잖아요. 용종 소녀라니…… 정체를 감추었을 텐데도 상대는 비네 님의 종족까지 확실하게 인지하고 있어요……. 더 이른 단계에서 알았다고밖에는."

미간에 주름을 잡은 벨프, 최대한 냉정해지려 하지만 말투에 여유가 없는 릴리. 한편 미코토 씨와 하루히메 씨는 아무 말도 없이 그저 서 있기만 했다. 지금 지령서를 보고 있는 주신님 또한 심각한 표정으로 입을 다물고만 계셨다. 비네는 이곳에는 없다.

모두들 의자에도 앉지 않고 홀에 서 있기만 했다.

서로 얼굴을 마주 본 우리는 전율의 감정을 공유했다.

"그보다 마음에 걸리는 건 이 미션의 내용이에요……."

주신님에게 허락을 구해, 옆에서 지령서를 확인하는 릴리. 그곳에 기재된 지시에 이해할 수 없다는 듯 밤색 눈을 가늘게 뜬다.

"길드의 노림수를 전혀 파악할 수가 없어요. 릴리네를 체포하겠다는 것도, 비네 님을 넘기라고 요구하는 것도 아니고…… 던전으로 가라니."

넝쿨 같은 무늬로 가장자리가 장식된 지령서에는 상세한 내용이 기재된 별도의 용지도 있었다. 붉은 글씨가 적힌 계층 지도는 제20계층 심장부의 어떤 에어리어를 목적지로 제시한 것이었다.

출발할 시간대까지 지정해놓았다.

내일 0시. 한밤중이다.

"길드에는, 우리를 구속할 뜻은 없다는 말씀입니까……?"

"지금 시점에서는 그렇다고 말할 수밖에요."

"비네 님을, 던전으로 데려가는 이유는…… 무, 무엇이옵니까?"

"글쎄. 감도 못 잡겠는걸. 그 녀석을 이용해 던전에서 뭔가를 시키려 하는 건지……. 우린 그냥 운반책인가?"

미코토 씨와 릴리가, 하루히메 씨와 벨프가 이야기를 나누었다.

각자 문답을 되풀이하는 가운데, 벨프는 자기에게 돌아온 별지에 새삼 시선을 떨구며 얼굴을 찡그렸다.

"애초에 갈 수는 있나? 우리만 가지고 20계층에. 안전도 뭣도 없는 단발승부 아냐?"

원래 같으면 계층 공략은 시간을 들여 착실하게, 안전히 해나가야 한다. 그것을 단숨에 건너뛰고 미도달 계층인 제20계층 심장부까지 가라니…… 우리에게는 '미지'인 영역에서 '모험'을 해야 한다는 것은 분명하다.

"……하루히메 님의 '마법'을 지속적으로 사용하면 벨 님도 포함해 Lv.3이 2명, Lv.2가 1명. 중층 영역인 20계층 도달 기준은 충분히 만족하는 파티 기준이에요. 다만, 역시 계층에 대한 경험부족이 무섭네요."

처음 접하는 계층의 무서움, 익숙하지 않은 지형, 수동적으로 대처할 수밖에 없는 새로운 몬스터에 대한 대응……그러한 것들이 우려된다고 릴리가 대답했다.

모두의 대화가 끊겨 조용해진 거실에서 미코토 씨가 말했다.

"……어떻게 하는 것이 좋을는지요?"

벨프와 릴리가 무거운 목소리로 대답했다.

"갈 수밖에 없겠지……."

"애초에 미션인걸요. 릴리네에게 거부권은 없어요."

길드라는 도시의 관리조직에게 이쪽의 내정이 그대로 드러난 이상 도망칠 길은 막혀버렸다. 서툰 저항, 예를 들면 오라리오에서 탈출하는 것도 용납하지 않을 것이다. 상대는 우리가 몬스터를 감춰두었다는 사실을 공식적으로 발표하기만 해도 【헤스티아 파밀리아】를 말살할 수 있는 것이다.

'비네는 어떻게 되는 걸까…….'

길드의 진의가 보이지 않는 이상 억측은 의미가 없다. 나도 안다.

릴리와 동료들의 말대로 이제는 거절할 수 없는 상황이란 것도 잘 안다.

다만 우리가 행동한 결과, 비네가 어떻게 될지…… 그것만이 걱정이었다.

'하지만…… 아마 길드는 무언가를 알고서 20계층에 가라고 했겠지.'

던전. 비네가 태어난 장소.

그리고 몬스터. 비네를 '동포'라 부르는 존재…….

이 미션이 어떻게 전개될지는 알 수 없다.

하지만, 그렇다. 적어도── 길드의 의도, 그리고 비네에 얽힌 무언가를 알 가능성은 있다.

무언가를 알면 길을 열 수도 있다.

'모험자…… 아니, '탐색자'였던가?'

아득한 '고대', 어느 사이엔가 모험자라 불리게 되었던, '미지'를 알기 위해 던전으로 내려갔던 유별난 존재들.

우리도 그들처럼, 원하는 무언가를 알기 위해서는 역시 던전에 갈 수밖에 없다.

"……."

우리의 시선이 주신인 헤스티아 님에게 모였다.

조금 전부터 줄곧 침묵을 관철하던 주신님은 우리의 시선을 받아 천천히 고개를 끄덕였다.

다녀오라고.

신의를 받든 우리도 고개를 끄덕여 대답하고, 미션 수행을 결심했다.

그리고 잠시 간격을 두고.

나는 고개를 숙인 채, 벨프와 동료들에게 사죄했다.

"미안해, 다들……. 이런 일에 끌어들여서."

비네를 구하지 않았으면 좋았다고 생각하는 것은 아니다. 생각해선 안 된다. 지금도 가슴에 품은, 그 아이를 지키고 싶다는 마음에 거짓은 없었다.

하지만 【파밀리아】의 구성원으로서, 단장으로서 사과해야만 했다.

이렇게 파벌에 폐를 끼치고, 릴리의 경고대로 궁지에 몰아넣고.

모두에게 부담을 전가하게 되었다.

단장 실격이다.

역시 나는 파벌의 두령을 맡을 그릇이 아니다.

동료들의 얼굴을 제대로 볼 수 없을 만큼, 하염없는 죄책감이 치밀었다.

의식을 떠나, 손이 멋대로 주먹을 쥐었다.

"벨 님."

그때.

가까이 있던 하루히메 씨가 고개를 숙였던 내 오른손을 잡았다.

"부탁이옵니다. 비네 님을 구하신 것을, 부디 후회하지 마시옵소서."

놀라 고개를 들자, 하루히메 씨는 나에게 바짝 다가오듯 가만히 응시하고 있었다.

내 손을 두 손으로 감싸고, 가슴 높이에서 꼬옥 쥔다.

"소녀는 벨 님과 미코토 님께—— 여러분께 도움을 받아, 지금 행복하옵니다. 비네 님도 분명 그럴 것이옵니다. 소녀와 비네 님은 구원을 받았나이다. 그러니……!"

하루히메 씨는 아름다운 녹색 눈에 눈물을 맺고 목멘 목소리로 호소했다.

설령 곤경에 빠졌다 해도 지금을 부정하지는 말아달라고, 그렇게 애원했다.

눈을 크게 뜬 내게 그녀는 눈꼬리에 눈물을 머금었다.

한동안 그러고 있다가, 하루히메 씨는 한참을 쥐고 있던 내 손을 흠칫 놓으며 얼굴을 붉혔다. 흘겨보던 릴리가 뒤에서 다가가 여우 꼬리를 확 잡아당기는 바람에 "캐앵?!" 비명을 질렀다.

"뭐, 사과하지 말라는 소리지."

시야 밖으로 끌려가는 하루히메 씨에게 삐질삐질 땀을 흘리고 있으려니, 그 자리를 메우듯 이번에는 벨프가 입을 열었다.

"【파밀리아】란 게 그렇잖아? 서로 지탱해주는 거지. 라키아 왕국하고 전쟁 났을 때 내가 너랑 헤스티아 님한테 민폐 끼친 거 잊었냐?"

벨프는 어깨를 으쓱하면서 농담처럼 웃음을 지어주었다.

"민폐 좀 더 끼쳐. 내 체면 서게."

"벨프……."

말을 잇지 못하는 나에게 미코토 씨도 웃음을 지었다.

"우리는 운명공동체입니다."

의리가 강한 극동의 무사처럼 단언한다.

가늘게 뜬 자청색 눈을 바라본 후, 나는 마지막으로 릴리 쪽을 보았다.

훌쩍훌쩍 자신의 꼬리를 문지르는 하루히메 씨 옆에서 릴리도 눈썹을 늘어뜨리고 웃었다.

"어디까지고 같이 갈 거예요. 릴리는 벨 님의 서포터니까요."

【파밀리아】 동료들은 웃음을 지어주었다.

네 명의 웃음에 에워싸여, 꽉 쥐었던 손에서는 힘이 풀렸다.

"……고맙습니다."

나는 더 이상 사과하지 않고.

모두에게 감사했다.

"……."

권속들의 대화를 한 발 떨어져서 바라보던 헤스티아는 깊어져가는 그들의 유대에 웃음을 지었다.

그러나 이내, 자신의 손에 들린 미션 지령서로 시선을 되돌렸다.

제20계층으로 향하라고 적힌 문장. 그리고 종이의 가장자리를 장식한 넝쿨 같은 무늬.

언뜻 보기에는 단순한 무늬처럼 그려졌지만 이것은 그저 장식이 아니었다.

교묘하게 감춰진 것은 여신에게는 익숙한 문자열──【히에로글리프】였다.

【권속들이 떠난 후 제7구역 4번가로 올 것. 위해를 가할 마음은 없다.】

신들이 다루는 문자는 그렇게 적혀 있었다.

벨의 말에 따르면, 그는 이 지령서를 에이나에게 받으면서 헤스티아에게 반드시 보이도록 다짐을 받았다고 한다.

권속들과는 별도로 주신과 접촉하는 것도 노림수 중 하나.

푸르스름한 여신의 눈이 가늘어졌다.

'설마 뒤에서 실을 드리우고 있는 것이……?'

자신 앞으로 보낸 암호 메시지에 헤스티아는 표정을 다잡았다.

저녁놀에 물든 계단을 오른다.

창밖을 보니 해가 저물려 했다. 황혼이라는 말을 연상케 하는 꼭두서니색 빛에 옆얼굴을 비추며 나는 위층으로 향했다.

오랜 대화를 나눈 우리는 오늘 밤의 미션을 위한 준비를 시작했다.

릴리는 중층 영역에 대비해 해독약 같은 아이템을 구입하러 시내로, 벨프는 우리의 무기를 완벽한 상태로 정비하기 위해 뒤뜰의 공방으로 갔다. 미코토 씨와 하루히메 씨에게는 식량과 물을 사 올 것을 부탁했다. 주신님도 갈 곳이 있다면서 나갔다. 홈에 남은 것은 나와 벨프, 그리고 비네뿐이다.

저택 최상층, 3층까지 올라간 나는 똑바로 복도를 나아갔다.

자신의 방 앞까지 다가가 천천히 문을 열었다.

방 한구석의 침대 위에는 청백색 피부의 소녀가 있었다.

어제와 다를 바 없이 로브를 걸치고, 눈가에는 애절한 눈물 자국을 남긴 채 태아처럼 몸을 말고 있다.

하루히메 씨, 그리고 계속 스킬을 써주었던 미코토 씨의 말대로였다. 울다 지쳐 잠이 든 채, 이 방에서 한 걸음도 나오지 않은 모양이었다.

마치 바깥세상을 두려워하듯.

"……."

나는 가만히 침대로 다가갔다.

소리를 내지 않도록 조심하면서 비네의 바로 곁에 앉는다.

방은 조용했다. 바깥의 소음이나 사람들의 의도, 그리고 잔혹한 악의에서 격리되어 조용한 시간이 흘렀다. 가녀린 여자아이의 숨소리만이 귓전을 간질였다.

여름을 눈앞에 둔 저녁놀은 조금 무더울 정도였지만 창문은 열고 싶지 않았다. 이 공간을, 이 아이와의 시간을 방해받고 싶지 않았다.

내 방의 냄새 속에 완전히 스며든 누군가의 냄새가 섞여 있다.

단 일주일, 얼마 안 되는 나날 속의 추억을 그녀의 냄새가 눈꺼풀 속에 하나하나 떠올려주었다.

"……."

곤란한 일이 잔뜩 있었다.

비명을 지르지 않은 날이 없었다.

그래도 지난 일주일은 무엇과도 바꿀 수 없는 날이었다.

따뜻한 온갖 추억이 입가에 희미한 웃음을 그려주었다.

나는 왼손을 내밀어 비네의 머리카락을 쓰다듬었다.

은청색 머리카락은 확실한 밀도를 가졌으면서도 비단처럼 매끄러웠다.

오늘까지 되풀이했던 것처럼, 아직까지 익숙해지지 않은 손길로 부드럽게 쓰다듬었다.

"……으응."

푸른 속눈썹과 함께 눈꺼풀이 떨렸다.

호박색 눈동자가 살며시 드러났다. 시선을 이리저리 움직이는, 덜 깨어난 눈이 이내 나를 발견하고 입술에는 미소가 떠올랐다.

"벨……."

"응…… 미안해, 깨워서."

내가 사과하자 비네는 아니라며 살짝 고개를 가로저었다. 로브를 찢고 나온 채 접혀진 외날개가 그 움직임에 맞춰 흔들렸다.

그녀는 옆으로 누운 자세 그대로, 머리카락을 쓰다듬던 손을 잡아선 자기 뺨에 가져갔다.

서늘한 감촉.

꿈과 현실의 틈에서 용종 소녀는 기쁜 듯 눈을 가늘게 떴다.

"비네, 할 얘기가 있어. 들어줄래?"

"……응."

비네는 천천히 몸을 일으켰다.

시트 위에 앉아, 바로 곁에서 나와 시선을 맞추었다.

침대 위에서 마주한 우리의 그림자가 방안에 길게 드리워졌다.

나는 비네에게 주신님이나 동료들과 결정한 사항을 들려주었다.

"오늘, 밤에……?"

"응. 하루히메 씨랑, 다른 사람들도 같이."

물론 어려운 일이나 몇 가지 사실은 감추고.

비네가 태어난 곳으로 다 함께 간다고, 나는 그녀에게 그렇게 전했다.

"……."

"……싫어?"

고개를 숙인 비네에게 물었다.

이 반응은 당연했다. 던전으로 갈 이유를 제대로 설명하지 않았다. 느닷없이 간다고 말해도 당혹스럽기만 할 것이다.

많은 상처를 입었던 비네에게는 분명 던전도 무서운 장소일 테니까.

어떻게 설득할지, 내가 고민하고 있으려니.

"아냐…… 나, 갈래."

비네는 고개를 숙인 채 또박또박 그렇게 말했다.

내가 나도 모르게 놀라고 있으려니 비네는 고개를 들었다.

"벨은…… 하루히메와 다른 사람들은, 날 위해 가는 거지?"

눈을 크게 떴다.

눈앞에 있는 붉은 돌이 담담한 빛을 띠었다.

"벨이랑 다른 사람들은, 언제나 날 도와줬으니까."

"비네……."

"무섭지만…… 벨이랑 다들 함께 있으면, 무섭지 않아."

저녁놀을 등지고 웃는 비네의 몸은 가늘게 떨리고 있었다.

다정함에 몸을 맡기기만 할 뿐 무구했던 이형의 소녀가, 꿋꿋하게 행동하려 한다.

우리를 믿고.

"나만 울어서, 미안해……. 지켜줘서, 고마워."

호박색 눈에 눈물을 머금은 후, 만면에 미소를 지었다.

천천히 몸을 앞으로 기울이고, 비네는 내 가슴에 얼굴을 묻었다.

"벨…… 좋아해."

……지키자.

이 아이를.

앞으로 무슨 일이 기다리고 있더라도, 비네를 지키자.

이 아이를 혼자 두지 않겠어. 죽게 하지 않겠어.

나는 마음속으로 맹세했다.

눈물을 흘릴 것 같았지만 열심히 참으며 그녀의 몸을 끌어안았다.

떨리는 용의 날개와 함께 팔을 감아 힘을 주었다.

오열과도 비슷한 애절한 숨소리가 방 안에 흘러나왔다.

창가에서 스며드는 불그스레한 빛이 방을 에워싸고 황금색으로 물들여주었다.

"인간형 몬스터란 말이지…… 틀림없어."

고글을 고쳐 쓰고 딕스는 입가를 틀어 올렸다.

"날개가 있었다는 게 마음에 걸리지만……. 너희가 봤을 때는 날개 같은 건 없었지?"

"응. 정말 그냥 인간형이었어. 하지만 부이브르는 원래 뱀 몸에 날개가 달린 몬스터니까……."

"하긴…… 괴물이니까 날개든 이빨이든 얼마든지 돋아 나겠지."

단원들의 말에 붉은 창으로 어깨를 툭툭 두드린다.

창문이 하나도 없어 어둠이 지배하는 넓은 방. 수많은 검은색 우리에 에워싸여 사내들은 아무에게도 들리지 않을 대화를 이어나갔다.

"그건 그렇다 쳐도 주신님이 떠보러 간 날 일이 터지다니…… 이게 신의 은총이란 건가? 주신님도 의외로 우습게 못 보겠는데?"

지금은 없는 기분파이며 분방한 주신에게 모양뿐인 경의를 늘어놓는다. 딕스는 목을 큭큭 울리며 웃었다.

"딕스, 그러면……?"

"그래."

스모크 쿼츠로 만든 색안경 안에서 붉은 두 눈을 가늘게 뜬다.

"【헤스티아 파밀리아】를 감시해."

저녁놀을 거쳐 어둠이 찾아오고, 이내 완전한 어둠이 머리 위를 뒤덮었다.

시내는 여전히 잠들지 않은 가운데, 도시의 중심부 센트럴 파크는 정적으로 가득 찼다.

우뚝 솟은 바벨 주위를 지나는 사람은 별로 없다. 광장 바깥쪽에서 불빛을 흘리는 주점의 소란도 멀게만 들렸다.

시각은 한밤. 조금만 지나면 날짜가 바뀌려 한다.

벨 일행은 백대리석 거탑의 서문에 모여 있었다.

벨, 벨프, 미코토가 방어구 위에 장비한 것은 살라만더 울. 릴리와 하루히메는 골라이아스의 로브. 그리고 비네는 벨과 같은 살라만더 울을 뒤집어쓰고 위장을 위해 구멍을 뚫어놓은 백팩을 짊어져 한쪽 날개를 감추었다.

비네가 신기하다는 듯 등 뒤로 눈을 돌리는 가운데, 서포터를 중심으로 준비한 여러 가지 아이템이 존재감을 뿜어냈다. 거대 방패를 비롯한 무구, 예비 무기, 나아가서는 '마검'까지. 벨프가 열심히 만든 장비로 몸을 다진 파티는 전에 없을 정도로 완전무장이었다.

미션 개시를 앞두고 하루히메와 미코토, 릴리의 얼굴에는 긴장감이 떠 있었다.

활짝 열린 문 앞에서 탑 안의 빛을 받으며 벨은 등 뒤를 돌아보았다.

"……."

"왜 그러냐, 벨?"

대도를 걸머진 벨프의 목소리를 어깨로 들으며, 어둠이 펼쳐진 센트럴 파크를 둘러보았다.

'감시당하고 있어…….'

그것도 여럿.

한산한 광장 어디선가 자신들을 감시하는 이가 있음을 벨의 감각이 호소했다. 거리는 먼 것 같다. 그러나 분명히 있다. 여러 방향에, 뿔뿔이 흩어져서.

길드의 입김이 닿은 자들이 지켜보는 것일까, 아니면——

뇌리에 시종 기분 나쁜 이켈로스의 웃음이 떠오르는 가운데 벨은 가슴이 술렁거리는 기분을 느꼈다.

시선을 옮겨 로브로 정체를 감춘 비네를 보았다.

"벨······."

깊이 뒤집어쓴 후드 안에서 호박색 눈이 불안하게 올려다본다.

그런 비네를 두고 벨은 가볍게 심호흡을 했다.

자신의 우려를 떨쳐내고, 소녀에게 쓸데없는 불안을 주지 않도록 웃음을 짓는다.

"괜찮아."

후드 위로 소녀의 머리를 쓰다듬고, 벨은 의식을 전환했다.

"——시간 됐어요."

손에 든 회중시계 뚜껑을 탁 닫으며 릴리가 0시를 알렸다.

자신을 바라보는 파티 멤버들에게 벨은 고개를 끄덕였다.

"주신님, 다녀오겠습니다."

"그래. 모두들 꼭 돌아와야 한다."

떠나기 직전, 배웅을 나온 헤스티아에게 한동안의 작별을 고했다.

여신은 권속들, 그리고 비네를 바라본 후, 벨에게 슬쩍 입을 열었다.

"벨……."

"네?"

"……아니, 아무것도 아니다."

다녀오라고 조용한 미소와 함께 말하는 헤스티아에게 고개를 갸웃하며, 벨은 인사를 하고 '바벨' 안으로 들어갔다.

막이 열린 미션.

파티 일행은 제20계층을 향해 출발했다.

5장 이단아

천장을 뒤덮은 백수정이 침묵해 계층에는 빛이 없었다.

대신 숲 곳곳과 호반 기슭에 돋아난 청수정이 어렴풋이 빛을 내 지상의 야경과도 다른 조용한 광경이 펼쳐져 있었다.

제18계층 '언더 리조트'.

우리가 발을 들였을 때, 세이프티 포인트에는 '밤' 시간대였다.

비네를 지키면서 우리는 하이페이스로 '상층'과 '중층', 이곳까지 오는 길을 돌파할 수 있었다. '마법'과 아이템을 아끼지 않고 쓰며 최단 루트를 지난 결과일 것이다. 그리고 몇 번이나 제18계층에 진출했던 경험의 성과인지도 모른다. 골라이아스가 없었던 것도 행운이었다.

계층 남쪽에 있는 제17계층의 연결통로에서 똑바로 북상해 중앙수가 존재하는 대초원으로.

시야 왼쪽, 서부의 호반에 위치한 거대 섬의 단애절벽에는 마석등 불빛이 수없이 보였지만 그냥 지나쳤다. 리빌라에 들를 생각은 없었다. 단숨에 제20계층으로 나아간다.

몬스터의 소규모 집단과 교전하기를 몇 차례, 우리는 지치지도 않고 계층 중앙, 제19계층으로 이어지는 거대한 나무의 뿌리께에 도착했다.

"이제부터가 진짜지."

"그렇습니다. 비네 공과 만났던 날 퀘스트로 한번 진입하기는 했습니다만⋯⋯."

벨프와 미코토 씨의 대화를 들으며 비네가 고개를 갸웃

했다.

나도 모르게 웃음을 지으면서, 우리는 처음이자 마지막이 될 휴식을 취했다.

이곳에서 목적지까지는 아마 제대로 쉴 틈이 없을 것이다. 제18계층까지 고속진행으로 소비했던 체력을 회복시키기 위해, 다음 계층으로 가는 출입구에서 떨어진 장소에 자리를 잡았다.

중앙수의 거대한 뿌리가 말발굽 형태로 에워싼 초원. 나무구멍에서는 마침 사각이 되는 위치였다. 시간이 시간이라 그런지 제19계층으로 가는 사람도, 귀환하는 사람도 없었다.

나와 벨프, 미코토 씨는 헬 하운드의 위협이 사라졌으므로 살라만더 울 로브를 벗고 가벼운 차림이 되었다.

계층의 시원한 밤공기가 달아오른 몸을 감쌌다.

"릴리, 냄새 자루는 역시……."

내가 확인을 구하자 짐을 초원에 내려놓으며 릴리가 대답했다.

"네. 이제는 남은 게 별로 없어요. 돌아갈 때를 위해 될 수 있는 대로 아껴두려고 해요. 비상시에는 물론 그렇지만도 않겠지만요."

파티 전체에 피로가 쌓였으리라 예상되는 귀환 때를 대비해 '몰불'을 확보해두겠다는 생각은 합리적이다. 전투를 반드시 회피할 수 있는 것이 아님을 잊어서는 안 되겠지만.

여느 때보다도 잔뜩 온갖 무기를 매달아 부푼 백팩을 뒤적거리면서 아이템 확인에 여념이 없는 릴리. 그 모습을 곁눈질하며, 지금은 돌아갈 때 걱정은 그만두자고 나는 의식을 미션에 집중시켰다.

"벨프 공, '마검'의 수는……."

"세 자루 남았어. 릴리돌이, 잘 가려서 써라."

미코토 씨의 질문에 대답한 벨프는 릴리의 등에 대고 충고했다.

"알고 있다구요!"

파티가 소지한 '크로조의 마검'은 세 자루였다. 후열용 단검형이 두 자루, 벨프가 대도와 함께 등에 장비한 장검형이 한 자루. 예전부터 벨프가 탐색용으로 제작했던 '마검'을 전부 가져온 것이다.

마도사가 없는, 화력이 부족한 파티의 결점을 잘 보완해 주면 좋겠는데…….

'……하지만 결국.'

마지막에 의지할 수 있는 것은 모험자들의 자력, 인간의 힘이다.

무기와 아이템은 어디까지나 우리에게 힘을 빌려줄 뿐이다. 진짜 궁지를 돌파하는 데 필요한 것은 각자의 능력과 임기응변, 그리고 연계다.

가혹한 던전에서는 파티의 진가가 시험 받는다.

무슨 일이 일어날지는 모르지만…… 의지할 대상을 잘

못 판단해서는 안 된다.

"슬슬 가자."

휴식을 취한 지 30분 정도가 지났을 때 내가 말했다.

포션으로 보급을 마치고, 비네와 다른 동료들과 함께 중앙수의 구멍을 지났다.

계단처럼 단차가 있는 굵은 나무의 뿌리를 내려가자, 똑바로 뻗은 외길이, 나무껍질에 에워싸인 '거목미궁'이 나타났다.

"하루히메 공, 그러면."

"네, 넷."

미코토 씨의 부탁에 하루히메 씨가 영창에 들어갔다.

이제부터 사용할 '요술'의 정체를 다른 이들에게 목격당하지 않도록 파티 전원이 외길 전방과 후방의 경계를 태만히 하지 않는 가운데, 유려한 노랫소리가 울려 퍼졌다.

던전에 발을 들이자마자 우리는 '마법'을 사용했다.

"——【도깨비 방망이】."

'요술'이라고까지 불리는 르나르의 마법 —— 하루히메 씨의 '레벨 부스트'가 발동되었다.

'마력'을 수반한 빛의 구름과 함께 빛의 망치가 출현해 선두에 있던 벨프를 에워쌌다.

온몸에 부여되는 엄청난 수의 빛 입자, 그리고 넘쳐나는 힘에 벨프는 오른손을 꽉 쥐었다.

"좋았어."

처음으로 하루히메 씨의 '마법'을 본 비네가 아름다운 부여광을 보고 눈을 빛냈다.

"와아, 예쁘다……. 하루히메 대단해!"

"그, 그렇지는……. 저는 이 정도밖에 할 수 있는 일이 없어서……!"

'거목미궁'을 나아갈 때는 하루히메 씨의 '레벨 부스트'를 지속적으로 사용하는 것이 전제조건이었다. 우선 몬스터와 근접전을 펼치게 될 전열 담당 벨프를 강화하는 것이다.

오늘까지 시험해봤지만 【도깨비 방망이】의 지속시간은 가장 길 때──하루히메 씨가 막대한 마인드를 쏟아부었을 때──약 15분. 다음에 발동할 때까지의 인터벌이 약 10분. 효과가 사라질 타이밍을 가늠해 하루히메 씨에게 끊임없이 '마법'을 사용하게 해야 한다.

"마인드 포션도 일단 마셔."

"알겠사옵니다."

하루히메 씨는 벨프의 지시에 따랐다. '레벨 부스트'가 한 번에 소비하는 마인드는 상당히 많다. 이것도 만약을 위해서였다.

손에 든 마인드 포션에 입을 대고, 하루히메 씨는 용액을 절반 정도 마셨다.

"좋아, 이제 준비는…… 어라, 릴리돌이? 너는 뭐 해?"

"만약을 위해서예요."

이제는 출발하자고 벨프가 파티를 돌아봤을 때, 릴리가

미궁 벽 앞에 무릎을 꿇더니 무언가 콰득콰득 소리를 내기 시작했다.

한 손에 든 나이프를 벽면에 돋아난 이끼에 꽂고 있었다. 이 층역의 광원이기도 한 빛나는 이끼——'빛이끼'를 채취하는 것 같았다.

"릴리 공, 설마…… 지상에 가져가 파시려는 건…….."

"이, 이럴 때에도 채취를 해야 할 만큼 파벌의 재정이 궁핍하옵니까?!"

"그럴 리가 없잖아요! 릴리도 때와 장소 정도는 구분한다구요!"

전율하는 극동 콤비에게 릴리가 새빨개진 얼굴로 버럭! 불을 토해냈다.

아니 뭐, 제18계층의 수정과 마찬가지로 '빛이끼'는 지상에서 팔리긴 팔린다지만…… 아무리 그래도 그렇지는 않을 거라고, 릴리의 말을 믿고 싶었다.

"나 참……! 이제 됐어요. 가요."

채취한 빛이끼를 작은 봉투에 채워 넣고 그것을 품에 넣는다.

자리에서 일어난 릴리를 보고 나와 벨프는 고개를 끄덕인 다음 출발했다.

"벨……."

"비네 님, 대열 흐트러뜨리지 마세요! 벨 님이라면 걱정없으니까."

나와 포지션이 다른 비네를 나무라는 릴리의 목소리가 통로의 나무껍질에 빨려 들어간다.

파티의 대열은 전열에 나와 벨프, 중견은 없으며 후열에 릴리와 하루히메 씨, 비네, 그리고 제일 뒤를 미코토 씨가 따르는 형태였다.

여느 때 같으면 미코토 씨가 중견에 들어가지만 이 계층 영역에서는 아직 만나지 못한 몬스터가 많다. 따라서 후방 기습을 방지할 스킬 【야타노쿠로가라스】의 효과를 충분히 발휘할 수 없으므로 이번에는 후열을 호위하고 백어택을 막아줄 최후열에 배치했다. 이 위치라면 후열을 빠르게 보조해줄 수 있다. 주무장도 카타나에서 활로 바꾸었다. 솔직히 온갖 종류의 무기를 사용할 수 있으며 어떤 포지션에서도 활약이 가능한 미코토 씨에게는 많은 도움을 받고 있다.

제삼자가 본다면 중견 위치에 있는 릴리와 하루히메 씨는 아이템 보급이나 무장 교환 등 '레벨 부스트'를 포함해 철저한 지원 담당이다. 그녀들이 급소인 것과 동시에 파티의 핵심이다. 곁에 있는 비네와 함께 서포터들에게는 공격이 가도록 해서는 안 된다.

부담이 걸리는 전열에는 Lv.3을 두 명 나란히 세워 적을 가로막거나 혹은 돌파한다.

이것이 호위 대상인 비네를 중심으로 한, 이번 대열이었다.

"……벨."

"응, 알아."

빛의 입자를 두른 벨프의 나직한 목소리에 나는 시선을 전방에 고정한 채 고개를 끄덕였다.

어둠 안쪽에 흉악한 기척이 수없이 도사리고 있었다. 수십 초도 지나지 않아 눈에 들어올 적을 느끼며 《주신님 나이프》와 《우시와카마루 2식》을 꽉 쥐었다.

……잡념은 버리자. 설령 무슨 일이 있더라도 비네를 지키자.

후방을 흘끔 보고, 걱정스레 쳐다보는 비네와 시선을 마주했다.

——이제부터 맞닥뜨릴 몬스터들도 이 아이처럼 말을 하는 것은 아닐까.

——사실은 우리와 다를 바 없는 지성과 이성을 가졌고, 혹은 눈물을 흘리는 것은 아닐까.

한번 품었던 망설임을 사명감이라는 허울 좋은 변명으로 밀어내고 의식 한구석으로 몰아넣었다.

눈꼬리를 치켜세우며 나는 각오를 다졌다.

임전태세에 들어가, 파티는 광대한 나무 미궁을 나아 갔다.

밤하늘에 떠오른 달을 구름이 감추려 했다.

흘러가는 회색 구름을 올려다보며 헤스티아는 시내를 이동하고 있었다. 미션을 떠난 벨 일행과 헤어진 직후였다.

날짜가 바뀐 지금도 북서쪽 메인 스트리트의 '모험자 거리'를 비롯한 번화가에서는 미미하게 사람들이 떠드는 소리가 들려왔다. 시내의 목소리에 귀를 기울이며 헤스티아는 연신 깜빡깜빡 꺼져가는 마석 가로등 아래를 걸어갔다.

미션 지령서에 기재된 암호 메시지, 약속장소로 지정된 '제7구역 4번가'.

사실 그 장소는 헤스티아의 옛 본거지, '교회의 비밀 지하실'에서 가까운 곳이었다.

간단히 말하자면 한적한 주택가의 한복판이었다.

"……."

지정장소에 도착한 헤스티아는 주위를 둘러보았다.

마석등은 없으며, 구름에 가려져 달빛조차 희미했다. 일대는 어스름했다. 도로 옆에 세워진 가옥에는 아무도 살지 않는지 인기척이 없다. 도로 구석에 오도카니 세워진 막대에 '4번가'를 나타내는 희미한 코이네 공통어 간판이 달려 있었다.

푸른 어둠에 싸인 도로는 당장이라도 무언가가 튀어나올 것 같다는 형용이 딱 어울렸다. 헤스티아는 그런 생각을 했다.

──실제로 그 생각이 옳았다.

"……어디서 나왔냐고 묻는 것도 멋없는 짓이려나."

시커먼 도로 한곳의 어둠을 가르고 소리도 없이 나타난 존재가 있었다.

그림자를 도려낸 것 같은, 온몸을 빈틈없이 검은 옷으로 감싼 수수께끼의 인물이었다.

두 손에 낀 칠흑색 장갑에서 뿌득 소리를 내며 약 5M, 거리를 두고 헤스티아와 대치했다.

예상치도 못한 방법으로 등장해 으스스한 분위기를 띤 상대에게, 헤스티아는 억지웃음의 모양으로 틀어 올린 입가를 실룩거렸다.

흑의인물은 남성인지도 여성인지도 알 수 없는 목소리로 말을 꺼냈다.

"만나서 반가워, 신 헤스티아. 이러한 곳까지 왕림해주니 고마운걸."

"그래, 만나서 반가워. 그런 너는 어디의 누구지?"

온몸을 감싼 칠흑색 로브는 하계 주민들의 거짓말을 꿰뚫어보는 신에 대한 대책일까. 외견대로 용모도 소속도 알 수 없는 상대에게 헤스티아는 수상쩍다는 눈빛으로, 동시에 경계하면서 말을 골랐다.

"길드 직원으로는 보이지 않는데, 날 일부러 이런 데까지 불러내 대체 뭘——"

한 손에 든 지령서를 팔랑팔랑 내보이는 헤스티아의 목소리가 그 순간 끊어졌다.

아연실색 움직임을 멈춘다.

신의 눈동자로, 어둠에 가로막힌 상대의 후드 안쪽을 바라보았다.

"너는 정말로 우리의 자식들…… 인간이냐? 그 느낌은……."

"……이런이런. 정말로 신 앞에서는 어떤 변장도 소용이 없군."

경악하는 헤스티아에게 상대는 진심으로 쓴웃음을 짓듯 로브를 출렁거렸다. 동요를 드러낸 여신과 달리 흑의인물은 유연하게 대응했다.

"너는 대체……."

"글쎄, 그 질문까지 포함해 이것저것 대답해주고 싶기는 하지만……."

흑의인물은 천천히 고개를 들더니 헤스티아보다도 훨씬 후방, 어떤 건물 방향을 흘끔 보는 기색을 보였다.

"이렇게나 노리는 사람들이 많아서는 천천히 이야기를 나눌 수도 없겠는걸."

그 발언에 헤스티아가 눈을 크게 뜨자 흑의인물은 두 팔을 살짝 벌렸다.

"장소를 바꾸지."

다음 순간, 로브 소매에서 많은 양의 검은색 연기가 뿜어져 나왔다.

"──연막?!"

미아흐는 그 광경에 몸을 내밀었다.

제7구역 4번가에서 떨어진 건물의 옥상. 롱보(longbow)에 화살을 메기고 있던 시앙스로프 나자와 함께 수려한 남신은 얼굴을 경악으로 물들였다.

헤스티아에게 '경호' 의뢰를 받은 것이 몇 시간 전, 어제 저녁 무렵이었다. 권속들에게 발령된 미션과는 별도로, 여신은 만에 하나를 위해 미아흐와 나자에게 상담을 청했던 것이었다. 암호 메시지에 따라 오늘 밤 자신 혼자 불려 나갈 것이라고.

미아흐와 나자는 직접 홈에 찾아왔던 헤스티아의 부탁을 받아주었다. 물론 길드의 미션이라는 것만은 털어놓고, 나자를 비롯한 권속들에게는 말하는 몬스터의 정보를 숨겨두었다.

의뢰를 받아들인 미아흐와 나자는 부탁받은 대로 심야에 높은 곳에 자리를 잡은 채 헤스티아의 주위를 경계하고 있었다. 여신에게 위해를 가하려는 존재, 혹은 모종의 수상쩍은 움직임이 있으면 스나이퍼인 나자가 화살을 꽂아주겠노라 시종 활을 겨누고 있었던 것이다.

"……읏?!"

수수께끼의 흑의인물에게 조준을 맞추었던 나자의 눈이 흔들렸다.

펼쳐진 연막은 눈 깜짝할 사이에 상대와 헤스티아를 감싸고 단숨에 주위를 뒤덮어버렸다. 흑연, 아니, 검은 안개

에 갇혀버린 도로의 광경에 미아흐는 지붕 위에서 일어나
아연실색했다.

　시선 너머에서는 미아흐와 마찬가지로 의뢰를 받았던 타
케미카즈치와 헤파이스토스, 그리고 오우카와 치구사를 비
롯한 권속들이 절박한 움직임으로 건물 뒤에서 뛰쳐나왔지
만…… 검은 안개가 걷혔을 때, 도로에는 아무도 없었다.

　흑의인물도, 헤스티아도 홀연히 자취를 감추었다.

　"미아흐 님?!"

　"……전부 알아차리고 있었군."

　지붕에 한쪽 무릎을 꿇은 나자가 올려다보는 가운데 미
아흐는 눈을 씁쓸하게 일그러뜨렸다.

　헤스티아가 끌려갔다고 후회했다.

　"저, 저건 '유령'이야, 다프네……!"

　"무슨 소리야."

　"밤이면 밤마다 길드 본부에 나타나는 검은 그림자……!
몬스터에게 죽은 모험자들의 망령이 미련이 남아 어둠 속
을 배회한대……!!"

　"분명 또 꿈이니 뭐니 할 거지? 난 안 믿어."

　"아, 아니야~! 이건 꿈이 아니고 길드의 옛날 담당관,
미샤가 가르쳐준……!!"

　"둘 다 조용히 해."

　바로 곁에서 펼쳐지는【미아흐 파밀리아】의 새 단원 다
프네와 카산드라의 시끄러운 말다툼에 나자가 약간 화를

냈다.

무거운 한숨을 쉰 미아흐는 이 자리에 잠복했던 권속들에게 지시를 내렸다.

"가자. 이곳에 있어봤자 소용도 없을 거다. 일단 헤파이스토스, 타케미카즈치와 합류하자."

주신의 명령에 세 사람은 고개를 끄덕이고 행동에 나섰다.

미아흐는 떠나가기 직전, 검은 안개에 섞여 모든 것이 사라져버린 도로를 다시 한 번 바라보았다.

"헤스티아……."

하늘의 달은 구름에 완전히 뒤덮여버렸다.

"타아아아아아아아아아아앗!!"

거친 포효와 함께 날아간 벨프의 대도가 '매드 비틀'을 양단했다. 유혈과 함께 거대 갑충이 쓰러지자 즉시 새로운 몬스터가 사체를 짓밟으며 돌진했다.

격전이었다.

제19계층, 정규 루트인 룸 중 하나에서 【헤스티아 파밀리아】의 파티는 흉포한 몬스터의 무리를 상대하고 있었다.

"오오오오오오!!"

『캐액?!』

'매드 비틀'을 비롯해 '건 리베룰라'와 '버그베어' 등 전방에서 밀려드는 온갖 몬스터를 벨프는 모조리 대도의 먹이로 삼았다.

한 마리당 한칼. 일격필살.

예외는 없었다. 하루히메의 '레벨 부스트'로 잠정 Lv.3이 된 벨프는 격상한 【스테이터스】로 몬스터들을 섬멸했다. 풍압을 수반한 두꺼운 외날이 몬스터의 거구를 다짜고짜 둘로 갈라버렸다. 전열 공격수와 전열 수비수의 역할을 겸임하는 하이 스미스는 자신의 의무를 충분히 다하며 몬스터의 진격을 막아냈다.

"흐읍!!"

그리고 벨은 벨프 이상의 움직임으로 몬스터들을 베어버렸다.

번뜩이는 남색과 붉은색 검광은 수가 많았으며, 무엇보다 빨랐다. 전열 공격수, 아니, 토벌특화라는 포지션에 부끄럽지 않은 활약으로 적의 수를 줄여나가 벨프와 나란히 섰다.

돌려차기로 버그베어의 거구를 날려버린 벨은 즉시 공중으로 염뢰를 터뜨렸다.

"【파이어볼트】!"

직격을 받아 터져 나가는, 혹은 염뢰의 여파를 맞아 불타 땅에 떨어지는 것은 잠자리형 몬스터였다.

허공에 떠돌며 탄막을 펼치는 건 리베룰라의 무리는 체내에서 생성한 금속성 사격탄을 퉁, 퉁 단발로 발사한다. 회피행동을 섞어가며 움직인 벨은 즉시 '속공마법'을 되쏘았다. 매드 비틀과 버그베어와의 전투도 양립시켜가며 원거리 공격 수단을 가진 몬스터를 최우선적으로 없애나갔다.

벨과 벨프의 뒤쪽, 후열에서는 릴리와 하루히메, 비네가 한데 뭉쳐 몸을 낮추고 있다. 릴리와 하루히메가 장비한 《골라이어스의 로브》가 어지간한 공격을 모두 튕겨낸다지만 눈먼 탄환 하나 뒤로 보내지 않겠노라 벨은 이를 악물었다.

다른 계층에서는 겪어본 적이 없었던 대지 대공 병행전투.

후방에서 화살을 쏘는 미코토의 지원사격에 몇 번이나 도움을 받으며 벨 일행은 분전했다.

'……! 비네가 표적이 됐어!'

여전히 이어지는 사격탄의 호우. 그 속에서 비네를 노리는 흉탄을 뚜렷이 지각했다.

벨의 뺨에 땀이 흘렀다.

몬스터는 인류만이 아니라 같은 '괴물'이어야 할 비네까지도 명확한 살의를 담아 노리고 있었다. 버그베어의 격렬한 포효는 벨 일행을 위협하는 데서 그치지 않았으며, 매드 비틀과 건 리베룰라는 곤충계 특유의 무기질적인 두 눈으로 용종 소녀까지 노려보았다.

건 리베룰라의 무리가 일제사격을 감행했다. 하루히메에게 안겨 있던 비네는 자신에게 쇄도하는 탄환을 앞에 두고 호박색 눈을 크게 떴다.

몸을 돌려 그녀의 앞을 수호자처럼 가로막고 선 벨은 두 자루의 나이프를 번뜩여 이를 모조리 튕겨냈다.

"미코토 님, 적의 수는요?!"

핸드보건으로 전열을 지원하는 릴리가 견딜 수 없다는 듯 목소리를 높였다. 화살로 매드 비틀의 머리를 꿰뚫은 미코토는 그녀에게 뒤지지 않는 목소리로 외쳤다.

"17, 아니, 19—— 아직도 늘어나고 있습니다!"

그녀의 탐지계 스킬이 적을 찾아, 그치지 않는 증원을 알려주었다.

룸 안쪽, 폭이 넓은 통로에서 여러 마리의 몬스터가 잇따라 밀려들었다.

"큭…… 쓰겠어요!!"

벨과 벨프가 쓰러뜨려도 쓰러뜨려도 출현하는 몬스터에게 릴리는 허리춤에 비끄러맸던 노란색 단검—— '마검'을 뽑았다.

그 목소리에 전열 두 사람이 좌우로 갈라진 순간, 힘차게 수직으로 내리쳐 벼락의 포격을 뿜어낸다. 룸을 종단하며 통로로 향해 일직선으로 날아가는 벼락. 사선 위의 몬스터를 모조리 불태우며 일소했다.

벼락의 섬광이 통로 안쪽의 막다른 곳에 작렬했는지 굉음이 울려 퍼졌다.

"……!"

지체하지 않고, 쩌적.

노란 단검이 소리를 내며 터져 나갔다.

제19계층에 진출한 지 이미 몇 시간. 거듭되는 몬스터의 습격을 '마검'으로 막아내는 상황이 이어졌던 것이다. 사용 한계를 넘어선 '마검'의 파편이 릴리의 손에서 떨어졌다.

"가버렸구만……. 너무 의존했어."

"지금 그건……!"

복잡한 표정으로 '마검'의 잔해를 내려다보던 벨프는 릴리의 반론을 한 손으로 제지했다.

"나도 알아. 써야 할 상황이었어. ……그리고 원인은 '마검' 자체의 강도야."

'크로조의 마검'은 위력이 지극히 뛰어나지만 내구도가 낮다. 마검 스미스의 실력과 기술자의 오기 사이에서 갈등 하면서도, 벨프는 이건 자기 문제라고 무뚝뚝하게 말했다.

어쨌거나 겨우 전투가 끝났다.

"벨! 그리고 다들, 괜찮아?"

"응, 문제없어. 다치지도 않았고."

살라만더 울을 펄럭이며 달려온 비네에게 벨이 웃음을 지어주었다.

한쪽에서는 미코토가 릴리에게 상황을 확인받았다.

"하지만 이제 벨프 공의 '마검'은 앞으로 두 자루……. 릴 리 공, 현재 위치는 어디입니까?"

"이젠 19계층도 절반 이상 진출했어요. 20계층은 얼마 안 남았고요."

그녀가 내민 맵을 보면 이미 정규 루트의 4분의 3 정도를 소화했다. 세 자루 있었던 '마검' 중 현재 한 자루를 잃었다. 포션이나 마인드 포션 소비는 예상보다 심했다. 각자 무기는 부서지지 않고 건재했다. 아이템의 잔량만 제외하면 제법 괜찮은 전개라고 할 수 있다.

정보를 간결하게 공유하며 일행은 재빨리 다음 행동에 나섰다. 릴리를 중심으로 전리품 수습에 착수했다.

"조금 전부터 말씀드렸지만 '마석'은 전부 모아주세요. 몬스터가 주워서 먹기라도 하면 곤란하니까요. '드롭 아이템'도 가능한 한 가져가겠어요. ……너무 큰 건 어쩔 수 없으니 풀숲 같은 데라도 던져놓으시고요."

"아, 알겠사옵니다."

"나도 거들래!"

극비 미션 중인 자신들의 발자취를 남기지 않도록 릴리가 지시를 내렸다. 비네가 돕는 가운데 서포터들에게 호위를 붙여 작업을 진행하고, 일행은 룸을 떠났다.

하루히메의 '레벨 부스트'를 벨프에게 다시 걸어주고 전진을 재개한다.

"점점 깊이 내려가는 거니까 다른 계층보다도 몬스터가 자주 나오는 거야 이해하지만…… 어째 나랑 벨만 왔을 때보다 더 많은 것 같은데?"

연속전투는 당연하다 쳐도 적의 수가 많았다. 그런 벨프의 의문에 릴리가 대답했다.

"다른 모험자들이 없기 때문일 거예요. 릴리네한테 몬스터가 집중되는 거죠."

이유는 여러 가지 있지만——굳이 예를 들자면 흉악한 모험자들이 자주 출몰하기도 하고——한밤중부터 아침에 걸쳐 미궁탐색에 나서는 파티는 별로 없다. 리빌라를 베이스캠프로 삼은 모험자들도 이 시간대는 피한다. 맵을 확인하며 갈림길을 나아가는 한편, 수가 줄어든 사냥감에 몬스터들이 몰려드는 것도 당연하다고 릴리는 그렇게 설명했다.

"……."

"비네 님?"

"반가운 느낌이, 들어……. 하지만 역시, 무서워…… 추워."

'거목미궁'을 둘러보던 비네가 불안한 듯 가슴을 문질렀다.

심약한 하루히메 자신도 여우귀와 꼬리를 흔들며 쭈뼛쭈뼛 계속 긴장했지만 그런 소녀의 모습에 눈을 크게 뜨고, 다음으로는 결심한 듯 그녀의 손을 잡았다.

대열 가운데의 소녀들을 살피면서도 벨은 주위를 경계했다. 이미 많은 계층 몬스터와 접촉한 미코토는 스킬을 꾸준히 사용하는 것을 잊지 않았다. 모두와 마찬가지로 자연스레 말수가 적어진 릴리와 벨프도 언제 나무껍질 벽면을 뚫고 몬스터가 나타날지 신경을 곤두세웠다.

거대한 수목의 내부를 방불케 하는 계층은 하나같이 천장이 높았다. 조그만 나무구멍이 수없이 뚫려 몬스터가 도

사릴 만한 곳은 얼마든지 있었다. 통로 폭도 넓어 주위에 군생하는 층역 특유의 식물은 방황하는 모험자를 환혹시키려는 것 같았다.

푸른색과 붉은색을 띤 반점 무늬 버섯, 금색 솜털을 퍼뜨리는 숙근초, 나무껍질 벽에서 흘러넘치는 벌꿀과도 같은 수액. 막다른 룸에는 바닥에 온통 은색 꽃밭이 펼쳐지기도 해, 벨은 그림 실력이 있다면 화폭에 담아놓고 싶다는 생각을 했다. 그만큼 아름다운 광경이었다.

몬스터와의 조우가 뚝 끊어져 폭풍 전야의 고요를 방불케 하는 가운데, 파티는 대열을 유지하며 더욱 이동했다.

'……아직도 우리를 보는 자들이 있어. 게다가…….'

시선이 늘어났다.

벨은 나무와 식물의 미로를 둘러보며 술렁거리는 피부를 쓸어내렸다.

지상에서부터 뒤를 따라온 수수께끼의 추적자, 혹은 감시자의 눈.

그것이 이번 제19계층에 발을 들인 후로 늘어났다. 틀림없다.

머리 위의 나무구멍, 가지를 치고 나가는 무수한 옆길, 후방의 식물 그늘. 의심 가는 곳에 눈을 돌려도 수상쩍은 그림자는 찾을 수 없었지만 지금도 숨을 죽인 채 이쪽을 살피고 있다.

대체 누구란 말인가. 무엇이 목적일까.

정체 모를 불안감이 끊이질 않고 가슴을 헤집었다.

답답함과 불안을 느끼면서도 벨은 앞으로 나아갈 수밖에 없었다.

오른손에 장비한 《헤스티아 나이프》의 자루를 꽉 쥐었다.

"……?"

문득.

묵묵히 여정을 소화해나가던 파티의 진행속도가 둔해졌다.

전방에 펼쳐진 광경에 당혹감이 강해졌다.

마침내 발을 멈추고, 벨 일행은 우뚝 솟은 **버섯의 벽**을 우러러보았다.

"막다른 길…….'

"길을 잘못 든 것이 아니옵니까?"

"야, 릴리돌이. 이게 어떻게 된 거야?"

"기, 기다려보세요. 그럴 리가……!"

폭도 높이도 극단적으로 좁아진 외길을 가로막은 거대 버섯의 콜로니.

붉은색과 푸른색의 반점 무늬를 가진 버섯이 군생해 말없는 벽을 이루고 있었다.

더는 앞으로 나아갈 수 없는 막다른 길에 미코토와 하루히메가 당황하고, 벨프의 채근을 받아 릴리는 동요하면서도 지도를 펼치려 했다.

"이거…… **이상해.**"

그런 가운데 쿵쿵 코를 울리던 비네의 중얼거림을 들은 벨은.

눈앞의 광경에 있을 리 없는 '기시감'을 느꼈다.

'——'

그리고 그 기묘한 감각이 '경고'임을 즉시 깨달았다.

그것은 위화감도 아니고, 착각 같은 기시체험도 아니었다.

어떤 하프엘프 누나가 자신에게 호되게 주입시켰던 '지식'이었다.

위험해—— 그렇게 생각했을 때는 이미 늦었다.

콜로니를 이룬 수많은 버섯이, 거대한 갓 아래에서 **두 눈으로 보이는 기관을 뒤룩 드러냈다.**

"——————"

의태를 풀고 눈 깜짝할 사이에 몸을 검푸른 색으로 변형시킨 크고 작은 온갖 버섯이 일제히 움직였다.

"——아니에요, '다크 펑거스'였어요!"

얼어붙은 파티에게 릴리가 목이 터져라 외쳤다.

'다크 펑거스'.

접촉경험이 없었기에 미코토의 탐색 스킬을 뚫은 버섯 몬스터. 던전에 군생하는 거대 버섯 속에 몸을 은폐하고 사냥감이 오기를 기다렸던 것이다.

곤충계 몬스터와 함께 '거목미궁'의 대표격인 버섯 몬스터가 펼치는 기술은 절대적인 효과범위를 자랑하는 **독살**이다.

『―――――!』

버섯의 갓이 순식간에 팽창했다.

그곳에서 방출되는 것은 '상층'의 퍼플 모스와는 비교도 되지 않을 위력의 독 포자. 맹독을 가진 '상태이상 공격'은 직격당하면 대형급 몬스터라 해도 순식간에 행동불능에 빠진다.

다음 순간, 폭발로 착각할 만한 방출음이 연속으로 터졌다.

치명적으로 초동이 느렸던 릴리나 다른 이들의 눈앞에서 무시무시한 보라색 독무가 사방으로 퍼졌다.

――그와 거의 동시에.

"【파이어볼트】!!"

벨이 움직였다.

에이나에게 지식과 대처법을 주입받았던 단 한 사람, 독안개를 막을 즉석 반격에 나섰다.

염뢰 9연사. 문자 그대로 노도와도 같은 불꽃의 탁류로 변한 '속공마법'이 다크 펑거스의 무리를 집어삼키고 광범위하게 확산되려던 독포자와 함께 불태웠다.

『~~~~~~~~~~~~~~~~~~~~~~~~~~~~~~~
~~~~~~~~~?!』

약점인 화염에 휩싸여 버섯 몬스터들이 둔중한 몸을 흔들며 괴로움에 신음했다.

맹렬한 불길 속에서 잇따라 불타 쓰러지는 다크 펑거스. 몬스터가 아닌 거대 버섯에도 옮겨붙어 기세를 더하는 불길.

연소를 피해 불똥과 함께 솟아나는 보라색 분진으로부터 일행은 긴급대피하려 했으나——놓치지 않겠노라고 던전이 포효를 터뜨렸다.

벨이 만들어낸 불꽃의 벽을 뚫고 전방에서 거대한 멧돼지가 출현했다.

"'배틀보어'?!"

체구 2M에 이르는 대형급 몬스터.

약진의 기세로 화염벽을 돌파해 털을 곤두세우며 모험자들에게 돌진을 감행한다.

여기에 무리를 이끄는 것처럼 포효를 지르는 거대 멧돼지의 등 뒤에는 버그베어를 비롯한 몬스터의 무리가 잇따르고 있었다.

"빌어먹을?!"

이탈을 멈춘 벨프가 독안개 속으로 뛰어들었다. 대도를 내팽개치고 엇갈려 지나가며 릴리의 백팩에서 거대 방패를 뜯어냈다.

추격으로부터 동료들을 지키기 위해 '배틀보어'의 정면에 방패를 내민다.

『워어억!!』

"크윽!!"

직접 제작한 은색 방패와 거대 멧돼지의 몸받기가 충돌한다. 상급 모험자를 한꺼번에 날려버리고도 남을 만한 돌격에, '레벨 부스트'의 빛을 두른 벨프는 지면에 발을 묻으며 약간의 후퇴를 대가로 버텨냈다.

발이 멈춘 몬스터에게 마코토가 즉시 질주해 달려들었다.

"하앗!"

벨프를 뛰어넘어 거대 멧돼지의 머리 위에서 자웅쌍검 중 하나 《지잔》을 발검한다. 발도베기와도 같이 뽑혀 나온 단검에 목을 절반 정도 절단당한 '배틀보어', 솟구치는 선혈. 거구가 휘청 기울어져 땅에 쓰러지는 가운데, 착지한 미코토의 얼굴이 피를 뒤집어썼다.

"――흐읍!!"

그리고 벨은 거대 멧돼지의 뒤를 따르던 몬스터들에게 스스로 달려들었다.

더블 나이프―― 섬광으로 착각할 만한 남색 참격과 함께 맞붙었던 버그베어의 머리를 도려내고 물 흐르듯 붉은색 제2격으로 다른 개체를 거의 동시에 쓰러뜨렸다. 타고난 각력으로 적의 무리를 교란하듯 움직여 혼전으로 몰아넣는다.

몰살시킬 기세로 버그베어들의 숨통을 끊어나가던 벨에게 대도와 카타나를 장비한 벨프와 미코토도 가세해 삼인삼색으로 괴물의 사체를 쌓아나갔다.

"허억, 헉……!"

마지막 한 마리를 벨이 격파해 전투가 끝났다.

아직까지 타고 있는 거대 버섯 옆에서 세 사람의 흐트러진 숨소리가 얽혔다.

사체의 산을 보며 놀란 하루히메는 피폐해진 벨 일행에게 서둘러 달려가려 했으나 릴리가 그녀의 손을 잡았다.

"아직 안 돼요."

그렇게 말하는 그녀의 시선 너머에는 다크 펑거스가 퍼뜨린 독 포자가 춤을 추며 살짝 남아 있었다.

"미안, 해독약 좀 줄 수 있을까……!"

"네, 네엣!"

돌아온 벨프가 비지땀을 흘리며 신음하듯 목소리를 쥐어짜냈다.

하루히메는 황급히 녹색 용액이 담긴 시험관을 건네주었다. 포자를 마셔 '독' 상태에 빠진 벨프는 단숨에 그것을 들이켰다.

"나 원, 벨이 거의 다 태워줬는데도 이 정도라니…… 아무 대책 없이 알몸으로 뛰어들었다간 상급 모험자라도 못 버티겠어."

운이 나빴다면 즉사했을 거라고, 호흡을 회복한 벨프에게 릴리가 재빠르게 아이템을 마련해주며 말했다.

"이 정도로 끝나 다행이에요. 증상이 심하면 회복에도 시간이 걸린다고 하니까요……. 벨 님하고 미코토 님은 어때요?"

"서는 것도 괴로울, 정도는 아닙니다만……."

"조금, 나른한 기분이 들긴 해."

미코토, 벨도 약간 낯빛이 좋지 못했다.

벨프와는 달리 '내성' 발전 어빌리티를 발현시켰다고는 해도 아직 저평가인 효과로는 완전히 차단할 수가 없었다. 동시에 그것은 다크 펑거스의 '상태이상 공격'이 얼마나 성가시고 강력한지를 증명하는 것이기도 했다.

'거목미궁'은 직접 전투 이외의 방법으로도 모험자들을 괴롭히는 것이다.

"비네 님은…… 전혀 문제가 없으신 것 같네요."

"……? 괜찮은데?"

중층 영역 출신 몬스터, 나아가서는 강력한 용종인 비네는 '상태이상 효과'에 강한 내성을 지녔는지 일행을 근심스레 쳐다보면서도 말짱했다. 탄식한 릴리는 만약을 위해 하루히메에게도 지시하고 자신도 해독약을 마셔두었다.

"미코토 님과 벨 님은 어떻게 하시겠어요……?"

"그러면 한 병만 주십시오. 저와 벨 공은 둘이 나눠 마실 터이니."

극빈 파벌 【타케미카즈치 파밀리아】에서 몸에 밴 절약 습관을 발휘해 미코토는 딱히 생각하지 않고 하루히메에게 주문했다. 하지만 벨이 먼저 마시고 자신에게 돌아온 【미아흐 파밀리아】표 해독약을 두 손으로 들고 빤히 바라보던 미코토는 얼굴을 붉혔다. 뒤늦게 깨달은 하루히메도 귀 끝까지 붉히면서 눈을 두 손으로 가렸다.

"에잇!"

한동안 얼굴을 붉혔던 미코토는 단숨에 들이켰다. 벨까

지 홍조가 전염된 가운데, 그런 방법이 있었냐면서 릴리가 분한 듯 손가락을 튕기고 있었다.

"——"

그리고 파티가 치료를 마친 직후.

비네의 귀가 움직였다.

"뭔가 들려."

"어?"

엘프처럼 뾰족하고 이질적인 귀를 쫑긋쫑긋 움직이며 비네는 뒤를 돌아보았다.

일대는 조용했다. 이제까지 지나왔던 길을 바라보는 소녀의 시선을 따라간 벨은 눈에 힘을 주었지만 아무것도 확인할 수 없었다.

주위에 있던 벨프와 다른 동료들도 의아한 표정을 짓고 있으려니,

"……아."

"들리는군요, 정말로……."

벨과 미코토의 귀에도 또렷이 들렸다.

소리가.

이 계층에 발을 들인 후로는 한 번도 들어본 적이 없는, 이상한 소리.

벨 일행보다도 뛰어난 '괴물'의 청각을 발휘한 비네는 흥조를 알리듯 겁을 먹은 표정을 짓고 뒷걸음질쳤다.

"새 날개 소리? 아냐, 이건……."

같은 모험자의 비명과 칼 부딪치는 소리, 몬스터의 포효
와는 거리가 멀었다.

새의 날갯짓 소리와도 다른, 무언가가 요란하게, 그야말
로 무언가가 수없이 부딪치는 기묘한 소리에 릴리도 식은
땀을 흘렸다. 내려놓았던 백팩을 다시 짊어지는 그녀의 곁
에서 벨프는 대도를 쳐들었다.

서서히 커지는 수수께끼의 소리.

통로 저편에서, 무언가가 다가왔다.

불길한 예감에 압도당한 것처럼 파티는 슬금슬금 뒷걸
음질을 쳤다.

공기가 활시위처럼 극한까지 팽팽해졌을 그때—— 소리
의 정체가 나타났다.

"벌……?"

아득한 전방, 시야 안쪽에서 흔들리는 시커먼 그림자에
게 하루히메가 갈라진 목소리를 냈다.

갑옷과 분간이 가지 않는 시커먼 겉껍질을 두른 곤충의
몸은 흉흉하고 예리한 형태를 띠었으며, 길이는 성인 휴먼
정도는 되었다. 안면에는 가위 같은 커다란 턱이 존재했으
며 몸통 끄트머리에서 길게 튀어나온 것은—— 거대한 말
뚝을 방불케 하는 '독침'이었다.

"……'데들리 호넷'."

벨이 창백한 낯빛으로 그 몬스터의 이름을 말했다.

제22계층부터 출현하는 벌 몬스터. 제3급, 제2급 모험자

의 '하층' 진출을 가로막는 강력한 몬스터 중 하나.

흉악한 거대 턱은 물론이고 중장갑마저 관통하는 '독침'은 Lv.2 모험자를 한 방에 죽음으로 몰아넣는 일격필살로 알려졌다. 용케 즉사를 면한다 해도 치명상은 피할 수 없다. 온몸의 단단한 껍질은 어지간한 공격은 튕겨내버려, 그야말로 진화한 킬러 앤트와도 같았다.

모두가 두려워하는 별명 또한 킬러 앤트의 '신참 킬러'를 물려받은 '상급 킬러'.

2쌍 4장의 날개를 퍼덕이는 살인벌이 스무 마리를 훨씬 넘는 대군을 이루며 날아오고 있었다.

"——뛰어!!"

벨프의 고함이 신호가 되었다.

데들리 호넷에게 등을 돌리고, 파티 일동의 전속력 도주극이 시작되었다.

"벌입니다, 벌이옵니다!! 저렇게 커다란 것이, 저렇게 많이?!"

"혼란에 빠질 때가 아닙니다, 하루히메 공!!"

"벨, 무서워!"

"나도 무서워!!"

독 포자가 무산된 거대 버섯의 콜로니를 순식간에 돌파해 다시 장대하고도 광대해진 통로.

파멸의 날개 소리를 뿌리며 밀려드는 살인벌의 대군에 파티는 절규하면서 도주했다. 할아버지 때문에 미끼가 되어 벌에게서 도망쳐 다녔던 기억, 저택 안에서 꼬리를 쏘였던 기억 등등 저마다 다른 악몽을 떠올렸지만 지금은 당시와 비교할 정도가 아니다.

따라잡혔다간 그 순간 몸에 바람구멍이 뚫리고 저 커다란 턱에 뜯겨버릴 것이다.

온몸으로 땀을 쏟으며 벨 일행은 나무껍질에 덮인 지면을 박찼다.

"하필이면 왜 이럴 때 데들리 호넷이냐구요?!"

"이러쿵저러쿵하지 말고 죽을 힘 다해 뛰어, 릴리돌이!!"

"뛰고 있어요오오오!!"

계층의 벽을 넘어 올라온 이상사태에 릴리가 푸념 섞인 비명을 터뜨리고, 대도를 걸머지며 벨프가 외쳤다. 발이 느린 서포터의 진행에 파티가 맞출 수밖에 없는 상황에서 릴리와 하루히메는 미칠 듯이 두 다리를 놀렸다.

"큭…… 내가 '마법'으로 발을 묶어놓을게!"

"관둬, 벨! 안 통해!"

참격이 듣지 않으며 공중을 자유로이 날아다니는 비행 몬스터.

지금도 하염없이 달리고 있는 이 광대한 지형조건에서는 뛰어난 민첩성을 자랑하는 데들리 호넷을 【파이어볼트】로 쏴 떨어뜨리기란 지극히 어렵다. 10M 이상 높은 곳으로 도망치면 '마검'의 화력으로도 해치우지 못한다. 무엇보다 수가 너무 많다. 임시방편, 헛수고로 끝나고 말 거라고 벨프는 외쳤다.

"게다가 그럴 시간도 없습니다……!"

"헉?!"

전방을 노려보던 미코토의 말에 벨은 흠칫했다.

진로에 나타난 매드 비틀의 그림자. 앞길을 가로막으려 하는 여러 마리의 몬스터에게 낯을 찡그리며 벨은 미코토와 함께 가속했다.

파티의 앞으로 나가 온갖 장애를 제거했다.

"헉, 헉, 허억……?!"

달린다, 달린다, 달린다.

이제는 대열도 뭣도 없었다. 벨프를 맨 뒤에 놓고 열심히 달렸다.

벨과 미코토가 몸을 버리다시피 해 베어 쓰러뜨린 사체 바로 옆을 지나쳐 던전 깊이 깊이 깊이.

모두가 숨을 몰아쉬며, 뒤에서 밀려드는 살인벌의 무리에게서 도망치고자 혈안이 되었다.

"릴리, 이 너머는?!"

반격을 받으면서도 버그베어를 단칼에 물리친 벨에게 릴리가 기도하듯 외쳤다.

"20계층까지 외길이에요!! 이제 금방……!"

그대로 길을 따라 모퉁이를 돌자 그녀의 말대로 거대 통로의 가장 안쪽에 입을 딱 벌린 나무구멍이 나타났다.

다음 계층으로 가는 연결통로였다.

벨 일행은 화색을 띠며 없는 힘을 쥐어짜냈다.

그러나.

쩌적.

"_____"

쩌적, 쩌적.

전방의 좌우 양끝 벽면. 나무구멍까지 약 50M은 될 것 같은 통로 안에 불길한 소리가 울려 퍼지고, 무수한 균열이 내달렸다.

벨 일행이 목소리를 잃은 것과 동시에 단숨에 몬스터의 무리가 태어났다.

'몬스터 파티'.

악랄한 던전의 함정.

반사적으로 사용한 미코토의 스킬이 감지한 몬스터의 숫자는 44마리.

매드 비틀, 버그베어, 다크 펑거스, 배틀보어—— 퍼레이드와도 같이 이어진 대군이 벨 일행의 앞을 가로막았다.

전후 협공. 모험자들을 절망의 구렁텅이로 빠뜨리고자 던전이 이빨을 드러냈다.

"앗——"

무수한 살의의 안광에 비네의 얼굴이 굳었다.

겁을 먹은 그녀와 마찬가지로 벨 일행의 발은 공포에 삼켜져 정지하려 했다.

그러나.

"——그대로 뛰어어어어어어어어어어어어어!!"

벨프가 이를 용납하지 않았다.

기세가 줄어든 파티에 온 힘을 다해 호령했다.

등을 떠미는 그의 목소리를 벨은, 미코토는 믿었다.

지면을 박차며 가속한다.

흉악한 포효를 지르는 괴물들에게 돌격했다.

"크윽!!"

오른손에 든 대도를 등의 칼집에 되돌린 벨프는, 도약해.

파티의 머리 위로 뛰어오르며 왼손으로 장검—— '마검'
의 자루를 쥐었다.

다음 순간.

발검과 동시에 붉은 검을 내리쳤다.

"렛신(烈進)——!!"

굉염(轟炎).

'마검'이 자신을 낳은 부모의 의지에 호응하듯 최대 출
력—— 홍련의 포효를 터뜨렸다.

가공할 폭류가 통로를 덮었던 몬스터들을 집어삼키고
절규와 함께 소멸시켰다.

벨 일행의 눈이 한껏 크게 뜨였다.

눈앞에 형성된 불꽃의 계곡.

'마검'의 장절한 화력에 나무껍질로 이루어진 바닥, 벽면

이 불타올라 던전이 비명을 질러댔다.

　요란하게 불타는 열화의 길을 일행은 전속력으로 나아 갔다. 목이 타들어가지 않도록 숨을 멈추고, 열파를 헤치 며, 불똥이 가리키는 생환의 길을 달리고 또 달렸다.

　그때 쩌적, 갈라지는 '마검'의 소리.

　최대출력의 포격에 수명이 불타버린 것처럼 검신에 균 열이 새겨졌다.

　"부탁이니, 제발 버텨다오……!"

　얼굴을 비장하게 일그러뜨리며 벨프는 손에 든 무기에 게 호소했다.

　자신의 몸에서 파편을 뚝뚝 흘리며 마지막 힘을 쥐어짜 내듯, '마검'은 칼자루에 박힌 홍옥에서 빛을 뿜어냈다.

　『─────────────────────!!』

　밀려드는 데들리 호넷의 무리.

　피아간의 거리는 이미 거의 남지 않았다. 다수의 살인벌 이 모험자들을 찔러 죽이고자 날갯짓 소리를 높였다.

　이리저리 도망치는 사냥감의 등을 향해 육박했다.

　"크윽!!"

　그 순간 선두의 미코토는 지면을 박찼다.

　직경 4M, 입을 벌린 나무구멍 속으로.

　미코토를 시작으로 벨, 릴리, 하루히메, 비네가 잇따라 구멍으로 뛰어든다. 긴 계단형 연결통로를 이제는 날아 내 려가는 동료들의 뒤로 벨프도 따랐다.

"그래, 당연히 따라오겠지……!"

지체하지 않고 데들리 호넷의 무리가 속속 연결통로 안으로 쇄도했다. 집념으로 추적하는 몬스터에게 벨프는 하늘을 가르며 억지로 몸을 돌려선 눈꼬리를 틀어 올렸다.

데들리 호넷을 노려보고, 두 손에 쥔 '마검'을 높은 상단으로.

날아다니든 말든 상관없다.

이 연결통로──한정된 공간 속에서 회피는 이미 불가능하다.

무구와 함께 다시, 벨프는 찢어지는 포성을 터뜨렸다.

"가라아아아아아아아아아아아아아아아아아아아아아아아아아아아아아아앗!!"

모든 것을 불태우는 거대한 화염의 덩어리.

살인벌의 온몸이 작열의 색으로 물들었다.

『────────────────카아악?!』

연결통로로 유인당한 데들리 호넷의 무리는 형체도 없이 터져 나갔다.

거의 동시에, '마검'은 찢어지는 소리를 내며 가루가 되었다.

"──고맙다."

이번에는 사죄가 아니라 감사를 담아.

벨프는 작별의 말을, 웃음과 함께 보냈다.

산산이 부서진 수많은 파편이 이별의 말을 고하듯 반짝

거렸다.

그리고 나무구멍 안에서 작렬한 폭염에 떠밀리듯, 벨프와 함께 벨 일행의 몸은 힘차게 날아갔다.

"""""""""""~~~~~~?!"""""""""""

폭풍에 휩쓸려 아래로 떨어진다.

소년만이 유일하게 기시감을 느끼고 있으려니, 정면에서 빛이 보이고, 다음 순간에는 힘차게 구멍에서 튀어나오고 있었다.

콰다다다다다당! 둔중한 소리가 겹쳐졌다.

"이, 20계층······."

"겨우, 도착했구만······."

"해, 해냈다······."

"됐으니까 얼른 비키라구요?!"

"우, 우우~."

"무거워~!"

아연실색한 미코토, 너덜너덜해진 채 웃음을 짓는 벨프, 안도하는 벨, 화내는 릴리, 그리고 파닥파닥 팔다리를 내저으며 신음하는 하루히메와 비네.

오손도손 산처럼 쌓인 파티의 눈앞에는 거대한 나무의 미궁, 미도달 계층의 경치가 펼쳐져 있었다.

⊡

그것은 눈 깜짝할 사이에 일어난 사건이었다.

흑의인물과 상대하고 방출된 검은 안개에 휩싸여 콜록콜록 기침을 한 순간, 무언가 천 같은 것에 덮이고 그 순간 주위의 소리가 멀어졌던 것이다.

그리고 누군가에게 안겨 이동하는가 싶더니, 이미 이곳에 있었다.

"……무슨 마술이라도 부렸나?"

"별건 아니야. 몇 가지 도구하고 샛길을 썼을 뿐이지, 신 헤스티아."

서늘한 냉기가 감도는 석조 통로.

어스름한 인공의 길을 헤스티아와 흑의인물은 오종종 걸어갔다.

높이는 그리 높지 않으며 폭은 사람 셋이면 나란히 서지 못할 정도로 좁다. 이음매가 없는 불가사의한 재질의 벽면에는 어렴풋한 광택을 띤 무늬가 새겨져 있었다. 창문이나 문은 전혀 없어 '비밀통로'라는 표현이 딱 어울렸다.

멋지게 당했다고 생각하면서도, 헤스티아는 따라오라는 상대의 요청에 현재는 고분고분 따랐다. 자신을 끌고 온 솜씨로 보건대 무능한 신에 불과한 자신이 저항해봤자 소용이 없음은 자명했기 때문이다.

여느 때의 페이스대로 농담을 건네보기도 했지만 주도권은 시종 상대가 쥐고 있다.

"이 샛길의 존재를 아는 사람은 거의 없어. 하물며 사용한 사람이라고는 한 손으로 꼽을 정도지."

휴대용 마석등을 들고 앞장서는 흑의인물은 당연한 말이지만 등을 돌리고 있다. 헤스티아가 도망치리라고는 조금도 생각하지 않는 모양이었다. 어쩌면 도주해봤자 쉽게 다시 잡을 수 있다고 생각하는지도 모른다. 아마 양쪽 다겠지.

해의(害意)라고는 조금도 존재하지 않는 상대에게 자신도 모르게 입을 부루퉁 내밀 뻔했지만, 헤스티아는 탄식을 섞어가며 새삼 주위를 둘러보았다.

"샛길이란 말이지……."

말을 그대로 받아들인다면 이 흑의인물은 헤스티아를 잡아다 이 '샛길'로 옮겼다…… 다시 말해 상대가 지정했던 4번가 부근에 출입구가 존재한다는 뜻이다.

머리 위에 도시의 간단한 지도를 펼치고 주요 건물과 도로의 위치를 계산하며 헤스티아는 입을 열었다.

"만에 하나 무슨 일이 생기면 **네 주인**을 피신시킬 샛길이려나?"

"……."

확신하는 어조로 말하는 헤스티아에게 흑의인물은 침묵만으로 대답했다.

다만 후드 안에서 웃은 것 같은 기척을 느꼈다.

'대답할 마음은 없군…… 뭐, 됐어. 예상대로라면 이제

곧…….'

모든 해답을 알 수 있다. 이 인물의 주인이 가르쳐줄 것이다.

헤스티아는 얌전히 따랐다.

"응? 막다른 길?"

잠시 후 통로의 종점에 도달했다.

헤스티아가 의아한 표정을 짓고 있으려니, 흑의인물은 한 손을 뻗어 벽의 무늬를 건드렸다.

『──』

그리고 주문 비슷한 말을 중얼거린 순간, 벽이 나직한 소리를 내며 옆으로 움직였다.

아니 그보다, 지금 '열려라 참깨'라고 하지 않았어?

헤스티아가 마음속으로 태클을 걸 동안 비밀문은 완전히 열렸다.

어스름이 지배하는, 활짝 열린 공간으로 이어져 있었다.

"…….'

걸어 나가는 흑의인물을 따라가 얼마 안 되는 계단을 올라가니 그곳은 석조의 넓은 방이었다.

벽 쪽의 어둠 안에서 나타난 꼴이 된 헤스티아는 주위를 둘러보았다.

바닥은 포석이 깔렸다. 천장은 높으며 어둠에 가로막혔고, 벽의 석재에는 쌓이고 쌓인 세월이 느껴졌다. 마치 사람들의 기억에서 사라진 '고대'의 신전 같았다.

자신들이 지나온 '샛길'을 제외하면 출입구로 보이는 것은 위로 이어지는 계단뿐이라 헤스티아는 이 장소가 지하임을 추측했다.

그리고 넓은 방의 중심.

유일한 광원인 네 개의 횃불이 놓인 제단에 '그'가 있었다.

"——우라노스."

흑의인물에게 이끌려 제단 정면으로 이동한 헤스티아는 그 남신과 마주 섰다.

거대한 석조 옥좌——신좌에 의연히 앉은 노신. 2M이 넘는 몸은 다부졌으며 박력도, 존재감도, 그리고 발산하는 신위도 보통 신과는 크게 달랐다. '천계'에서 '대신(大神)'이라 불렸던, 힘을 가진 일부의 신들과 마찬가지로.

그가 두른 로브의 후드에서 엿보이는 것은 길게 뻗은 흰 머리카락과 수염이었다. 팔걸이에 굵은 두 팔을 얹은 채 꼼짝도 하지 않는다. 조각상처럼, 지배자처럼 그는 그곳에 그저 존재했다.

의연한 부동의 왕——**길드의 '진정한 주인'**은 천천히 고개를 들더니 헤스티아를 내려다보았다.

"오랜만이군, 헤스티아."

"여어, 우라노스……. 그러게, 전에 만난 후로 벌써 천 년은 지났나?"

재회를 기뻐하지도 않고 흔들림 없는 조용한 표정으로 우라노스는 담담히 말했다.

높은 신격을 가진 신물에게 헤스티아는 전혀 위축되지 않은 채 옛 벗을 대하듯 대답했다.

하계의 신참인 헤스티아가 '오라리오의 창설신'이라고까지 불리는 우라노스에 대해 아는 것은——적어도 천계에서 하계로 이주한 후의 일은——많지 않다.

아는 것이라고는 그가 시대의 전환기, '고대'의 경계에 최초로 강림한 신들과 함께 이곳 오라리오에 왔다는 것.

'구멍'에서 넘쳐난 몬스터의 침공을 막는 데 힘을 쏟았으며, 아이들과 함께 미궁도시의 전신이 된 요새도시——던전의 '뚜껑'을 세웠다는 것.

길드를 자신의 파벌로 삼아 도시와 미궁의 관리에 매진했다는 것. 그와 동시에 절대중립의 입장을 나타내기 위해 단원인 직원들에게 '팔나'를 주지 않아 무력을 포기했다는 것.

마지막으로 길드 본부의 지하에서 던전에 매일 '기도'를 바치고 있다는 것.

그가 '기도'를 하기에——절대적인 신위로 던전을 억누르기에 '고대'로부터 되풀이되었던 몬스터의 대이동과 지상진출의 움직임은 억제되고 있다. 그렇게 들었다. 그렇기에 아마도 이곳이 길드 본부의 심장부인 '기도의 방'일 것이다.

오라리오를 관리하는 중추기관 바로 아래에서, 헤스티아와 우라노스 두 신은 같은 푸른 눈으로 시선을 나누었다.

그때 헤스티아의 등 뒤에 서 있던 칠흑의 로브가 출렁거

렸다.

"내 역할은 끝났지, 우라노스?"

"수고했다, 펠즈."

펠즈라 불린 흑의인물은 그곳에서 이동하기 시작했다.

"그러면 난 나가보겠어. 얼른 가지 않으면 늦거든."

말을 잇고, 원래 왔던 '샛길' 방향으로 걸어간다.

"그러면 천천히 있다 가도록 해, 신 헤스티아."

떠나가며 그런 말을 남기고, 흑의인물 펠즈는 어둠 속으로 사라졌다. 그 모습을 바라보던 헤스티아는 시선을 앞으로 되돌렸다.

"이것저것 묻고 싶은 게 있어. 먼저 대답 좀 해줄 수 있을까, 우라노스?"

"그러도록."

그 미션의 지령서를 보았을 때부터 【히에로글리프】 암호를 보았을 때부터 헤스티아는 우라노스가 이번 건에 가담했음을 깨닫고 있었다. 과정이야 내다볼 수 없었지만 이렇게 둘이 대치하게 되리라는 것도 예상했다.

"미션을 내린 건 네 독단이야?"

"그렇다. 길드의 직원들은 관여조차 하지 않았다."

"벨이랑 애들은 무사하겠지?"

"그들이 향한 곳은 던전이다. 보장할 수는 없다."

제일 먼저 권속의 안부를 물은 헤스티아는 얼버무리는 것 같은 대답에 두 눈을 날카롭게 떴지만, 천천히 어깨에서 힘을 뺐다.

냉정함을 포기하는 것은 이야기를 모두 들은 후에도 늦지 않다고 자신의 마음을 추슬렀다.

"이런 번잡하고 답답한 짓을 한 이유는 뭐야?"

"이 밀회를 아무에게도 들키는 일 없이, 신속하게 처리할 필요가 있었다. 너와 너의 권속들에게 경계를 사리라는 것도 각오했다."

이 '기도의 방'에 헤스티아가 소환된다는 사실이 권속들을 포함한 다른 이들에게 알려질까 봐 꺼려했다는 뜻일까? 이곳에 데려오기까지의 과정이 강압적이었던 것도 이를 모두 내다보았기 때문일까?

동시에 시험을 받았다는 것 또한 직감했다.

우라노스와 펠즈는 분명【헤스티아 파밀리아】가 비네를 숨겨두었던 사실을 일찌감치 파악했을 것이다. 미션을 포함해 오늘에 이르기까지, 그들은 가늠하고 있었던 것이다.

【헤스티아 파밀리아】의 동향을, 반응을.

지금 이렇게 주신과 주신이 마주했듯, 대치의 자리를 마련하기에 어울리는지 아닌지를.

"내가 불려온 건―― 용종 소녀, 비네 군 때문이라고 생각해도 될까?"

헤스티아는 한 발 파고들기로 했다.

제단에 앉은 거구의 노신을 바라본다.

"그녀는 대체 뭐야? 넌 뭘 알고 있어, 우라노스?"

"⋯⋯."

"지금 던전에서 무슨 일이 일어나는 거야? 대체 뭘 숨기고 있어?"

입을 다문 우라노스에게 연신 말을 건넨다.

어두운 제단에 자신의 목소리를 울리며, 헤스티아는 물었다.

"네 신의는 뭐지?"

파직, 횃불이 소리를 냈다.

엄숙한 얼굴을 불에 비추던 우라노스는 조용히 입을 열었다.

창공을 연상케 하는 눈으로, 헤스티아를 똑바로 바라보며.

"이야기하겠다, 헤스티아. 우리의 비밀을——"

칼 부딪치는 소리가 미궁에 울려 퍼졌다.

참격과 참격의 응수. 날아드는 칼날을 검신이 막아내고, 요란한 불꽃이 튄다.

즉시 날아드는 날카로운 반격은 옆에서 끼어든 방패가 가로막았다. 팔을 통해 전해지는, 온몸이 저릿저릿해지는 충격에 한순간 움츠러들기는 했지만 무장한 전사는 온몸을 도는 피의 고양감에 떠밀린 것처럼 목을 크게 울렸다.

나직한 짐승의 포효가 벨 일행의 귓전을 후려쳤다.

던전 제20계층.

마침내 진출한 미도달 영역에서 벨 일행의 파티는 단숨에 안쪽으로 쳐들어갔다.

제19계층과 구조는 변함이 없는 '거목미궁'은 여전히 나무껍질에 덮인 미로와 무수한 식물로 진행을 방해했다. 환상적인 이끼의 빛은 천장과 벽을 뒤덮어 모험자들의 옆얼굴을 어스름 속에서 드러내주었다.

지도를 가진 릴리의 지시에 따라 벨 일행이 길을 열어나가는 가운데, 그들을 가로막는 몬스터도 매드 비틀과 다크 펑거스를 비롯해 제19계층과 동종인 개체가 많았다. 미코토의 스킬이 기습을 완벽히 막아냈고, 충분한 경험을 얻은 벨과 벨프는 전투에 이를 반영시켜 안전성과 효율을 높여나갔다. 미궁을 나아가는 발걸음은 제19계층 이상으로 빨라졌다.

하지만 그런 가운데에도 새로운 몬스터는 나타났다.

그것이 지금 벨 일행에게 칼날을 휘두르고 있었다.

『르어어!!』

『워어, 워어어!』

굴강한 두 마리의 도마뱀 전사가 포효를 올리며 검을 휘두른다.

급소를 향해 날아드는 칼날을 벨과 벨프는 동시에 튕겨냈다.

"제법인데, 이 자식들!"

붉은 비늘에 덮인 도마뱀 몬스터 '리저드맨'에게 벨프가 투덜거렸다.

　두 발로 서서 앞다리로 공격을 가하는 모습은 한없이 모험자에 가깝다. 170C가 넘는 체격은 벨프와 거의 비슷하다. 두 마리의 리저드맨은 몬스터이면서도 같은 모험자를 상대하는 감각과 거의 비슷한 느낌을 주었다.

　가장 큰 요인은 지금도 '백병전'을 펼치는 몬스터들의 손에 있다.

　날카로운 발톱이 돋아난 두 손에 들린 것은 분명한 '무기'였다.

　"꽃으로 만든, 네이처 웨폰……!"

　리저드맨이 장비한 것은 '랜드폼'—— 던전이 공급하는 천연의 무기 중 하나였다.

　벽면에 피었던 강철색의 커다란 꽃은 줄기를 뜯어내자 그대로 직경 50C의 라운드 실드가 되었으며, 다시 꽃에서 꽃잎을 뜯어내면 날이 넓은 단검이 되었다. 꽃잎 커터라고 부르기에 부족함이 없었다.

　이제까지 나무 곤봉과 토마호크 같은 네이처 웨폰을 구사하는 몬스터는 있었지만 검과 방패, 공수 전환을 구사하는 것은 이 리저드맨이 처음이었다. 벨프에게 커터를 내지르고 벨의 나이프를 라운드 실드로 막아냈다.

　검과 방패를 구사하는 리저드맨은 그야말로 전사였다.

　『샤아아아악!!』

후방 상공에서는 '건 리베룰라'들의 사격도 펼쳐져 자꾸만 수세에 몰리는 일행을 리저드맨들은 가혹하게 몰아붙였다. 수직베기, 수평베기, 찌르기. 몬스터의 완력으로 펼치는 참격은 위협적이었다. 이를 받아내는 벨 일행의 무기를 찌릿찌릿 진동시키며 바닥을 호쾌하게 부순다.

힘에 맡기는 것이기는 하지만 그것은 분명 괴물의 검술이었다.

"몬스터가 검술이라니……! 하지만!!"

몬스터의 칼놀림에 대도를 겨눈 벨프가 부르짖었다.

미코토와 릴리의 화살이 모든 건 리베룰라를 쏘아 떨어뜨린 순간 역습이 시작되었다.

리저드맨의 참격을 유도해 교묘한 반격으로 꽃잎 커터를 튕겨냈다. 순식간에 무기를 잃어버린 몬스터가 동요하자 그 허점을 찌르듯 벨프는 대도를 높은 상단으로 쳐들었다.

흠칫 놀란 리저드맨은 왼팔의 방패에 몸을 숨겼지만 그건 어리석은 생각이라고 벨프는 웃었다.

온몸을 모조리 사용한 호쾌한 검광이 커다란 방패와 함께 몬스터를 갈라버렸다.

『꼐엑――?!』

방패와 함께 가슴이 쪼개져 '마석'을 잃어버린 몬스터가 눈 깜짝할 사이에 재로 변했다.

스러져가는 동료에게 반응하는 나머지 리저드맨을 향해, 벨은 토끼를 방불케 하는 속도로 땅을 박찼다.

『컥?!』

미끄러지듯 품으로 뛰어들어 역수로 쥔 《우시와카마루 2식》을 번뜩였다. 붉은 검광이 비늘을 부수며 살을 깊이 도려냈다.

단도를 내지른 벨의 뒤에서, 동체를 베인 리저드맨은 소리를 내며 쓰러졌다.

"처음에는 당황했지만 아직 거칠어. 기술이 덜 됐다고."

"하지만 앞으로 이런 몬스터가 늘어난다면…… 역시 계층 공략의 길은 힘들 것입니다."

대도를 걸머지며 아낌없는 의견을 늘어놓는 벨프에게 대답하며, 마침내 화살통의 화살이 바닥난 미코토는 무장을 카타나로 바꾸었다. 주위에서는 릴리가 재빨리 '마석' 수습에 나섰다.

"개중에는 오래 살아남아서 검술의 극치에 이른 놈이 있을지도 모르고 말이지."

"없다고는 단언할 수 없지만…… 비상식적이에요, 벨프 님. 있다고 해도 현상금이 걸려서 길드가 토벌 미션을 내렸을 걸요."

동료들의 대화를 듣고 피에 굶주려 눈빛을 번들번들 빛내던 리저드맨을 생각하면서, 전투를 마친 벨은 파티와 함께 미궁 안으로 나아갔다.

"릴리…… 앞으로 얼마나 남았어?"

"지도가 옳다면 거의 다 왔을 거예요. 벨 님, 거기서 오른쪽으로 꺾으세요."

정규 루트를 벗어난 지 이미 한 시간.

지도 위에 붉은 동그라미로 표시된 에어리어, 팬트리에 가까운 계층 안쪽의 룸을 내려다보며 릴리는 미션의 목적지가 다가왔다고 말했다.

나아감에 따라 긴장이 드높아짐을 파티 전체가 자각하고 있었다.

백팩을 끌어안은 릴리와 하루히메는 배어 나오는 피로를 필사적으로 감추며 긴장을 견뎌냈고.

평소에는 농담을 건네 파티의 분위기를 풀어주던 벨프도 입을 다물었으며.

스킬을 과도하게 사용해 마인드를 소비한 미코토는 듀얼 포션을 보급한 다음 말없이 입가를 닦았다.

전열에서 걷던 벨은 자꾸만 솟아나는 쓸데없는 생각을 떨치면서 주위의 경계를 태만히 하지 않도록 마음을 단단히 먹고, 천천히 뒤를 돌아보았다.

마음이 통한 것처럼 시선을 나눈 비네는 흔들리는 눈으로 벨을 바라보았다.

머리에 쓴 후드 안에서 이마의 붉은 돌이 빛을 뿜어냈다.

그리고 몬스터와 전투하기를 몇 차례.

발밑에 펼쳐진 나무뿌리를 넘어, 언덕을 올라, 울창한 식물을 헤치고.

마침내.

"도착했다……."

일행은 미션의 목적지에 도달했다.

직사각형의 룸이었다. 폭은 10M도 넘었으며, 머리 위의 높이도 비슷했다. 이제까지 봤던 것처럼 천장과 벽은 나무껍질로 이루어졌고 빛을 내는 푸른 이끼에 덮였다.

룸 안에는 녹색 풀과 조그만 흰색 꽃으로 이루어진 아름다운 꽃들이 가득히는 아니지만 곳곳에 펼쳐져 있었다.

하지만 그보다도 눈길을 끄는 것이,

"석영……."

팬트리가 가까운 탓인지 에메랄드를 연상케 하는 진녹색 석영이 룸 곳곳에 돋아났다. 그런 것들이 어렴풋이 빛을 뿜어내는 광경은 벨에게 예전 나자에게서 받아 릴리와 함께 수행했던 퀘스트의 기억을 떠올리게 했다. 나무껍질 천장과 벽면, 바닥을 뚫고 돋아난 크고 작은 온갖 수정을 보고 하루히메를 비롯한 다른 사람들도 감탄의 한숨을 내쉬었다. 시야 정면, 룸 안쪽의 벽에는 많은 수정의 덩어리——클러스터가 마치 조그만 빙산처럼 형성되어 있었다.

이 룸 이외에도 팬트리 주변 에어리어는 석영에 침식당한 지형이 많았다.

"도착한 건 좋지만……."

"아무것도 없고, 아무도 없군요……."

통로 앞에 서며 룸을 둘러본 벨프와 미코토가 의아하다는 듯 눈살을 찡그렸다.

보아하니 사람은 고사하고 몬스터도 없었다. 곳곳에 돋아난 석영은 분명 환상적이었지만 미션의 목적지로 지정될 특별한 무언가가 있는 것도 아니었다.

출입구는 지금 벨 일행이 서 있는 통로 하나뿐. 당연히 이보다 더 나아갈 곳도 존재하지 않았다.

"릴리 님, 정말로 장소는 이곳이 맞사옵니까……?"

"틀림없어요. 분명히…… 여기예요."

정규 맵과 미션에 첨부된 계층 지도를 모두 꺼낸 릴리가 하루히메와 당혹감 섞인 목소리를 나누었다.

이끼와 석영이 빛을 뿜는 적막한 공간을 앞에 두고 당황하던 벨 일행은 일단 룸 안에 들어가보기로 했다.

안쪽은 석영의 존재도 있어서 이제까지 왔던 길보다 밝았다. 갑자기 몬스터가 태어날지도 모르므로 파티는 한 덩어리가 되어 미션에 관한 무언가가 없는지 찾아보았다.

하지만 결국 헛수고로 끝났다.

"정말 아무것도 없어……."

룸 한복판에 모인 벨 일행은 속수무책이었다.

"나 원, 길드는 대체 뭘 시킨 거야?"

뒷머리를 긁는 벨프의 불평이 파티의 마음속 목소리를 대변해주었다. 하루히메가 걸어주었던 '레벨 부스트'의 부여광도 시간이 지나 사라지고 말았다.

숨어 있던 피로감──이곳까지 계층 돌파에 따른 소모가 확실하게 드러나 모든 사람의 어깨에 얹힌 가운데, 발치의 꽃밭이 미미하게 흔들렸다.

'——그러고 보니 시선이.'

문득 파티 안에서 벨이 고개를 들었다.

바벨 출발 당초, 그리고 제19계층에 와서 더욱 늘어났던 시선의 기척이 모두 사라졌다.

틀림없다. 자신들을 감시하던 존재는 사라졌다.

이것이 무엇을 의미하는지 벨이 생각하고 있으려니——

"——"

꿈틀.

비네의 뾰족한 귀가 다시 흔들렸다.

"들려…….."

"어?"

그녀의 중얼거림에 모두가 돌아보았다.

고개를 든 비네는 출입구와는 반대쪽, 계층 안쪽을 바라보며 눈을 감았다.

귀를 기울이는 용종 소녀에게 설마 싶어 벨 일행도 의식을 집중시켜보니,

『————』

들렸다.

서서히 커져가는 소리가, 귀에 스며드는 듯한 선율이, 이제까지 한 번도 들어본 적이 없는 노래가.

벨 일행은 놀라 말을 잃었다.

"미궁에, 울려 퍼지는, 노랫소리…….."

결코 거칠지 않은, 조용한 밤바다를 연상케 하는 아름다운 노랫소리에 릴리가 무언가를 떠올린 것처럼 중얼거렸다.

"날 부르는…… 거야?"

눈을 뜬 비네는 노래가 들린 방향으로 시선을 돌렸다.

일행도 이제는 알고 있었다. 선율은 계층 안쪽, 저 벽을 덮은 클러스터 한곳에서 들려온다.

아무도 말을 나누지 않은 채 자연스레 발을 움직여, 노래에 이끌리듯 룸 가장 깊은 곳으로 향했다.

아름다운 석영의 무리. 곳곳에 돋아난 진녹색 석영기둥 앞에서 발을 멈추었다.

언뜻 보기에는 아무런 이상할 것도 없는 석영의 밭처럼 보이지만…… 단 한 곳, 빛이 약한 석영이 있었다.

지금도 노랫소리에 미미하게 진동하는 석영을 보며, 벨 일행은 얼굴을 마주 보고, 고개를 끄덕였다.

대도를 걸머진 벨프가 걸어 나가── 단숨에 때려 부쉈다.

챙그랑, 유리 덩어리가 부서지는 듯한 높은 소리를 내며 석영은 산산이 박살이 났으며, 가로막고 있던 구멍이 드러났다.

"……이러니 찾을 수가 없지."

숨겨져 있던 나무구멍을 보며 벨프가 신음했다.

던전에는 원래 자기수복 기능이 있긴 하지만 부서진 석영은 다른 것보다도 빠른 속도로 복원이 시작되었다. 금세 원래 형태로 돌아가는 진녹색 수정을 넘어 벨 일행은 재빨리 안으로 들어갔다.

부서져 나간 석영 파편이 지면에 굴러다니는 어스름한 구멍은 금세 입구가 닫혀버렸다.

노래는 역할을 다했다는 양 뚝 끊어졌다.

"……가자."

경사면을 이루는 나무구멍 안쪽을 보며 벨은 파티에게 말했다.

일행은 다시 긴장된 분위기를 띠고 앞으로 나아갔다.

"여긴 설마……."

어스름한 나무 동굴 안에서 릴리가 떨리는 목소리로 조그맣게 말했다.

그녀가 말하려 하는 바를 뚜렷이 이해하면서도 벨 일행은 입을 다물었다. 숨을 죽인 채, 시큰거리는 긴장감에 땀을 흘렸다.

나무구멍 내부는 좁았다. 몬스터가 태어날 기척도 없었다. 이끼가 돋아나지 않은 천장과 벽에는 조그만 석영이 곳곳에서 튀어나와 동굴 안을 뿌옇게 비춰주었다.

선두에서 나아가던 벨에게 바로 뒤에 있던 비네가 가만히 손을 내밀었다.

겹쳐진 소녀의 가느다란 손을 소년도 말없이 잡았다.

릴리가 건네준 휴대용 마석등을 내밀며, 벨은 나무구멍을 내려갔다.

"······샘이다."

언덕을 다 내려간 곳에는 맑고 푸른 샘이 있었다.

크기는 깊이와 폭, 깊이 모두 5M 정도였다. 연못이라고 부를 수 있을 정도였다.

석영의 광원이 약해 어두운 공간에 벨은 마석등을 이리저리 돌리며 주위를 비춰보았다.

"길이 아무데도 없어······."

벨의 중얼거림에 하루히메가 당혹감을 보였다.

"그럴 수가······. 그렇다면 그 노랫소리는 어디서 들린 것이옵니까?"

천장과 벽을 불빛으로 비춰봐도 통로는 물론 어딘가로 이어질 법한 균열이나 구멍조차 없었다. 노래는 어디서 나온 거냐고 릴리와 벨프도 고개를 몇 번이나 가로저었다.

"······?"

그때, 미코토가 샘에서 어떤 것을 발견했다.

푸른 수면에 뜬, 금색 깃털 하나.

사금처럼 담담한 빛에 눈길을 빼앗긴 미코토는 흠칫했다.

"벨 공, 마석등을."

무언가를 알아차린 것처럼 미코토가 수면으로 다가갔다.

벨에게서 받아든 마석등을 샘에 들이대니, 투명도가 높은 물은 바닥까지 뚜렷이 들여다볼 수 있었다.

그리고 수면 위에서는 가로막힌 벽의 안쪽으로 이어지는 수평굴의 존재도.

"혹시……"

미코토는 카타나를 비롯한 무기와 방어구를 모두 벗었다.

배틀클로스 한 겹만 걸친 채, 파티에게 한마디 다녀오겠다고 말하고 샘으로 뛰어들었다. 극동의 강에서 단련된 닌자, 가 아니라 물고기처럼 매끄럽게 헤엄을 쳐 수평굴 너머로 향한다.

비네와 함께 벨 일행이 마른침을 삼키며 지켜보고 있으려니…… 수면에 기포가 떠오르면서 금세 돌아온 미코토가 고개를 내밀었다.

이마에 달라붙은 앞머리를 쓸어 넘긴 미코토는 자신을 내려다보는 파티에게 묵묵히 고개를 끄덕였다.

시선을 나눈 일행도 재빨리 장비를 벗기 시작했다.

카타나와 단검을 회수한 미코토와 마찬가지로, 최소한의 무장만을 가진 채 샘 안으로 들어갔다. 하루히메와 함께 《골라이아스의 로브》를 벗은 릴리는 거대한 백팩도 어쩔 수 없이 내려놓고 예비 파우치에 될 수 있는 한 아이템을 욱여넣었다.

어린 시절 미코토와 오우카를 비롯한 악동들에게 끌려갔던 강가에서 연습을 해 의외로 헤엄을 잘 치는 하루히메, 억지로 들고 온 대도의 무게 때문에 물 밑바닥을 걸어서 이동하는 벨프, 단검형 '마검'을 끌어안고 물고기처럼 잠수하는 릴리, 쭈뼛쭈뼛 물에 들어가는 비네의 손을 잡아 그녀를 이끌어주는 벨.

차가운 샘물의 감촉, 시야가 탁 트이는 맑은 물 밑바닥, 그리고 안쪽으로 이어지는 옆굴.

물속에 점점이 돋아난 석영이 구멍 너머로 인도해주듯 빛났다. 【스테이터스】의 은총으로 보통 사람보다 훨씬 호흡이 오래 지속되는 덕에 일행은 무사히 나아갈 수 있었다.

미코토의 안내를 받아 옆 굴 끝까지 도달해, 부드러운 광선이 스며드는 머리 위를 올려다본다.

물 밑바닥을 박차고 단숨에 부상했다.

"――푸하!"

차례차례 수면에 얼굴을 내민 벨 일행의 시야에 들어온 것은, 나무구멍에서 갑자기 분위기가 변해 종유동처럼 바뀐 동굴이었다. 시커먼 암반으로 이루어졌으며 천장과 벽에서 돋아난 석영의 빛만은 변함이 없었다. 샘에서 올라오자 비네와 하루히메가 파다다닥 고개를 흔들어 물을 털었다.

그리고 벨 일행은 어스름이 가득 찬 새로운 길――안쪽으로 이어지는 암반 통로를 바라보았다.

지식에 없는 칠흑색 미궁에, 릴리는 확신한 듯 몸을 떨며 중얼거렸다.

"역시…… '미개척 영역'."

지금도 길드에 축적되고 있는 던전의 맵 데이터는 모험자들에게 공개되어 계층 공략에 도움을 준다. 말하자면 '탐색자'들을 포함해 과거의 선구자들이 남긴 발자취이자 공적이다. 그들은 아무런 정보도 없이 목숨을 걸고 정규 루트를 포함한 각 계층을 개척해 지도를 만들어왔던 것이다. 그야말로 '위업'이었다.

하지만 그런 가운데에도 선구자들의 손이 미치지 않은 에어리어가 존재한다.

헤아릴 수 없이 깊고 넓디넓은 던전의 전모.

인류의 도달 계층이 늘어나는 한편, 계속해서 남겨진 면적들.

혹은 오늘날에 이르기까지 아무도 발견하지 못했던, 진정한 미개의 땅.

'미개척 영역'.

문자 그대로 아무도 발을 들인 적이 없는 영역이다.

지도에 기재되지 않은 통로——제1급 모험자들조차 가본 적이 없는 에어리어를 앞두고 릴리는 물론 벨을 비롯한 모두가 목을 꼴깍 울렸다.

"……."

심연으로 이어지는 것처럼 어두운 구멍을 벨 일행은 조용히 걷기 시작했다.

비네를 중심으로 대열을 재편성한다. 휴대용, 그중에서도 모험자용 마석등은 값이 나가는 대신 충격에 강하고 방수성능도 뛰어나다. 전열에 선 벨이 변함없이 마석등을 들고 일행은 앞으로 나아갔다.

석영의 광원은 거의 없었다. 어둠을 가르는 마석등 불빛만을 의지해야 한다. 자신의 심장 고동 소리가 다른 사람에게 들리는 것은 아닐까, 모두가 그렇게 착각을 할 만큼 시커먼 바위통로는 조용했다. 늘 멀리서 들려오던 괴물의 울음소리조차 닿지 않는 정적이 귀를 관통했다.

어떤 몬스터가 튀어나올지도 알 수 없다.

처음 보는 던전 기믹이, 이상사태가 존재한다면 순식간에 전멸할 수도 있다.

순수한 '미지'.

목이 바짝 말랐다. 땀이 멈추질 않는다. 온몸의 오감이 몸의 경계를 뛰어넘어 민감해졌다. 신경이 압박당하고, 동시에 이제까지 없었을 정도로 날카로워졌다. 여느 때와 다를 바 없는 무기의 감촉만이 무엇보다도 든든했다. 앞으로 내디디는 한 걸음으로 새로운 '미지'를 열어간다. 선구자들과 마찬가지로.

이윽고 '미개척 영역'의 안으로 안으로 나아가던 일행의 긴장이 최고조에 달하려 했을 때.

가느다란 통로가 끝을 맞았다.

"어두워……."

그리고 탁 트였다.

선두의 벨과 벨프가 느낀 것은 폐쇄감에서의 해방, 압도적인 공간의 넓이였다. 벨프가 중얼거린 목소리가 메아리를 쳤다.

아마 특대 룸일 것이다. 동시에 완벽한 어둠이 지배하고 있었다.

마석등 빛이 구석까지 닿지 않았다.

"…………미코토, 씨."

"왜 그러십니까?"

벨은 떨릴 것 같은 목소리를 억누르고 미코토에게 물었다.

"몬스터는, 있나요?"

"아, 아니오, 저는 느낄 수 없습니다만……."

있다.

무언가가 있다.

헤아릴 수 없을 정도의 시선이.

지금 이 어둠 어딘가에서 숨을 죽이고, 완벽히 기척을 감춘 채, 자신들을 바라보고 있다.

무수한 시선을 느껴버린 벨은 그 숫자에 공포를 느꼈다.

스킬 【야타노쿠로가라스】를 가진 미코토가 감지할 수 없다. 인간이거나, 조우 경험이 없는 몬스터거나, 혹은 탐색 범위 밖에서 숨을 죽이고 있거나 셋 중 하나일 것이다.

왈칵 땀을 흘리는 벨의 뇌리에 이 룸에서 퇴각한다, 하루히메의 '레벨 부스트'를 사용한다, 비네를 호위한다 등등 온갖 선택지가 뇌리를 휩쓸었다.

그러나 다음 순간.

농후한 '살의'가 부풀어올랐다.

""""""""윽?!""""""""

벨, 릴리, 벨프, 미코토, 하루히메, 비네의 몸이 전류를 맞은 것처럼 부르르 떨렸다.

상급 모험자들에게서 한순간 행동을 빼앗아버릴 만큼 수많은 적의.

그 순간, 촤촤촤촤촤촤촥!! 수많은 발소리가 주위에서 접근했다.

동시에 퍼드득, 허공을 치는 무수한 날개 소리가 춤을 추었다.

"!!"

급속도로 접근하는 질주음의 방향에 제일 먼저 마석등을 든 벨의 왼손이 움직였다.

가장 빠르게 다가오는 그림자에 빛이 향해 비춘 것은——붉은색 비늘.

『——르어어어어어어어어어어어어어어어어어어어!!』

포효하는 도마뱀 전사에게 벨은 눈을 크게 떴다.

——리저드맨?!

두 눈에 핏발을 세운 리저드맨은 벨의 반격을 허용하지 않을 기세로 파고들었다.

왼손에 쥔 은색 광채——시미터——가 빠르게 수평 검광을 그렸다.

"———!"

눈에 비치지도 않는 검기에 벨의 호흡이 멈추었다.

오른손의 《헤스티아 나이프》를 움직일 수 있었던 것은 단순한 우연이었다. 몸통 앞으로 내민 나이프의 검신과 시미터의 칼날이 접촉했다.

그 직후, 시야를 뒤흔드는 충격이 온몸을 꿰뚫어 벨은 옆으로 튕겨나가버렸다.

"벨?!"

옆으로 구르며 파티에서 떨어진 벨의 몸, 다급한 벨프의 고함. 소년의 손에서 떨어진 마석등이 바닥을 구르고, 도마뱀의 발톱이 이를 와지끈 밟아 부수었다.

빛이 사라지고, 주위는 완전한 어둠에 휩싸였다.

"빌어먹을, 뭐가 어떻게——"

『키야아악!!』

"——?!"

어두워진 시야에 조바심을 내던 벨프에게 조그만 그림자가 달려들었다.

창졸간에 머리 위로 든 대도와 무언가가 격돌하는 찢어지는 금속성. 무릎이 풀썩 꺾일 정도의 위력.

대도에서 튄 불꽃 너머로 보인 것은 붉은 모자를 쓴 조그만 몬스터——

"'고블린'?!"

잔상을 남기며 이탈하는 통통한 저급 몬스터의 모습에, 무엇보다도 전투능력에 벨프는 동요를 보였다.

『!』

"윽!!"

후열에서는 마치 투검처럼 바람을 가르는 소리를 감지한 미코토가 상공에서 비네에게 날아들려 하는 흉탄을 카타나로 한꺼번에 쳐냈다.

"이건—— 깃털?!"

암흑 속에서 정확하게 쳐낸 것도 찰나, 눈앞에서 팔랑팔랑 떨어지는 흉탄의 정체에 눈을 크게 떴다.

경악이 사라지지 않은 채 같은 방향에서 깃털의 연사가 그녀에게 날아들었다.

"모두들!! 비네!!"

『카아아악!!』

"?!"

지면을 박차고 일어나 동료들이 있는 곳으로 외치는 벨에게 다시 은색 광채가 날아들었다. 아슬아슬하게 회피했지만 리저드맨의 사나운 목소리는 다시 육박했다.

제대로 보이지도 않는 어둠 속에서 추가공격을 당했다.

"대체 뭐가……?!"

주위에서 연신 울려 퍼지는 금속성, 산발적으로 튀는 불꽃, 있는 대로 거칠어진 모험자들의 숨소리, 그리고 수많은 괴물들의 포효.

청각에 의지해 열심히 저항하려는 벨 일행과 몬스터의 공방에 하루히메는 그저 무력하게 가만히 있을 수밖에 없었다. 아무것도 보이지 않는 어둠 속에서 혼란만이 커졌다.

"큭!"

그때였다.

전투가 시작된 것과 동시에 예비 파우치에 넣었던 릴리

의 손이 어떤 물건을 찾아냈다. 공포와 초조함을 견뎌내며 모험자들의 서포터 노릇에 집중하려던 소녀의 빠른 판단이 타개의 한 수를 찾아냈다.

릴리는 손에 움켜쥔 작은 자루를 펼쳐 주위에 있는 힘껏 뿌렸다.

"'빛이끼'예요!"

"!"

『?!』

확 펼쳐지며 바닥에 흩뿌려진 것은 빛을 발하는 이끼였다. 제19계층을 출발할 때 채집해두었던 것이다.

'거목미궁'의 광원인 이끼의 무수한 빛이 룸에서 어둠을 걷어냈다. 양측의 진영에서 놀란 기척이 솟아난 것과 동시에, 빛이 생겨났다.

"……!"

그리고 벨 일행은 습격자들의 존재를 확실히 시인(視認)했다.

『후욱—!』

『오오오오오……!』

리저드맨, 고블린, 날개를 펄럭이며 허공에 머물고 있는 하피.

종족이 다른 몬스터들의 공통점은 시미터며 핸드 액스, 갑옷에 방패를 장비했다는 점이었다.

"무장한……!"

"몬스터······!"

벨과 벨프의 목소리가 겹쳐졌다.

그들의 뇌리를 스친 것은 길드의 거대 게시판에서 본 광경이었다.

모험자와 사체에서 무장을 가지고 가버리는 불특정다수의 몬스터에 관한 정보. 양피지에 그려졌던 검과 갑옷을 장비한 괴물의 그림과 눈앞의 몬스터들이 겹쳐졌다.

"어, 얼마나 많은 몬스터가 있는 거죠······?!"

한편으로는 주위에 있는 몬스터를 둘러보며 릴리가 낯빛을 창백하게 물들였다.

하피 외에도 머리 위를 날아다니는 가고일에 그리폰, 땅을 기어 다니는 것은 라미아, 알미라지, 포모르, 워 섀도우, 아라크네, 유니콘······ '상층', '중층', '하층', '심층', 온갖 층역에서 모인 다종다양한 몬스터의 무리. 지상의 콜로세움이 그대로 들어갈 것 같은 특대 룸 속에 떠오른 안광의 수에 미코토와 하루히메 또한 얼굴에서 핏기가 사라졌다.

그리고 비네는 자신처럼 기이한 생김새를 가진 온갖 '괴물'의 모습에 눈을 크게 떴다.

『워어어어어어어어어어어어어어어어어어어어어어어어어어어!!』

벨을 상대하던 리저드맨이 함성을 지르자 일제히 다른 몬스터들도 움직였다.

지면에서 솟아나는 청녹색 광채에 비친 이빨과 발톱, 검과 도끼를 일제히 쳐든다.

"이 자식들……!!"

"비네 공을?!"

짓쳐드는 몬스터의 공격은 파티의 중심에 있는 비네에게 향했다.

거친 숨결, 충혈된 두 눈, 사방으로 튀는 타액, 앞을 다투듯 용종 소녀에게 쇄도하는 몬스터들. 자신들을 넘어가려 하는 몬스터들을 벨프와 미코토는 열심히 밀쳐냈다.

"이런 상황에선 '마검'도……!"

어둠 속의 혼전. 일행과 몬스터의 거리가 너무 가까워 '마검'을 함부로 쓸 수도 없었다.

룸의 출입구, 퇴로도 어느 사이엔가 막혀버렸다. 릴리는 얼굴을 씁쓸하게 일그러뜨리며 화살을 쏘았지만 그때 상공의 하피에게서 날개 탄환이 날아들었다.

"릴리, 하루히메!!"

"비네 님?!"

비전투원에게 육박한 공격을 비네의 한쪽 날개가 막아냈다.

경악한 릴리와 하루히메를 끌어안으며 이형의 날개를 펼친 소녀는 몸을 위협하는 아픔과 충격에 신음을 흘렸다.

"아, 아파…….."

쏟아지는 깃털 탄환과 신음하는 소녀의 모습에——멀리 있던 벨이 고개를 홱 들었다.

"큭—— 【파이어볼트】!!"

포성.

비네와 릴리, 하루히메를 지키고자 '속공마법'을 난사했다.

어둠을 가르는 몇 줄기나 되는 염뢰가 비행 몬스터에 직격해 하피와 그리폰이 찢어지는 소리를 내며 추락했다. 가고일을 비롯한 일부 비행 몬스터는 비네처럼 한쪽 날개를 펼쳐 【파이어볼트】를 막아냈다.

『샤아아아아악!』

"윽?!"

염뢰를 쏘는 벨에게 너의 상대는 나라는 양 리저드맨이 달려들었다. 벨은 사격을 중단하면서 참격을 회피했다.

오른손에 롱 소드, 왼손에 시미터. 빨간 비늘에 덮인 몸에는 브레스트 플레이트에 건틀렛, 허리받이, 어깨받이에 무릎받이까지 장비했다. 제대로 된 장비는 찾기 힘들지만 완전무장이라 해도 과언이 아니다.

자신보다도 훨씬 큰 도마뱀 전사에게 벨은 얼굴을 일그러뜨리며 왼손으로 《우시와카마루 2식》을 뽑아 더블 나이프 자세를 취했다.

'이 리저드맨은…… 강해!'

기습처럼 빨랐던 첫 일격, 어둠 속에서의 공방.

일련의 교전 속에서 벨은 상대의 잠재능력을 실감하지 않을 수 없었다. 제20계층에서 싸웠던 리저드맨들은 확실히 말해 비교도 되지 않았다. 완력도, 속도도, 그리고 칼놀림도 차원이 다르다. 벨프가 농담 삼아 말했던 검술의 극치에 이른 개체의 이야기, 혹은 몬스터의 돌연변이체 '아종'일 가능성이 머리를 스쳤다.

레벨을 가정한다면 이 리저드맨은 자신보다도——

그런 억측이 머리에서 떠나질 않았다.

날카로운 송곳니 틈에서 혀를 내비치며 짐승의 눈으로 노려보는 몬스터에게 벨도 루벨라이트색 눈동자로 마주 노려보았다.

이 몬스터를 쓰러뜨리지 못한다면 비네에게 갈 수 없다.

겁을 먹으려는 마음을 떨쳐내고, 벨은 온 힘을 다해 리저드맨을 쓰러뜨리고자 했다.

"흡!"

『카아아!!』

자청색 검광을 그리며 날아간 《헤스티아 나이프》, 괴물의 완력으로 휘둘러진 롱 소드.

함께 육박해, 격돌했다.

『"크윽?!"』

벨은 역시 강력한 몬스터의 일격에.

리저드맨은 속도가 빨라진 소년의 참격에.

루벨라이트색 눈과 짐승의 눈이 동시에 커졌다.

지체하지 않고 벨은 눈꼬리를 틀어 올리며, 그리고 리저드맨은 마치 흉흉하게 웃듯 이를 드러냈다.

『"————하아앗!!"』

우렁찬 포효를 지르며 벨과 리저드맨은 두 차례, 세 차례 충돌했다.

"릴리돌이, 쏴!!"

──한편 몬스터의 무리와 교전하는 파티 내에서.

대도를 구사해 방어하던 벨프가 고함을 질렀다.

"하지만?!"

"상관하지 말고 쏴!!"

강철제 곤봉을 휘두르는 포모르의 맹공에 당장이라도 돌파를 허용할 것 같았던 벨프는 수단을 가릴 때가 아니라는 양 외쳤다. 망설인 릴리가 시선을 돌리자 벨프와 마찬가지로 숫자의 폭력에 굴하려 하는 미코토의 모습이 있었다.

단검형 '마검'을 꽉 쥔 릴리는 입술을 깨물고, 다음에는 결심했다.

"쏘겠어요!!"

신호와 함께 붉은 단검을 휘두른다.

수평으로 그어진 '크로조의 마검'에서 불줄기가 솟구쳤다.

시야를 물들인 붉은 빛에 벨프와 미코토는 몸을 지면에 내던지고, 몬스터들은 경이로운 반응속도로 몸을 피했다. 룸 한곳에 타오르는 불꽃이 발생해 괴물들이 일제히 물러났다.

"아아아아!!"

『르어어어!!』

시야 한구석에서 폭염이 솟구치는 가운데 벨과 리저드

맨은 한층 가속을 거듭해 상대를 베려 했다.

피차 옆얼굴을 열파에 그을리면서 검신과 검신을 맞부딪쳤다. 솟아오른 시미터를 붉은 나이프가 쳐내고, 자청색 검광을 롱 소드가 받아낸다.

여기에 섞인 발차기를 비롯한 온갖 체술, 투쟁본능이 실체를 띤 것 같은 괴물의 검기, 무시무시한 참격의 응수.

벨의 몸이 뿌옇게 잔상을 보이고 리저드맨의 검이 공간을 헤집었다. 검에 부딪친 강철색 갑옷이 불꽃을 뿜으며 참격을 튕겨내고, 붉은 비늘이 회심의 일격에 붉은 핏방울과 함께 흩어졌다.

그리고.

『쉬익!!』

"앗?!"

균형이 무너졌다.

시미터와 롱 소드에 의한 동시공격. 좌우에서 동시에 날아든 협공을 두 자루의 나이프로 막아낸 순간 있을 수 없는 각도에서 날아든 일격이 벨의 복부에 꽂혔다.

──꼬리!!

통나무를 연상케 하는 굵은 꼬리의 세 번째 연격.

대인전은 물론이고 경험에도 없었던 괴물의 예상치 못했던 공격 기술에 벨의 움직임이 멈춰버렸다.

완벽한 결정타. 의식의 사각에서 날아든 일격에 발이 지면에서 떨어진 소년에게, 리저드맨은 숨통을 끊겠다는 양 발톱을 수평으로 휘둘렀다.

　동체에 꽂힌 무시무시한 발차기가 벨을 날려버렸다.

　"커억?!"

　『워어어어어어어어어어어어어어억!!』

　봇물 터진 듯한 기세로 룸 안쪽까지 날아가버린 벨에게 리저드맨은 승리의 포효를 질렀다.

　《헤스티아 나이프》와 《우시와카마루 2식》이 손에서 떨어져 멀리 굴러갔다.

　즉시 몸을 돌린 리저드맨 전사는 원래의 사냥감을 노려보았다. 인간에게 에워싸인 용종 소녀, 그녀를 향해 눈을 충혈시키며 약진했다.

　『━━━━━━━━━━━━━━━━━━━━━━

━━━━크아아!!』

　거친 발소리와 무시무시한 포효에 비네의 몸이 움츠러들었다.

　불꽃이 타오르는 전장을 일직선으로, 눈 깜짝할 사이에 종단한 리저드맨은 롱 소드를 쳐들었다.

　지면에 뻗은 괴물의 그림자가 얼어붙은 소녀의 위로 겹쳐진━━ 다음 순간.

　"안 돼!!"

　"우웃!"

　하루히메가 두 팔을 벌리며 끼어들고, 릴리가 자신의 몸을 방패로 삼듯 비네를 끌어안았다.

지체 없이 날아든 은색 장검에 다시 두 명의 그림자가 날아들었다.

"이 자식이 어딜!!"

"그렇게는 안 된다!!"

온몸에 상처를 입은 벨프와 미코토가 대도와 카타나를 교차시켰다.

겹쳐진 두 자루의 검신이 롱 소드를 막아냈다. 엄청난 위력과 무게에 두 사람의 무기는 확 가라앉는 듯하다가—— 멈추었다.

하루히메와 릴리의 바로 앞, 비네의 코앞에서 완벽하게 정지했다.

뿌드드득, 삐걱거리는 소리를 내며 떨리는 롱 소드에, 몸을 바쳐 자신의 일격을 막아낸 인간들에게 리저드맨은 노란색 눈을 크게 떴다.

『————』

그 직후.

지룽, 지룽.

리저드맨의 청각에 울려 퍼지는 차임 소리.

돌아본 곳에서는 피에 젖은 토끼와도 같이 달려드는 모험자의 그림자, 그리고 눈앞까지 육박한 백광을 띤 주먹이 있었다.

5초 분량의 충전.

벨은 눈꼬리를 틀어 올리며 혼신의 포성을 터뜨렸다.

"아아아아아아아아아아아아아아아아아아아아아아아
아아아아아아아아아아!!"

직격.

『꺼어억?!』

리저드맨의 광대뼈에 작렬하는 주먹.

비늘을 몇 장이나 분쇄하며, 앙갚음이라는 양 몬스터의
몸을 봇물 터진 듯한 기세로 날려버린다. 리저드맨의 손에
서 떨어진 롱 소드와 시미터가 높은 소리를 뿌리며 바닥을
굴렀다.

'해냈다……!'

고속이동 중의【아르고노트】사용.

비네의 위기에 격발한 감정과 의지가, 이제까지는 발을
멈추거나 느린 주행 속에서만 쓸 수 있었던 병행 충전을
억지로 실현시켰다.

지면에서 뜬 채 튕기고 굴러가던 리저드맨은 아득한 후
방, 거대한 칠흑색 석순에 충돌하고서야 겨우 멈췄다.

'마검'의 포격을 모면했던 다른 몬스터는 움직임을 멈추
고, 고함을 지르는 것도 잊은 채 조용해졌다.

한편 만신창이로 숨을 헐떡이던 벨 일행은 여전히 꺾이
지 않는 의지를 드러내며 비네를 뒤로 감쌌다.

『께엑——』

발톱이 돋아난 손을 지면에 대고 상체를 일으킨 리저드
맨은 석순에 몸을 기댔다.

그리고 자세를 낮춘 채 목을 떠는가 싶더니—— 고개를 젖히며 울었다.

『꺄갸갸갸갸갸갸갸갸갸갸갸갸갸갸갸갸갸악!!』

갑자기 천장을 향해 울부짖는 리저드맨에게 일행은 잠시 어안이 벙벙해졌다.

그렇게나 팽팽하던 살의와 사나운 분위기가 사방으로 흩어지고, 이제는 배에 손을 가져다댄 채 울부짖는 그 모습은 우스꽝스럽기까지 했다.

쳐다보니 다른 몬스터들에게서도 전의가 사라지고 없었다.

『갸갸갸갸갸갸갸갸갸갸아——』

이윽고, 계속해서 소리를 지르던 괴물의 울음소리는,

"——아하하하하하하하하하하하하하하하하하하하!"

인간 언어의 억양을 띤 웃음소리로 바뀌었다.

"어……."

"아니……."

몬스터가 내는 웃음소리에 하루히메와 릴리는 눈을 크게 떴다. 벨프와 미코토, 벨도 마찬가지였다.

상황을 따라가지 못해 그저 아연실색했다.

설마 하는 생각에 입을 딱 벌린 비네를 흘끔 보고, 시선을 리저드맨에게 되돌렸다.

"재미있어! 이런 모험자는 만난 적이 없어!!"

그런 벨 일행의 속내 따위 전혀 헤아리지도 않고 리저드맨은 유창하게 말을 시작했다.

자신의 무릎을 짝 두드린 몬스터는 어딘가 기뻐하듯 그 자리에서 일어났다.

"자기들의 목숨을 내팽개치고 몬스터를 감싸다니! 야아, 이런 기분은 처음이야!"

"——그래서 말했잖아요, 리드. 그들은 다르다고."

그때 어디선가 퍼덕 소리가 나더니.

머리 위에서 금색 깃털과 함께 한 마리의 날개 달린 몬스터—— '세이렌'이 내려왔다.

"그, 그 목소리는……"

"야, 저거 설마……."

귀에 익은 고운 목소리에 반응한 벨과 벨프에게 금색 날개를 가진 세이렌은 생긋 웃음을 지었다.

"또 뵙는군요, 두 분."

상대의 말과 가늘게 뜬 푸른색 눈에 벨과 벨프는 확신했다.

제19계층에서 엇갈렸던, 로브로 몸을 감추었던 인물——아니, 몬스터다.

처음으로 보는 맨얼굴, 무엇보다도 우호적인 태도에 두 사람은 말을 잃었다.

비네와 마찬가지로 그녀의 용모는 매우 아름다웠다. 거무스름한 금색 장발은 끄트머리가 모두 푸르스름했다. 두 팔에 해당하는 앞발은 하피와 마찬가지로 아름다운 금색 날개였으며, 같은 색깔의 깃털에 덮인 하반신은 긴 두 다리 끝에 새의 발톱이 있었다. 봉긋한 가슴 위에는 아마조네스가 선호할 것 같은 배틀클로스를 걸쳐 배꼽을 비롯해 깃털에 덮이지 않은 맨살이 드러났다.

무시무시한 괴음파를 터뜨려 모험자의 움직임을 속박한다는 추악한 몬스터와 눈앞에 있는 세이렌은 너무나도 달랐다.

"그래. 네 말이 맞아, 레이! 이 모험자들은 달라!"

금색 날개의 세이렌을 레이라고 부른 리저드맨은 긴 꼬리를 휘저으며 어기적어기적 다가왔다.

입을 딱 벌린 채 굳어버린 릴리, 줄곧 갈팡질팡하는 미코토, 어쩔 줄을 몰라 하는 하루히메를 내버려 둔 채 몬스터는 똑바로 벨에게 다가왔다.

"미안하다. 네가 너무 빨라서 적당히 봐줄 수가 없었어."

"아…… 어, 그게…….'

말의 내용이 조금 전까지의 전투였음을 이해하는 데에는 시간이 걸렸다.

그도 그럴 것이, 조금 전까지 사투를 벌였던 몬스터가 눈앞에 서서는, 공격을 하지도 않고 활달하게 말을 걸었기 때문이다.

"우선 사과하지. 너희를 계속 시험했던 걸."

"시, 험……?"

"그래. '동포'를 숨겨줬다는 모험자들이 진짜인지 보고 싶었거든. 위험해지면 내팽개치는 건 아닌지, 저버리지는 않을지…….”

그 말에 벨 이외의 다른 동료들도 놀랐다. 비네도 같은 표정이었다.

“자세한 내용은 나중에 이야기하겠지만…… 많이 무서워하게 만들고 부상도 입혔지. 미안하다.”

“……!”

“‘동포’를 이제까지 지켜줘서 고맙다.”

이미 적의는 없었다. 아니, 처음부터 자신들을 죽일 마음이 없었다.

그 사실만은 꾸벅 고개를 숙이는 도마뱀 머리와 노기가 빠져나간 목소리를 통해 이해해버렸다.

리저드맨은 그 후로 비네에게 말을 걸려고 고개를 들었지만, 놀란 그녀는 사삭 하루히메의 뒤로 숨어버렸다. 어쩔 수 없겠다고 쓴웃음을 짓듯 뺨을 발톱으로 긁으며 접촉을 포기하더니, 일단은 벨과 마주 섰다.

‘윽…….’

베이고 차였던 몸통을 중심으로 시큰거리는 통증도 지금은 생각이 나질 않았다.

날카로운 이빨과 발톱, 온몸을 덮은 비늘. 인간이 아님을 나타내는 기호로 가득한데도 리저드맨은 인간인 벨에게 괴물 특유의 혐오감을 주지 않았다.

모험자의 갑옷을 걸친 리저드맨 전사.

말하는 몬스터.

비네와, 똑같다.

"이 몸은 리드. 보다시피 리저드맨이지. 만나서 반갑다, 벨 크라넬."

"어, 제, 이름을……?"

"그래. 펠즈 녀석에게 들었거든."

──똑같기는 하지만, 인간형 몬스터가 아닌 만큼 받아들이기도 어렵다.

눈앞에서 자신을 내려다보는 리저드맨은 용종 소녀와는 달리 그야말로 '괴물'을 상징하는 위용을 자랑했다. 만약 육식짐승이 느닷없이 말을 건다면 겁을 먹지 않을 초식짐승은 없을 것이다.

누군가의 이름이 나오기는 했지만 신경을 쓸 수도 없었던 벨은 머릿속이 새하얗게 물들려는 것을 간신히 견뎠다.

"말야, 앞으로 '벨찡'이라고 불러도 될까?"

"어, 아, 네………… 그, 그러세요."

뺨을 실룩거리면서, 고개 끄덕이는 것밖에 못하는 인형처럼 네네 대답하는 벨.

그런 벨에게 리저드맨은 노란 두 눈을 가늘게 떴다.

웃는…… 거겠지? 절호의 사냥감을 놓고 입맛을 다시는 게 아니라.

짐승의 눈을 활처럼 구부린 리저드맨의 얼굴에 벨은 간신히 그렇게 생각하기로 했으나, 어려웠다.

"벨찡."

"네, 넷."

"악수."

엥?

얼빠진 표정을 짓는 벨의 앞으로 손이 뻗어나왔다.

붉은 비늘과 강철 건틀렛에 싸인 우락부락한 오른손. 손가락 끝에는 뾰족한 발톱.

눈을 껌뻑거리는 자신의 앞에서 괴물이 손을 내밀고 있었다.

그것이 의미하는 바에 벨은 졸도에 가까운 감정을 품었다.

"베, 벨 님⋯⋯." "벨 공⋯⋯." "벨⋯⋯." "벨 님!"

움직이지 못하던 동료들도 그 광경을 보고 견디지 못해 벨을 불렀다.

창백해진 하루히메가, 안색을 이리저리 바꾸는 미코토가, 신음하는 벨프가, 위기감을 드러내는 릴리가.

비상식적이면서도 있어서는 안 될 광경을 앞에 두고, 매달리듯 소년의 이름을 불렀다.

"⋯⋯⋯⋯⋯."

벨은 땀을 흘리고 있었다. 발한이 멈추질 않았다.

악수. 우호의 상징. 인간과 '괴물'과의 친애. 전대미문. '미지'.

아마 자신은 지금 무언가를 잘못하려 하고 있다. 이 오른손에 등을 저버리려 하는 감정에 따르는 것이 분명 지극히 옳을 것이다. 벨은 전혀 움직이지 않는 머리로 그렇게 생각했다.

상식을 뒤집어버리는 눈앞의 선택지에, 현실도피하고 싶다는 충동에 휩싸였다.

그러나 리저드맨은 기다렸다.

벨이 움직이기를. 혹은 거부하기를 계속 기다렸다.

무섭다.

솔직히 엄청나게 무서웠다.

이 이빨도, 발톱도, 우툴두툴한 비늘도, 노란색 두 눈도, 추악한 얼굴도.

코앞에서 내려다보는 리저드맨에게서 도망치고 싶어 견딜 수가 없었다.

고함을 질러대는 이성의 포로가 되어 편해지고 싶었다.

하지만.

벨은 이성에게 등을 돌려버렸다.

"아…… 으, 으으……."

갈팡질팡하는 용종 소녀를 눈에 담았다.

그녀와의 만남을, 그때 품었던 감정을 떠올렸다.

"……."

이윽고.

벨은 웃었다.

서툴게.

──잘못하는 거라면, 하다못해 올바른 잘못을 선택

하자.

벨은 용기를 쥐어짜냈다.

"······································자, 잘 부탁해요."

뻣뻣한 웃음을 지으며, 벨은 자신 앞에 나온 오른손을
쥐었다.

숨을 멈추는 하루히메와 미코토, 힘이 쭉 빠져나갔으면
서도 이제는 웃기만 하는 벨프, 비명과 함께 하늘을 쳐다
보는 릴리.

벨은 '괴물'과 악수를 나누었다.

"──그래, 잘 부탁한다!"

손을 꽉 쥐는 리저드맨, 아니, 리드는 이빨을 드러내며
분명히 활짝 웃었다.

다음 순간──

와아아!!

동료들이 펄쩍 뛰어오를 정도로 요란한 함성이 룸을 가
득 메웠다. 어느 사이엔가 마른침을 지키며 벨과 리드를
지켜보던 몬스터들이 환성을 지른 것이다.

박수를 치는 레드 캡 고블린, 지면에 내려앉아 떠들어대
는 소녀 하피, 완만한 움직임으로 두 손을 드는 포모르, 폴
짝폴짝 뛰어다니는 알미라지── 갈채가 멎질 않았다.

마치 인간과의 친교를── 기념해야 할 첫걸음을 기뻐

하듯 들끓었다.

"이봐, 불을 켜!"

몬스터들이 환희하는 가운데 리드가 큰 목소리로 호령했다.

헬 하운드처럼 재빨리 움직인 일부 몬스터가 바위 뒤에 숨겨놓았던 마석등을 끄집어내 입과 발톱을 재주 좋게 사용해 점등했다.

"몬스터가, 마석등을……."

휴먼이 만들어낸 마석제품을 구사하는 괴물들을 보고 미코토는 자신의 눈을 의심했다.

게다가 하피들이 지면에 덮여 있던 두꺼운 천을 걷어, 곳곳에 감춰놓았던 석영을 드러냈다.

종유동과도 비슷한 특대 룸은 금세 진녹색 빛을 뿜어냈다.

"──그, 그린 드래곤?!"

"이런 놈도 있었어……?!"

현재 위치인 룸의 출입구 부근보다도 먼 곳, 석영기둥 밑에 드러누워 있던 것은 전장 10M도 넘는 용이었다. 온몸에 새겨진 오랜 흉터, 노군(老君)처럼 조용한 눈빛이 그가 쌓아온 세월을 느껴지게 했다. 녹색 눈을 가늘게 뜨며 이쪽을 지켜보는 존재에게 릴리와 벨프가 휘청거렸다.

"지상 분들, 나랑 인사해요!"『우우…….』"나, 도!"

말을 할 수 있는 자, 할 수 없는 자, 발음이 더듬거리는 자, 수많은 몬스터가 벨 앞으로 몰려들었다.

"말씀은 익히 들었습니다. 만나 뵙게 되어 영광입니다, 미스터 벨."

"미, 미스터?"

"당신과, 악수해서, 나 기쁩니다."

"고, 고맙습니다."

"나, 라우라. 잘 부탁."

"자, 잘 부탁드려요……."

『…….』

"히익!"

미스터라 부르는 레드 캡 고블린을 비롯해 번갈아 악수를 청하는 몬스터들. 벨은 여전히 얼굴을 실룩거리면서 때로는 조그만 비명을——말없이 거대한 손을 내미는 대형급 몬스터 포모르 같은 자들에게——지르기도 했다.

"인사가 늦었군요. 레이라고 합니다. 세이렌이지요."

"아…… 베, 벨 크라넬이에요."

"예, 알고 있습니다. ……벨 씨, 동포를 구해주셔서, 고맙습니다."

레이라고 자신을 소개한 조금 전의 세이렌과도 인사를 나누었다. 날개 끄트머리, 손가락처럼 내민 깃털을 잡아 악수했다. 그곳에서 전해지는 부드러운 깃털의 감촉, 그리고 너무나도 아름다운 우아한 웃음에 벨은 얼굴을 붉히고 말았다.

"이 녀석들도 기쁜 거야. 우리를 거부하지 않는 인간과 만나서."

잇따라 잇따라, 혹은 몇 번이나 악수를 하러 오는 몬스터들에게 리저드맨 전사는 입가를 씨익 찢으며 웃었다.

그 말을 듣고 벨은 주위를 둘러보았다.

신사 행세를 하는 레드 캡, 감정이 풍부한 하피, 말이 딱딱한 라미아, 침묵하는 워 새도우…… 말을 할 수 있든 없든, 인간형이든 이형이든 상관이 없었다. 모든 몬스터가 이성이 담긴 눈으로 벨에게 악수를 청했다. 조그만 손바닥, 털에 덮인 커다란 손바닥, 모두가 따뜻했다.

벨이 말로 표현할 수 없는 감정을 품는 한편, 몬스터들은 흘끔흘끔 릴리나 다른 동료들에게도 시선을 보냈다.

그러나 그들은 멋쩍게 눈을 돌릴 수밖에 없었다.

"……우~."

그리고 비네는.

수많은 몬스터들에게 에워싸인 벨을, 보물을 빼앗긴 어린아이처럼 바라보고 있었다.

『뀨우…….』

그녀의 시선 너머에서 새로이 벨 앞에 나타난 것은 오종종 다가오는 조그만 몬스터였다.

"아, 알미라지……."

헐렁한 파란색 배틀재킷을 입고 망가진 회중시계를 목에 건 알미라지. 동그랗고 빨간 눈으로 빠—히 올려다보는 흰 토끼에게 벨은 허리를 구부리고, 여전히 뻣뻣한 웃음으로 손을 내밀었다.

그러자 알미라지는 긴 귀를 찰랑이며 『뀨우─!』 울더니 폴짝 뛰어들었다.

"으악, 잠깐, 간지럽…… 왜, 왜 핥는 거야?!"

"알루는…… 그녀는 말을 못 하지만 당신이 마음에 들었나 보군요."

"그녀라니── 암컷?!"

안겨서는 신나게 뺨을 핥는 알미라지에게 레이의 설명을 들은 벨이 괴상한 비명을 질렀다. 서로 몸을 부벼대는 두 마리의 토끼 같은 광경을 보는 동료들의 이루 말할 수 없는 시선이 갈팡질팡하는 소년에게 집중되는 가운데── 마침내 용종 소녀가 폭발했다.

계속 숨어 있던 하루히메의 등 뒤에서 뛰어나와 벨에게 달려간다.

"아, 안 돼! 벨을 가져가면 안 돼!!"

『뀨우?!』

비명을 지르는 알미라지를 억지로 떼어내곤 소년의 팔에 안긴다. 폴짝폴짝 뛰며 항의하는 몬스터에게 비네는 전혀 양보하려 들지 않았으나, 그때 문득 깨달았다.

수많은 몬스터에게 에워싸여, 눈빛을 받고 있음을.

무서워서 마주할 수도 없었던, 자신과 같은 이형의 괴물들 앞에 나섰음을.

벨을 끌어안은 손에 힘을 주는 비네에게 세이렌 레이가

다가섰다.

"이름을 물어봐도 될까요?"

"……비네."

가느다랗게 중얼거린 목소리에 레이가 웃음을 지었다.

"비네…… 아주 좋은 이름이네요."

벨과 동료들이 지어준 이름을 칭찬받아 비네는 쑥스럽다는 듯 몸을 꼬며 뺨을 붉혔다.

잠시 후, 눈앞에 내밀어진 깃털 손.

몇 번이나 망설이다가, 무서워하듯 팔을 뻗어 쭈뼛쭈뼛, 조용히 잡는다.

금색 날개의 세이렌은 푸른색 두 눈을 가늘게 떴다.

"만나서 반가워요, 새로운 '동포'. 여기에는 당신을 괴롭히는 자는 없답니다. 우리는 당신을 환영합니다."

소년과 마찬가지로 자신을 받아주는 '동포'에게 호박색 눈을 크게 뜬다.

다정함에 에워싸여, 존재를 인정받아, 비네는 조용히 눈물을 흘렸다.

부드러운 깃털 손가락이 다가와 눈물을 닦아주자 소녀의 얼굴에 조그만 미소가 꽃피었다.

주위의 몬스터들은 축복하듯 고개를 들고 큰 함성을 질렀다.

"……저기, 가르쳐줄 수 있을까요?"

몬스터들이 터뜨린 축하의 포효가 끝났을 무렵.

상황에 휘둘리기만 하던 벨은, 비네를 안으며 입을 열었다.

"여러분은, 비네는, 대체 무엇인가요?"

이형의 소녀와 처음 만났을 때부터 계속 찾아 헤맸던 핵심. 벨과 동료들이 알고 싶어 했던 것.

모든 몬스터가 인간들을 돌아보았다.

그들 그녀들을 대표해 금색 날개 세이렌이 대답했다.

"우리는 이단아—— '제노스'입니다."

"——'제노스'?"

횃불에 비친 제단에서 헤스티아가 중얼거렸다.

신좌에 앉은 우라노스는 고개를 끄덕여 대답했다.

"우리는 그들을…… 지성을 가진 몬스터를 그렇게 부르고 있다."

길드 본부 지하, '기도의 방'.

헤스티아는 모든 사실을 아는 노신에게서 비네에 대한 사정을 듣고 있었다.

【제노스】—— 신들 사이에서 '이단'을 뜻하는 말이다.

올바른 계통에서 튕겨져 나간, 이단분자.

"비네 군도 그 '제노스'인지 뭔지란 소리야?"

"그렇다. 그들에게는 공통된 특징이 있지. 보통 몬스터보다도 높은 지능…… 지성이 있으며, 무엇보다도 마음이 있다. 우리 아이들과 비교해 전혀 손색이 없는, 의지와 감정의 총체를."

"……!"

"파괴와 살육의 충동에 지배당하지 않는, 상식을 벗어난 '괴물'들……."

우라노스가 밝힌 내용에 헤스티아는 숨을 멈추었다.

인간형 몬스터에 국한한다면 대부분이 하계 주민들과 비슷한 용모를 가졌다고 덧붙이면서 우라노스는 '제단의 방'에 목소리를 퍼뜨렸다.

"'제노스'의 존재가 언제부터 발생했는지는 확실치 않다. 다만 그들의 존재를 확실하게 관측하고 접촉했던 우리는 그 후로 '보호'라는 명목으로 지원을 하고 있지."

"지원……?! 몬스터를, 길드가?!"

무슨 생각을 하는 거냐고── 그렇게 목소리를 높이려다가 헤스티아는 흠칫 멈추었다.

자신들이야말로 그 용종 소녀, 비네를 숨기고 지켜오지 않았던가.

우라노스의 말대로 아이들과 무엇 하나 다를 바 없는 마음을 가진, 그 무구한 소녀를.

입을 꾹 다문 헤스티아를 내려다보며 부동의 노신은 말을 이었다.

"이번 미션은 지상에 나와버린 '제노스' 하나를 동료들에게 보내주는 것이 목적이었다. 헤스티아, 너와 네 권속들이 보호했던 그 용종 소녀를 말이다."

"……언제부터 알았냐……고는 이제 묻지 않을게. 그럼 벨이랑 아이들은 지금……."

"'제노스'의 주거지인 그들의 '비밀 마을'로 갔겠지."

미션의 진상은 비네의 호송.

실행의 발단이 되어버렸던 것은 역시 시내에 충격을 가져다주고 말았던 얼마 전의 소동이었을까.

여기까지 생각했던 헤스티아는 문득 가슴에 싹튼 의문을 그대로 목소리로 바꾸었다.

"우라노스, 왜 일부러 우리에게 의뢰를 한 거야? 비네 군을 억지로 빼앗아가거나 끌고 갈 방법도 있지 않았을까? 왜 우리에게 '제노스'의 존재가 알려지는 그런 일을 했어?"

"인간의 말을 하는 몬스터를 벨 크라넬과 동료들이 알아버린 것도 포함해, 이유는 몇 가지 있다. 다만 가장 큰 요인은……."

잠시 말을 끊고, 우라노스는 헤스티아에게 고했다.

"헤스티아 너의 권속들이 한줄기의, 미미하기 그지없는 가능성이기는 하나…… 희망이 될 수 있다고 판단했기 때문이었다."

"희망?"

"그렇다."

우라노스는 고개를 끄덕였다.

"인류와 몬스터가 **공존할** 길의 다리로서."

⚜

"꿈이야, 이게……?"

"뺨이라도 꼬집어드려요……?"

벨프와 릴리가 망연자실 중얼거렸다.

그들의 그런 목소리를 들으면서도 벨 또한 뺨에 흘러내리는 땀을 감출 수 없었다.

"밥이다! 술이다! 팍팍 가져와! 새 동포와 첫 인간 손님이 온 날을 축하해야지!"

일행을 선도하는 리저드맨 리드가 소리를 지른 순간 몬스터들은 한층 들끓더니——룸을 쩌렁쩌렁 뒤흔드는 포효를 질렀다.

그들이 가져온 것은 던전산 과일과 나무열매, 허브, 【리빌라】라고 새겨진 너덜너덜한 술통. 여기저기서 긁어모은 마석등의 눈부신 불빛을 중심으로 만들어진 것은 인간과 몬스터의 커다란 원이었다.

언젠가 【로키 파밀리아】와 함께 에워쌌던 캠프파이어와 비슷한 눈앞의 광경은 '연회' 그 자체였다.

"벨찡, 사양하지 말고 많이 먹으라고! 자자!"

"이, 이게 뭔가요……?"

"인간들은 미르츠라고 부르던걸. 지상에선 고급 식재료래!"

오른쪽에 털썩 앉은 리드에게서 손바닥만 한 붉은색 과일을 받았다. 조심스레 먹어보니 입안에 펼쳐지는 것은 부드러운 고기의 식감과 육즙이 넘치는 감칠맛이었다. 소와도 돼지와도 닭과도 다른 극상의 스테이크를 방불케 하는 맛에 벨의 입에서 감탄사가 흘러나왔다.

"맛있다……."

릴리와 벨프, 다른 동료들 앞에도 허니 클라우드를 비롯한 음식이 잇따라 놓였다. 급사 노릇을 맡은 것은 예의 그 레드 캡과 알미라지 같은 덩치 작은 몬스터들이었으며, 때로는 헬 하운드의 불꽃으로 구운 거대 버섯 통구이 같은 요리가 접시 대신 쓰이는 커다란 녹색 잎 위에 놓였다.

"저기, 그러고 보니 아까 있는 힘껏 때려서, 죄송합니다……."

쾌활하게 대하는 리드의 왼뺨——자신이 주먹으로 후려쳤던, 척 보기에도 아플 것 같은 상처에 벨이 황송해하며 사과하자 리저드맨 전사는 너덜너덜해진 비늘을 팔로 슥슥 문질렀다.

"뭐 어때, 아직 살아 있는데. 그건 피차일반 아냐?"

신경 쓰지 말라며 노란색 눈을 활처럼 구부린다. 이건 아마도 웃음이다.

벨은 이쯤 되자 상대가 인간형이 아니어도 표정을 점점

알아볼 수 있게 되었다. 처음에야 당혹감의 연속이었지만 지금은 상당히 익숙해진 것 같았다.

리드의 나직한 목소리와 큰 덩치는 인상 나쁜 모험자보다도 무서운 면이 있지만 언동은 매우 친근했다. 껄껄 웃는 리드 덕에 벨은 주위의 분위기에 위축되지 않을 수 있었다.

스스로 생각해도 참 적응이 빠르다고——아니, 어쩌면 감각이 마비된 것인지도 모르겠다고, 벨은 헛웃음을 짓고 싶은 기분과 함께 생각해버렸다.

"근데 술도 마셔요……?"

"응. 처음에는 이게 뭐야!! 싶었는데 마시다 보니 점점 버릇이 되더라고! 인간들은 정말 재미난 걸 만든다니깐!"

던전의 유실물로 보이는 휴대용 술병을 기울이던 리드는 술 냄새 나는 입김을 토하면서 벨의 등을 퍽퍽 두드렸다. 주위에서는 예쁜 얼굴을 불콰하게 물들인 라미아를 비롯해 그에게 뒤지지 않을 정도로 취한 몬스터들이 보였다.

"이렇게 취하지 않는 술은 처음이야……."

반면 벨프를 비롯한 동료들은 대조적이었다.

트롤이 나무로 만든 큰 잔에 싸구려 술을 따라준다. 술의 힘을 빌려 이 자리를 모면해보려고 해도 전혀 효과가 없었다. 벨프의 곁에 앉은 릴리는 침묵을 관철했다.

하피 여럿에게 에워싸여 흥미진진한 시선을 받는 미코토와 하루히메는 정좌 자세로 몸을 뻣뻣하게 굳히고 있었

다. 이따금 냄새를 킁킁 맡는 바람에 하루히메는 졸도 직
전이었다.

"그래서 있지, 벨이 구해줬거든!"

"그렇군요. 그거 부러운걸요. 벨 씨는 정말 유별…… 어
흠, 다정하네요."

"응!"

벨의 왼쪽에 앉은 비네는 어떤가 하면, 몬스터들의 환대
를 받아 당황하면서도 이따금 티 없는 미소를 꽃피웠다.
지금은 세이렌 레이와 이제까지 있었던 일들을 이야기하
는 중이다.

자꾸만 들려오는 자신의 이름에 창피하기는 했지만 몬
스터에게 대접을 받는 벨은 압도되고만 있었다.

"하지만 이 술과 장비는 역시, 그, 모험자들에게서……?"

몬스터들이 비축해둔 식량과 술이 계속 나오는 가운데,
벨은 리드가 몸에 걸친 방어구며 옆에 놓아둔 무기를 흘끔
보고 조심스레 물었다.

길드에서 공개한, 모험자의 장비품을 빼앗는 몬스터. 그
정보의 범인은 십중팔구 그들일 것이다.

"어~ 뭐, 그치. 술통 같은 건 슬쩍한 거지만 이 검은 아
무것도 모르고 날 공격한 모험자의 무기였어."

술병을 바닥에 놓고, 리드는 롱 소드와 시미터를 보았다.

"하지만 되레 혼을 내줬더니 내던지고 도망쳤으니
까…… 그럼 내가 써줄까 싶었지. 모험자들도 몬스터를 죽

이면 발톱이나 이빨을 가지고 가잖아?"

"그, 그건…… 그러네요."

"시체가 돼버려도 인간들에게는 소중하다고 하니 발견하면 돌려주고 싶지만…… 우리가 운반하면 모험자들이 화를 내거든. 어려워."

던전에서 있었던 일을 회상하듯 말하는 리드에게 벨은 아무 대답도 할 수 없었다.

"그래도 말이야, 술도 그렇지만 무기도 대단해. 이 근처에 돋아나는 '꽃' 같은 것보다 훨씬 잘 들고 단단해. 우린 이런 걸 못 만들어."

어딘가 재미있다는 듯 이야기하는 리드의 말 곳곳에서는 인류의 문화에 대한 존경마저 느껴졌다.

리드 외에도 많은 몬스터가 방어구 혹은 배틀클로스를 입고 있었다. 그중에는 레드 캡처럼 목에 감은 스카프 등 보통 복식과 다를 바 없는 것을 입은 자도 있었다.

인류의 모방…… 흉내를 내고 있는 것은 아니겠지만.

무언가 의미가 있어서 그들은 사람들의 도구를 쓰는 것이 아닐까, 벨은 그런 느낌도 받았다.

"——리드, 이런 쓸데없는 짓은 그만둬."

그때, 연회의 소란 사이를 누비고 독기 어린 목소리가 들렸다.

"그래봤자 그자들은 인간이다. 믿을 가치는 없다."

"아직도 그 소리야, 그로스? 봤잖아? 벨찡이랑 동료들이 계속 비네를 지켜주는 걸. 애초에 너희가 수긍할 수 없다고 하니까 여기서 그런 거친 짓을 했던 거잖아?"

리드처럼 환영해주는 자들이 있는가 하면, 벨 일행에게 비호의적인 몬스터도 있었다.

멀리 떨어진 바위 위에 앉은 가고일, 아라크네, 유니콘 같은 자들이 그랬다. 날카로운 안광으로 벨을 노려본다. 온몸이 회색 돌로 이루어진 가고일의 말을 쳐낸 리드는 신경 쓰지 말라며 벨에게 손을 내저었다.

"미안해. 저놈들도…… 아니, 우리도 이것저것 사정이 있거든. 여기 인간이 올지도 모른다는 말에 다들 예민해졌어."

"어, 음…… 아, 아니에요."

"너희가 이제까지 본 모험자들과는 다르다는 건 관찰한 동포들의 이야기를 들어보고 저 녀석들도 이해했을 텐데 말이지."

"그거 혹시…… 던전에서 우리를 계속 보고 있었던……?"

"오? 눈치챘던 거야? 맞아. 여기 올 때까지 동포들이 너희를 따라다녔어."

리드는 벨이 미궁 안에서 느꼈던 시선에 대해 설명했다.

"저기, 그건 혹시 던전에서만 했던 건가요? 지상에서 보고 있었다든가…….'

"아니? 레트네가 감시했던 건 여기 위쪽, 19계층부터였는데."

커다란 턱을 한 손으로 문지르는 리드는 그런 적 없다고 딱 잘라 말했다. 지상에서 느꼈던 여러 명의 시선은 역시 그들이 아니었다는 사실이 벨에게 고민을 주었다.

"……이봐, 그보다도."

쿵. 커다란 피처 잔이 지면을 내리치듯 놓였다. 벨과 리드의 이야기를 듣던 벨프가 큰맘 먹은 것처럼 이야기를 꺼낸 것이다.

스스로 말을 건 벨프에게 몇 번 눈을 깜빡이던 리드는 씨익 송곳니를 드러내며 웃었다.

"아까 그 이야기는 진짜야? 길드랑 한패라는 거."

"그래, 진짜고말고. 우리의 정체가 들통 나지 않도록 이것저것 손을 써주기도 하고, 뭐, 가끔은 무기와 식량 같은 것도 주고…… 벌써 꽤 오래 전부터 도움을 받았어."

"……못 믿겠어요. 길드가 그런 행위에 가담했다니. 들통이 났을 때 위험하기만 할 뿐 이익이…… 그러니까, 전혀 없잖아요."

리드의 설명에 신음하는 릴리에게 곁에 있던 세이렌 레이가 끼어들었다.

"우리도 거저 도움을 받기만 하는 건 아니에요. 의뢰를 받아 미궁에서 일어난 사건이나 성가신 일을 조사하고, 비밀리에 진압하고…… 지상에서 말하는 '기브 앤드 테이크'라는 관계지요."

모험자들보다도 빠르며, 때로는 모험자들이 감당할 수

없는 던전 내의 이상사태를 길드의 지시에 따라 신속하게 대응한다는 것이다.

"말하자면 동지지."

리드는 별것 아니라는 듯 말했다.

"게다가 길드라기보다는, 우리하고 이어진 건 우라노스 님이라는 신뿐이야. 길드 직원이라는 사람들도 우리에 대해선 모른다던데?"

"우, 우라노스, 님……."

오라리오를 창설한 신의 이름이 거론되어 릴리는 흠칫 숨을 멈추었다.

무력포기를 구가하는 길드의, 아니, 우라노스의 사병(私兵). 일행은 리드를 비롯한 '제노스'의 위치를 이해하고 말았다.

"그럼 역시 아까 들은 대로, 이번 미션은……."

"그래, 벨찡. 우라노스 님네가 얘기를 꺼내고, 우리도 받아들였어. 동포를 보호해주는 인간들을 시험해보기 위해서라고 하길래."

길드의 상부가 아니라 길드의 주신이 직접 발령한 미션.

어찌 보면 우라노스의 손바닥 위에서 놀아나고 있었던——시험을 받고 있었던 것이라고, 벨 일행은 사태의 전말을 알았다.

"하지만—— 벨찡네에 대해 듣고 좀 기대하기도 했어."

"네?"

리드의 그 말에 벨이 되묻기도 전에.

캠프파이어와도 같은 마석등의 빛을 에워싼 원 한쪽에서 왁자한 고함이 터졌다.

"레이— 노래! 노래!"

『와아아아아아아아!!』

있는 대로 신이 난 일부 몬스터에게서 노래를 채근하는 목소리가 들렸다. 벨 일행의 곁에 있던 세이렌이 한숨을 쉬고 리드를 쳐다보자, 그는 재미있겠다는 듯 턱짓을 했다. 레이는 웃음을 짓더니 그 자리에서 일어났다.

"하는 수 없군요. 그러면 노래하겠습니다. 이 연회를 빛낼 수 있다면야."

몇 걸음 앞으로 나오는가 싶더니 도약해서는, 높이 쌓인 마석등 위에 깃털처럼 사뿐히 착지한다.

돌아선 그녀는 어리둥절하는 비네와 벨 일행을 바라보며 미소를 지었다.

"새로운 동포와 인간 손님도 있으니, 조금 분발해보지요."

그렇게 말하더니, 레이는 가볍게 숨을 들이마시고 눈을 감았다.

순식간에 주위가 정적에 휩싸이는가 싶더니, 다음으로는 아름다운 노랫소리가 흘러나왔다.

"와아……!"

"이 노래는……."

높고 유려한 목소리에 비네는 금세 희색을 띠었고, 벨

일행은 얼굴을 놀라움으로 물들였다.

이 '미개척 영역'까지 벨 일행을 이끌어주었던, 그 조용한 소프라노였다.

금색 날개의 세이렌은 날개 손을 가슴에 모으고 즐겁게, 기쁘게, 웃음을 지어가며 홀로 독창했다. 악기나 가사는 없었다. 순수한 목소리에 의한 선율은 금세 사람의 마음을 빼앗아버렸다.

인간과 괴물의 원 한복판에서 눈을 감은 채 노래를 자아내는 세이렌.

마석등과 석영의 빛을 받는 그 모습은 이 세상의 것이라고는 여겨지지 않을 만큼 우아하고 아름다웠다.

그것은 땅 밑바닥에 펼쳐진 괴물들의 마굴에는 있을 수 없는 광경——아니, 어쩌면 던전이 잠시 보여준 신비와 환상의 순간인지도 모른다.

미궁에 울려 퍼지는 노랫소리.

이제까지 들어본 적이 없을 정도로 우아한 옥음에 벨 일행은 시간 가는 줄도 모르고 넋을 잃었다.

"춤춰요, 지상 분! 나하고!"

"아니, 잠시, 전———— 기, 기다려주십시오저느으으으으으으으은—?!"

"미, 미코토—!!"

하피 소녀가 미코토를 끌고 나가고, 남겨진 하루히메의 비명이 뒤를 따랐다.

원의 중심으로 뛰어나온 두 개의 그림자. 호기심 왕성한 괴물 소녀의 손에 이끌려 미코토는 춤을 춘다기보다는 휘둘리고 있었다. 날개 손을 단단히 붙들어버렸다.

노래를 하던 레이는 잠시 웃더니 갑자기 곡조를 바꾸었다. 우아한 선율에서, 왈츠와도 다른 밝고 활달한 음율로.

완전히 취한 '제노스'들도 나도나도 나서 미코토와 하피 소녀에게 모여들었다. 레드 캡과 라미아가 손을 맞잡고, 헬 하운드에 올라탄 알미라지가 주위를 뛰어다니고, 포모르와 트롤이 커다란 주먹으로 경쾌하게 지면을 두드렸다. 일부 몬스터에게 귀띔으로 무언가 부추김을 받은 비네는 "응!" 하고 웃더니 하루히메에게 달려갔다. 멀리 떨어진 곳에 있던 가고일 일행은 재미없다는 듯 그 광경을 바라본다.

노래와 울음소리, 웃음이 멈추질 않는다.

당황하는 하루히메가 비네에게 이끌려 미코토의 옆에서 빙글빙글 돈다.

지면에 이어진, 인간과 이형의 그림자가 한데 겹쳐지고 있었다.

"……평소에는 이런 야단법석을 피우지는 않아."

눈을 가늘게 뜨며 리드가 중얼거렸다. 입가에는 분명한 웃음을 맺고.

벨도, 릴리도, 벨프도, 꿈인지 환상인지 알 수 없는 광경에 한동안 말을 잃었지만 어느 사이엔가 웃고 있었다.

세이렌의 노래가, 신나고 유쾌한 목소리가 귓전을 쓰다

듣는다.

"리드 씨. 아까 말씀하셨던, 기대란 건······."

비네와 미코토를 지켜보던 벨은 천천히 조금 전의 말에 대해 물었다.

"응? 아······."

리저드맨 전사는 지금도 즐겁게 춤을 추는 동료들에게 시선을 보내며 대답했다.

"기대했다고. 어쩌면, 무언가가 바뀌지 않을까 하고······."

"인간과 몬스터의, 공존······?!"

우라노스의 발언에 헤스티아는 몇 번째인지 알 수 없는 경악을 보였다. 노신은 표정을 조금도 흐트러뜨리지 않고 여신의 시선을 받아들였다.

"자신이 무슨 말을 하는지 알고는 있는 거야, 우라노스······?!"

"물론이다."

인간과 몬스터의 공존 따위 불가능하다. 그렇게 단언하는 헤스티아에게 우라노스는 천천히 고개를 끄덕였다. 이미 알고 있다고.

몬스터는 인류의 적. 인류는 몬스터를 죽이고, 몬스터는 인류를 죽인다. 서로 압도적인 혐오와 기피감을 품은 인류와 '괴물'은 결코 양립할 수 없다.

하계 주민과 몬스터가 서로 죽고 죽이는 것은 운명이다.

'고대', 몬스터들이 '구멍'에서 넘쳐 나왔을 때부터 결정되었던 숙명이다.

그들에게는 끝없는 투쟁만이 규정되어 있다.

그 불변의 진리를 뒤엎으려 하는 신의——길드의 주인으로서 도저히 간과할 수 없는 발언에 헤스티아는 날카로운 표정을 띠었다.

"그러나 그들 '제노스'는 본능에 사로잡힌 채 덤벼드는 것이 아니라 인류와 대화하기를 원한다."

"!!"

"자신의 발톱과 이빨이 아닌, 언어와 이성으로 호소하고 있다. 지상에 나가고 싶다고. 아이들을…… 인간들을 알고 싶다고."

헤스티아의 뇌리에 비네의 얼굴이 스치고 지나갔다.

"이성이 있는 '제노스'는 일반적인 몬스터에게도 공격을 당하지. 소외와 배척이다. 그들이 있을 곳은 지상에도, 미궁에도 존재하지 않아."

"……."

"귀를 기울이지 않고, 몬스터니 없애야 한다는 선택을 내리기는 쉽다. 하지만 그들은 의지가 있고, 그것을 전할 능력이 있어. 우리의 아이들과 마찬가지로."

자신은 그들을 알아버렸다고, 우라노스는 살짝 눈을 내리깔았다.

"던전에 '기도'를 바치는 존재로서…… 그들의 통곡을

받아주지 않고 없앤다는 것은 이미 나에게는 불가능한 일이다."

착실하기도 해라—— 헤스티아는 억지로 너스레를 떨듯 그렇게 말해보려다, 결국 목소리를 쥐어짜내지 못했다.

자신도 비네를 알아버렸다.

과연 지금 자신은 그 용종 소녀를 저버릴 수 있을까?

벨과 권속들을 위해, 악역과 기만의 여신이 될 수 있을까?

헤스티아는 번민과 선택지의 소용돌이에 사로잡혀 한동안 침묵을 관철한 후, 고개를 들고 우라노스에게 다시 물었다.

"진심으로 아이들과 몬스터의 융화를 꾀할 생각이야?"

"신의는 정해졌다. 그러나 지극히 어려운 문제다. 실제로는 감당을 못 하고 있지."

헤스티아의 물음에 우라노스는 선선히 대답했다.

"아이들과의 공존을 목표로 삼는다면 우리는 그들, '괴물'의 존재의의를 진지하게 캐물어야만 한다."

——'괴물'은 존재의의를 증명해야만 한다.

'괴물'은 태어나면서부터 평범함에서 벗어난 특이한 용모라는 마이너스 낙인이 찍힌다.

위협적인 체구, 피를 상징하는 이빨과 발톱, 죽음을 부르는 불꽃, 야수성을 띤 목소리.

유린과 살육의 기호로 점철된 그들이 그러한 마이너스 낙인을 뒤집고 하계 주민들과 융화하려면 자신의 유용성을 드러낼 수밖에 없다. 지상의 빛을 받기에는 인류의 잠재적 혐오와 공포를 극복할 존재의의의 증명이 필수적이다.

인류가 구사하는 '테임'이라는 일종의 예속수단은 '괴물'의 존재를 주위에 인정받게 하려는 가시 목걸이이기도 하다. 하지만 그것조차 화합의 여정에는 미치지 못한다.

"……그러니까 그 존재의의의 증명인지 뭔지에, 벨과 다른 아이들이 '다리'가 되어줄 가능성을 봤다는 거야?"

"바로 그렇다."

이 정도쯤 되면 시원시원할 정도로 비밀을 털어놓는 노신에게 헤스티아도 힘없이 고개를 가로저을 수밖에 없었다.

우라노스가 하고 싶은 말은 이해했다. 비네를 아는 자신도 이루어질 수 있다면 자애를 베풀어주고 싶었다.

그러나 그 길의 양옆에는 벨과 권속들의 파멸이 항상 도사리고 있다.

우라노스 자신이 조금 전에 말한 소외와 배척이다. '괴물'을 도와줬다는 사실이 공공연히 드러났다간 권속들은 이곳 오라리오에서, 혹은 온 세상에서 있을 곳을 잃고 말 것이다. '제노스'와 마찬가지로.

도저히 천칭을 기울이는 짓은 하고 싶지 않았다.

그것이 단순한 도피라고 해도.

헤스티아는 그렇게 생각했다.

"……지금 들은 내용은 길드 전체의 뜻이야?"

"현재까지는 나의 독단이다."

그렇겠지. 몬스터와의 융화라니, 그런 것을 제창한 순간 하계에는 충격이 온다. '오라리오의 창설신'이라 숭배를 받는 우라노스라 해도 권력지반에 균열이 일어날 만한 충격이.

　"길드 상부, 로이만과 다른 자들은 이 사실을 모른다."

　미션의 지령서도 【헤스티아 파밀리아】에게 전하도록 지시했을 뿐이다. 아마도 로이만은 마침내 우라노스가 급성장을 거두는 리틀 루키를 주목해 힘을 시험하고자 미션을 내렸다고 지레짐작했으리라——

　우라노스는 그렇게 설명했다.

　"그럼 이 사실을 아는 건……."

　"신들 중에서는 나를 제외하면 이쪽의 의뢰를 수행 중인 헤르메스…… 그리고 가네샤뿐이다."

　"가, 가네샤아?!"

　생각지도 못한 신물의 이름에 헤스티아는 태도를 꾸미는 것도 잊고 놀랐다. 장난하는 거냐고 눈을 크게 떴다.

　하지만 그때, 어깨가 흠칫 떨렸다.

　"설마, '몬스터 필리아'는……."

　"그렇다. 몬스터에 대한 대중의 거부감을 조금이라도 완화시키고자 5년 전부터 개최시켰다."

　몬스터를 테임해 구경거리로 삼는 몬스터 필리아.

　개최의 발단은 길드였다. 신들의 유별난 취미로 시작된 이벤트가 아니었다. 이 축제의 역사는 사실 얼마 되지 않

아, 길드 측도 신회 때 별다른 설명은 듣지 못했다고 알고
있다.

　이해해버리고 말았다.

　다시 말해 우라노스가 직접 손을 쓴 것이다. 위험을 무
릅쓰면서까지 몬스터를 던전에서 끄집어내 쇼를 단행했던
것은.

　미목수려한 테이머가 '괴물'과 함께해 몬스터에 대한 위
협의식을 완화시키고, 조금이라도 존재를 가까이 느끼게
해 완충재의 역할을 다하도록.

　정말로 찾아올지 어떨지도 알 수 없는, '제노스'들이 햇
빛을 받을 그날에 대한 포석이었다.

　'괴물 축제'가 아닌, '괴물과의 우애'를 위한 몬스터 필리아.

　그야말로 필리아 축제를 통해 몬스터와의 우호를 강조
하는 의도가 있었던 것이다.

　어디까지나 포석일 뿐, 그 이상의 효과를 거두지는 못한
다는 것은 명백했다.

　"협조를 얻기 위해 가네샤에게는 모든 사실을 털어놓
았지."

　몬스터 필리아는 길드가 주최하지만 쇼를 포함해 주도
하는 것은 테이머를 다수 보유한【가네샤 파밀리아】다.

　쓸데없는 억측을 피하고 전면협조를 얻기 위해 주신 가
네샤에게도 속이지 않고 신의를 전달했을 것이다.

　'설마 가네샤라니…….'

오늘 들은 이야기 중에서 제일 놀라웠다고 헤스티아는 기묘한 가면을 쓴 호걸 남신을 떠올리며 목 아래로 흐르는 땀을 닦았다. 다음에 시간을 내 이야기를 한번 나눠볼까 하는 생각도 들었다.

"협력자는 그게 다야?"

헤스티아의 말에 우라노스는 아니라고 대답했다.

그는 자신의 발밑, 까마득히 아래에 펼쳐졌을 지하미궁을 내려다보며 말을 이었다.

"그리고 펠즈가 있지."

"이건 또…… 예상을 훨씬 웃도는 전개가 된 모양인걸."

노래하며 춤을 추는 시끌벅적한 연회장에 어이없음과 쓴웃음이 섞인 목소리가 들렸다.

룸 출입구에서 들려온 중성적인 목소리에 벨 일행은 일제히 돌아보았다.

그림자를 도려낸 것 같은 흑의에 무늬가 새겨진 칠흑색 장갑. 정체를 감춘 으스스한 수수께끼의 인물에 벨 일행은 경계하며 일어났지만, 리드는 싹싹하게 팔을 흔들었다.

"펠즈, 왔군!"

펠즈. 레이와 리드의 이야기에 몇 번 등장했던 이름이었다.

벨 일행이 슬쩍 눈을 크게 뜨고 있으려니, 흑의인물은 춤을 추는 비네와 다른 이들을 곁눈질하며 이쪽으로 다가왔다.

"들었던 것보다 빨리 왔잖아?"

"이래봬도 서둘러 온 거야. 그보다 리드, 대충 경위를 좀 설명해줘. 고백하자면 조금 많이 놀랐으니."

일어나서 맞아주는 리저드맨 전사에게 펠즈가 설명을 요구했다.

벨 일행도 따라서 일어나자, 사정을 파악한 흑의인물은 후후 웃음소리를 흘렸다.

"너희는 우리가 생각했던 것보다 상당히 거물인지도 모르겠어."

눈앞에서 벨 일행을 내려다보며 칭찬하는 것인지 놀리는 것인지 알 수 없는 말을 한다.

키는 벨프보다도 조금 작은 정도. 세 사람의 얼굴을 순서대로 바라보고, 말을 잇는다.

"우선, 이렇게 만나게 되어 반갑다고 인사를 해두지. 내 이름은 펠즈. 우라노스와 '제노스'의 연락책······ 메신저를 주로 맡고 있어. 잡무 담당이라고 해야 하려나."

"자, 잡무 담당, 이라고요?"

"흠, 그래······ 너희와 용종 소녀를 감시했던 사람이라고 하면 이해하기 쉬울까?"

"!"

벨과 릴리, 벨프가 놀랐다.

어둠에 잠긴 후드 안에서 웃음의 기척을 흘리며 펠즈는

장갑을 낀 손을 들었다.

"벨 크라넬, 릴리루카 아데, 벨프 크로조…… 그리고 야마토 미코토와 산죠노 하루히메. 지난 일주일 동안 너희의 행동을 지켜보았어."

그 말을 듣고 벨 일행은 이때 모든 것을 깨달았다.

이 흑의인물이야말로 길드의 '눈'이며, 오늘까지 자신들의 사정을 하나에서 열까지 다 파악하고 있었음을.

"당신은…… 당신도, 몬스터인가요?"

자신들과는 분위기가 어딘가 다른 기이한 상대에게 릴리가 곤혹스러워하며 물었다.

"아냐, 펠즈는 인간이지."

그 말에 리드가 대답하고, 펠즈 또한 후드를 위아래로 출렁거렸다.

"**인간이었다**, 고 말하는 편이 정확할지도."

벨이 그 말에 무어라 반응하기도 전에.

"너희에게는 보여주겠어."

흑의인물은 머리끝부터 뒤집어썼던 후드를 글러브로 잡더니, 벗어젖혔다.

"＿＿＿＿＿"

벨, 릴리, 벨프의 시간이 동시에 멎어버렸다.

그곳에는 있어야 할 **눈**이 없었다. 새까만 동공, 텅 빈 눈구멍만이 뚫려 있었다.

그곳에는 있어야 할 **가죽**이 없었다. 가지런한 치아가,

골격이 그대로 드러나 있었다.

　그곳에는 있어야 할 얼굴이, 존재하지 않았다.

　세 사람의 시야를 후려친 것은 **새하얀 해골**이었다.

　"해——해골?!"

　"이봐이봐이봐……?!"

　"'스파르토이'?!"

　세 사람이 나란히 절규한다.

　그야말로 눈앞에 존재하는 것은 백골이 되어버린 두개골이었다. 눈도 코도 귀도 머리카락도 존재하지 않았다. 그 끔찍한 죽음의 상징은 틀림없이 인간이 아닌 자의 증거였다.

　벨이 '심층'에 서식하는 해골 몬스터 '스파르토이'의 이름을 비명과 함께 외치자 눈앞의 해골, 펠즈는 완만한 동작으로 고개를 가로저었다.

　"애석하게도 몬스터는 아니야. 말했잖아, 인간이었다고."

　"이, 인간이었다니……!"

　"그게 대체, 무슨……?!"

　릴리와 벨이 뻐끔뻐끔 입을 몇 번이나 여닫았다. 벨프는 어금니를 꽉 악다물며 필사적으로 냉정해지려 했지만 얼굴에 떠오른 동요를 감출 수는 없었다. 머리는 물론 목의 가죽과 살, 성대 그 자체가 존재하지 않는데도 턱뼈 안에서 음성이 생겨난다는 데에는 공포마저 느꼈다.

　갈팡질팡하는 세 사람의 의문에 다시 한 번 곁에 있던

리드가 대답했다.

"펠즈는 '현자'야. 엄청난 메이거스(마술사)라고."

그 말에.

벨 일행은 찬물을 뒤집어쓴 것처럼 조용해졌다.

금세―― 릴리가 고함을 질렀다.

"'현자'?! '현자'라면, 바로 그 '현자'요?! 마법대국에서
'현자의 돌'―― **영원한 생명**을 생성하는 데 유일하게 성
공했다는 바로 그 '현자'?!"

"어, 으, 응…… 그 '현자' 맞지, 않을까……?"

얼굴을 새빨갛게 물들이며 다그치는 파룸 소녀에게 지
상의 상식에 둔한 리저드맨 전사는 압도당했다. 자신보다
도 훨씬 작은 데미휴먼의 박력에 몬스터가 겁을 먹는 광경
을 보며 눈을 크게 뜬 벨은 에이나가 언젠가 들려주었던
'현자'에 얽힌 이야기를 떠올렸다.

릴리의 말대로, 영원한 생명을 발현시키는 매직 아이템
'현자의 돌'을 생성한 사람.

'신비' 어빌리티를 유사 이래 가장 극한까지 발전시켰다
고 하는 최고위의 메이거스.

주신에게 '현자의 돌' 생성 보고를 하러 갔다가 눈앞에서
파괴당했다던…….

만약 그 말이 사실이라면, 그 일화 속의 영웅들과 어깨

를 나란히 할 만한 전설 속의 인물이다. 벨은 한껏 눈을 크게 떴다.

"정확하게는 '현자'라 불렸던 자의 말로야."

한층 동요에 박차를 가하는 벨 일행에게 해골 메이거스는 자조하듯 말을 이었다.

"후세…… 현대에 전해지다시피 그 '돌'을 가증스러운 주신에게 파괴당한 나는 망집에 사로잡혔어. 무한의 지식을 추구한 나머지 영원한 생명에 집착해 불사의 비법을 만들어내기는 했지만…… 이 몰골이야."

그것은 자신의 오점이라고, 신과의 사이에 있었던 사건을 들려주는 해골은 칠흑의 장갑으로 자신의 몸을 감춘 흑의를 위부터 아래까지 쓸어내렸다.

"비법의 반동으로 온몸의 살점과 가죽은 썩어 문드러지고, 이제는 몬스터보다도 추악한 존재가 됐지. 굶주림과 목마름을 느끼는 일도 불가능해. ……살아 있는 망령이야, 나는."

어쩌면 자신이 만들어낸 비법은 '저주'일지 모른다고,

전해지지 않은 역사의 이면, 현자의 말로를 들은 벨 일행은 숨을 멈추었다.

동시에 '신이란 참 너무한다'고, 한 권속의 인생을 망가뜨려놓은 초월존재에게 두려움을 품었다.

"지금은 '어리석은 이'── 펠즈라고, 스스로를 그렇게 부르고 있지."

펠즈. '현자'에서 추락해버린 우스꽝스럽고 어리석은 자.

이제는 표정으로 희로애락을 표현하지도 못하고 웃을 수도 없게 된 해골 메이거스는 자신의 이름을 그렇게 말했다.

"……그래서? 왜 그 '현자'의 말로가 이런 데 있는 거야?"

복잡한 표정으로, 그러나 주눅 드는 기색도 없이 묻는 벨프에게 호감을 가진 것처럼 펠즈는 어조를 조금 바꾸어 대답했다.

"뭐, 이런저런 사정이 있었거든. 오라리오에 흘러온 이런 나를 우라노스가 거둬줬어. 지금은 '세계의 중심'이기도 한 이곳에서 시대의 추세를 관측하고 있지."

후드를 다시 쓴 흑의인물은 지금의 처지에 만족하는 것처럼 말했다.

조금 전부터 굳어만 있던 벨은 '제노스'와 만난 후로는 더 이상 놀랄 일이 없으리라 생각하자마자 경악에 휩싸인 기분이었다.

"'현자'라니…… 아무리 하계에 대해 모르는 나라도 알 정도인데. 그럼 아까 그 아이가 네 오른팔이란 거야, 우라노스?"

"부정은 하지 않겠다. 협력관계인 '제노스'를 제외하면 펠즈가 유일하게 자유로이 움직일 수 있는 말…… 나의 사병이지."

헤스티아의 물음에 우라노스가 긍정했다.

【가네샤 파밀리아】를 비롯해 길드를 돕는 파벌을 부리는 한편, 펠즈라는 메이거스——'마법' 관련에 정통한 자를 가리키는 말——는 극비 임무와 지저분한 일을 한 몸에 맡아 암약한다는 것이다.

"'제노스'의 정체를 오늘까지 숨길 수 있었던 것도 그 아이 덕이겠네?"

"그렇다. 이미 수백 년 이상 함께해왔지."

우라노스의 신변 경호도 맡아, 길드 본부를 이동하는 모습을 직원들에게 목격당하기도 했던 흑의인물은 신출귀몰한 '유령'으로서 어느 시대에나 비슷한 명칭으로 소문이 돌았던 것이다.

"지성을 가진 몬스터…… 리드 일행과 내가 접촉한 것이 15년, 아니, 16년쯤 전이었던가."

아직까지 세이렌의 흥겨운 노래가 들리는 가운데 펠즈는 말을 이었다.

당시 우라노스와 깊은 연관이 있었던 【파밀리아】의 모험자들이 그들을 포획했다. 파벌 내에는 철저한 함구령이 내려져 리드 일행의 정보가 오라리오에 나도는 일은 막았다. 그 【파밀리아】는 소멸해 이제는 존재하지 않는다.

그리고 우라노스의 신의에 따라, 이후 펠즈가 사절로서 그들과 관계를 가지게 되었다. 지상 측과 접촉이 시작된 것이다.

"리드네의 이야기를 들은 우리는 그들을 '제노스'라 부르고, 같은 이름의 공동체가 만들어졌지."

"공동체요?"

"그래. 던전 내에서 태어난 '제노스'를 보호하는, 그들이 말하는 동포들에 의한 조직이야."

벨에게 펠즈가 대답하고, 리드가 그 말을 받았다.

"이런 미개척 영역에 눌러앉아 있다가 이동하는 거야. 새 동포가 없는지 찾으면서."

활동의 중심은 대체로 하층 영역이 중심이라고 말하자, 무언가를 생각하던 릴리가 의문을 제기했다.

"……계속 마음에 걸렸는데요, 이 룸에서는 몬스터가 태어나지 않나요?"

"오. 그걸 알아차렸군, 릴리찡."

"리, 릴리찡……."

애매하게 마음을 터버린 자신에게 릴리가 복잡한 심정을 느끼는 동안, 리드는 진녹색 석영이 돋아난 룸을 둘러보았다.

"이런 장소…… 너희는 세이프티 포인트라고 부르는 곳이 이 밖에도 몇 군데 더 있어."

"네에?!"

"물론 모험자들에게도 들키지 않았지. 우린 '비밀 마을'이라고 불러."

경악하는 벨과 벨프를 내버려 둔 채 리드는 설명을 이었다.

자신들밖에 모르는 '미개척 영역'——'제노스의 비밀 마을'을 구사해 거점으로 삼으면서 중층 영역에서 심층 영역까지 이동해 동포들을 찾고 있다고.

그야말로 몬스터들의 공동체, '여단(旅團)'이다.

"지금 있는 '제노스'가 마흔 정도…… 언제나 늘어나고 줄어들고 하지만 그중에서도 리드와 레이, 그로스는 '제노스'가 처음 생겼을 때부터 있었던 멤버야."

"이제는 오랜 사이지."

세이렌과 가고일을 흘끔 보는 펠즈에게 리저드맨이 웃음을 건네며 대꾸했다.

"……그렇다면, 역시 네가 두목이야?"

벨프 또한 릴리와 마찬가지로 궁금했던 점을 이제 와서 물었다.

"그래. 고참인 그린 드래곤 그류는 몸집이 저렇다 보니 마음대로 움직일 수 없어서 내가 모두를 이끄는 형태가 됐어."

"그럼 제일 강한 건……"

"당연히 이 몸이지!!"

브레스트 플레이트를 장착한 가슴을 리드가 자랑스럽게 폈다.

그와 교전했던 벨도 분명 그럴 거라고 생각했다. 사정을 봐주고 있었던 것 같으니 자세히는 알 수 없지만, 이 리저드맨 전사에게서는 【이슈타르 파밀리아】의 제1급 모험자 프뤼네와 같거나 혹은 그 이상의 잠재능력과 존재감을 엿볼 수 있었다.

"……라고 말하고 싶다만."

——하지만 리드는 이내 도마뱀 머리를 숙이며 과장되게 어깨를 축 늘어뜨렸다.

"새로 막 동료가 된 신입한테 눈 깜짝할 사이에 추월당했지 뭐야……."

"그, 그래……?"

벨프는 낙심한 몬스터라는 존재를 어떻게 대해야 좋을지 몰라 갈팡질팡하고, 벨은 그저 놀라버렸다. 자기도 모르게 질문을 거듭했다.

"어— 그러면, 그 신입이란 분은 어떤 분이세요?"

"지금 여기엔 없어. 좀 유별난 놈이라 '심층'에 혼자 무사 수행을 갔거든."

"시, '심층'……. 괘, 괜찮은 건가요?"

"걱정할 필요 없을걸, 그 녀석이라면."

아주 피곤하다는 양 리드는 쓴웃음을 지었다.

그리고 시간이 지나.

노래에 지치고 춤에 지쳐, 겨우 몬스터들과 미코토, 하루히메, 비네가 땅바닥에 주저앉았을 무렵.

"……펠즈 님."

무언가를 생각하며 입을 다물고만 있던 릴리가 펠즈를 올려다보았다.

"왜 그러지, 릴리루카 아데?"

"세이렌 레이…… 님은, 자신들의 관계를 '기브 앤드 테이크'라고 하셨어요."

"응, 그 말이 맞아."

"펠즈 님과 우라노스 님이 지원하시는 한편, '제노스'분들은 동포를 찾으면서 수족이 되어 일한다…… 정말 그게 전부인가요?"

밤색 시선을 받아 새까만 메이거스는 후드 안의 어둠 속에서 침묵을 띠었다.

"여러분의 입장과 관계는, 아무리 봐도 서로 대등한 것 같지가 않아요. 무엇보다 제노스분들의 언동에는 절실한 뭔가가 있는 것처럼…… 그렇게 느껴졌어요."

'비밀 마을'이라는 거점과 '심층'에 단독으로 갈 정도의 인원까지 보유한 전력. '제노스'라는 괴물들의 여단은 어쩌면 펠즈와 우라노스의 지원이 없어도 충분히 살아갈 수 있는 것이 아닐까?

도시와 미궁의 관리자로서 인류의 혼란을 초래하지 않도록 감시의 눈은 분명 필요할 테지만, 그것도 길드의 일방적인 사정일 뿐, 이곳에서 들은 관계성만으로는 불공평하게 느껴진다고,

그 이상으로 '제노스'에게는 비원 같은 것이 있지 않느냐고,

릴리는 그렇게 지적했다.

"자선적인 행위라고 말씀하시면 그뿐……이겠지만요."

떨리는 시선으로, 한동안 망설인 후, 릴리는 핵심에 다가섰다.

"그들에게는 여러분의 도움이 필요할 만한, 무언가 큰 소망이 있는 것 아닌가요?"

이 '비밀마을'에 찾아온 후로 줄곧 느꼈던 의구심을 토로했다.

벨과 벨프는 입을 다물고 그저 귀를 기울였다.

리드는 조용한 표정을 지었다.

가만히 선 그들의 바깥쪽에서 비네와 다른 이들의 웃음소리가 들려왔다.

그때.

"──지상 진출."

일행에게 딱 부러지는 목소리가 들려왔다.

"레이 씨⋯⋯!"

"그게, 우리의 바람이에요."

자신의 몸을 끌어안듯 두 날개팔을 감은 세이렌 레이가 조용히 다가왔다.

비장한 느낌마저 드는 푸른 눈동자와, 무엇보다도 지금 막 선언한 말에 벨은 릴리, 벨프와 함께 눈을 크게 떴다.

"⋯⋯꿈을 꾸곤 해."

문득 리드가 중얼거렸다.

"새빨간 빛이, 커다란 바위덩어리 너머로 가라앉는 꿈⋯⋯. 여기에는 없는 하늘이, 새빨갛게, 눈물이 날 정도로 새빨갛게 계속 물들어가는 아름다운 시간…….”

“그건…… 저녁놀, 인가요?”

리저드맨 전사는 어둠에 닫힌 던전의 천장을 우러러보며 먼 곳을 보는 눈빛을 지었다.

확실히 뇌리에 떠오르는 정경을 벨이 그대로 말로 바꾸자, 리드는 그럴지도 모른다고 고개를 끄덕였다.

“하지만 꿈이라니…… 리드 씨는, 지상에 나가본 적이 있나요?”

“한 번도 없어. 그러니까 난 어쩌면 **전에 살았을 때**는 이 어두운 나락을 뛰쳐나가 지상에 있었는지도 모르지.”

그 말에 벨 일행의 움직임이 우뚝 멈추었다.

“전에, 살았을, 때라뇨……?”

“이봐, 설마…….”

릴리와 벨프의 경악한 중얼거림에 이어, 벨이 떨리는 목소리로 말했다.

“전생……?”

리드와 레이는 아무 대답도 하지 않고 시선을 앞으로 돌렸다.

“말야, 벨찡. 비네 녀석, 말을 참 잘하지.”

“어…… 아, 네.”

갑자기 바뀐 화제에 벨은 간신히 고개를 끄덕였다.

리드의 눈은 하루히메와 미코토, 하피 소녀나 알미라지와 대화를 나누고 웃는 용종 소녀에게 향하고 있었다.

"여기에는 인간 말을 하는 놈도 있고 못하는 놈도 있어. 말이 유창한 놈도 있고 서툰 놈도 있고. 이상하지?"

개체차이라고 하면 그뿐이겠지만── 그렇게 덧붙인 리드는 눈을 가늘게 떴다.

"그래도 말이지, 말을 하는 놈들은 정말로 금방 할 수 있게 돼. 그야말로 마치 **이미 알았던 걸 떠올리는** 것처럼."

"!"

"그 녀석들은 **전에** 사람들을 자알 봤던 거 아닐까……부러워하기도 하고, 동경하기도 하고."

──사람들이, 벨처럼…… 나한테서, 누군가를 지켜줘.

──그 사람들 보고, 몸이 추워졌어.

──그 사람들이 굉장히 예쁘게 보여.

며칠 전, 좁은 침대에서 소녀가 속삭였던 꿈의 내용을 벨은 선명히 떠올렸다.

그와 동시에 설마 하는 마음을 강하게 다졌다.

비네는, 몬스터들은, 정말로──

"──'**강렬한 동경**'."

그때 펠즈가 말했다.

"그들 제노스가 가슴에 품은 마음은 제각각이야. 하지만 공통된 점이 있지. 그건 인류, 혹은 지상에 대한 '강렬한 동경'이야."

지상, 나아가서는 태양과 하늘 아래에 군림하는 인류에 대한 선망과 동경을 '제노스'는 꿈을 통해 **기억하고 있다.**

강렬한 살의와 적의가 뒤섞인 가운데에 본, 눈부신 동경.

 필사적으로 서로를 돕는 휴먼, 만신창이가 되면서도 앞을 가로막는 용맹한 드워프, 죽을 때에도 마지막까지 당당하던 엘프. 혹은 정을 베풀어 목숨을 건졌던 자신들. 혹은 저녁놀이나 푸른 하늘을 비롯한 아름다운 지상의 정경.

 '제노스'들은 온갖 '꿈'을, '전생'을 기억한다.

 그리고 존재 이유에 가까운 강렬한 선망을 품고 있다.

 "난 그 저녁놀이 보이는 세계에서 다시 한 번 살고 싶어."

 "저는 빛의 세계에서 날개를 치고, 아무도 안을 수 없는 이 날개 대신…… 사랑하는 사람에게 안기고 싶습니다."

 햇빛을 받으며, 인간과 손을 맞잡는 것. 그것이 그들의 바람. 그들의 동경.

 모색하는 것이다. 우라노스와 '제노스'는.

 인간이라면 누구나 이룰 수 있는 시시한 바람을 성취시키기 위해.

 모든 것을 깨달은 벨 일행은 그저 가만히 서 있었다.

 그리고 그것이 얼마나 어려우며 험한 길인지를 이해하고, 입을 다물었다.

 아연실색하는 그런 세 사람에게, 리드와 레이는 쓴웃음을 지었다.

 "알아. 우리는 양지로는 나갈 수 없는 존재야. 어중간해서 인간에게도 몬스터에게도 미움을 받거든. ……하지만 꿈만은 꾸고 싶어."

꿈을 좇는 것만은 용서해달라고, 리드는 다시 미궁을 올려다보며 말했다.

"이 '비밀 마을'도 어쩌면 엄마가 우리 같은 어중간한 아이들을 위해 마련해준 게 아닐까…… 그렇게 생각이 들 때가 있거든."

"어, 엄마……?"

"엄마지, 엄마. 우리를 낳은."

"그러니까, 던전 말입니다."

레이의 말에 벨 일행은 놀랐다.

"마더가 우리를 어떻게 보고 있는지는…… 아직 모르지요. 우리는 동족에게 공격받고 생명의 위협을 받아요. 하지만 동시에 존재하도록 허락을 받기도 했다고, 그렇게 생각될 때가 있어요."

리드와 레이는 자신들의 존재 이유를 말없는 던전에 묻고 있었다.

그러면서 자신들의 바람을 버리지 못했다.

"그러니까 말야…… 오늘 너희와 만나서 기뻤어."

레이와 함께 미궁에 보내던 시선을 리드는 벨에게 되돌렸다.

그때 비네와 미코토, 하루히메도 이쪽으로 돌아왔다.

신이 나서 자신의 이름을 부르는 비네의 목소리에 한번 돌아본 벨은 다시 리드를 쳐다보았다.

"협조해달라거나, 어떻게 해달라거나 그런 건 아니야.

그냥 우리를 받아들여주는 인간이 있다고…… 그게 엄청나게 기뻤어."

멍청히 선 릴리와 벨프를.

벨을.

새까만 로브를 입은 메이거스가 지켜보고, 세이렌이 미소를 지어준다.

마지막으로 리저드맨은 멋쩍은 듯 코를 문질렀다.

"너희를 만나서 정말 다행이야."

"──우라노스, 마지막으로 하나만 물어볼게."

횃불에 드러난 제단 안에서.

헤스티아의 목소리가 울려 퍼졌다.

"던전에서 무슨 일이 일어나는 거야?"

"……."

"그 '제노스'가…… 비네 군이나 다른 몬스터들이 태어나는 이유를 알아?"

몬스터의 돌연변이, '아종', 이상사태. 그렇게 단언해버리면 그뿐이다.

다만 신들조차 당혹스러워하는 '제노스'라는 이질적인 존재에게는 무언가 비밀이 있는 것 아니냐고, 헤스티아는 물었다.

긴 침묵이 이어진 후.

우라노스는 천천히 입을 열었다.

"몬스터는, 죽은 후 어떻게 되는지 아나, 헤스티아?"

"……?"

되돌아온 질문에 헤스티아는 의아한 표정을 지었다.

그녀의 대답을 기다리지 않고 노신은 말을 이었다.

"아이들의 영혼은 천계로 돌아가 신들의 손에 여러 가지 처우를 받은 후, 대부분은 다시 이곳 하계에서 태어나지. ……그러면 몬스터의 영혼은? 아니, 몬스터에게도 영혼이 있다면, 우리의 자식이 아닌 그들은…… 대체 어디로 갈 것 같나?"

술렁.

헤스티아는 자신의 가슴이 떨리는 것을 뚜렷이 느꼈다.

"설마……."

"이건 나의 억측이다. 그러나 확신이기도 하지."

이어서 우라노스는 말했다.

"죽은 후, 몬스터의 영혼은 어머니인 던전으로 돌아가…… 다시 던전 안에서 형태를 바꾸어 태어난다."

윤회전생── '영혼'의 순환이 던전 안에서도 일어난다고, 부동의 노신은 푸른 눈을 가늘게 뜨며 단언했다.

"몬스터에게, '영혼'……?"

"그렇지. 수천 년의 세월 동안 수없이 환생하며, 몬스터 들에게도 변화가 찾아오고 있다."

명확한 자아와, 지성의 발생.

'고대'로부터 이어지는, 정신이 아득해질 만한 세월을 거쳐 몬스터에게 '변화'를 체현한 개체가 나타나기 시작했다. 거듭되는 환생 속에서 쌓이고 쌓인 강한 미련과 강한 선망이 영혼에 축적되어서.

아연실색한 헤스티아의 목소리가 바닥에 툭 떨어졌다.

"그런 건, 믿을 수 없어…… 뭐가, 원인인 거야."

"몬스터들의 강한 동경, 선망일지…… 혹은."

던전의 의지일지.

우라노스의 중얼거림은 어스름한 제단 안으로 사라졌다.

'제노스의 비밀 마을'에서는 연회가 끝나려 했다.

그와 함께 벨 일행의 귀환 준비가 시작되었다. 리드 일행도 다른 마을로 이동한다고 했다.

미코토와 하루히메는 조금은 마음을 터놓게 된 몬스터들의 아쉬워하는 목소리에 난처한 웃음을 지으면서, 춤을 추었던 상대와 하나씩 악수를 나누었다.

마석등이 하나씩 꺼져가고, 광대한 룸에는 석영의 빛만이 남았다.

"……"

담담한 녹색 빛과 어스름에 휩싸여 벨은 미코토, 하루히메와 말을 나누는 '제노스'들의 얼굴을 순서대로 바라보고 있었다.

의식을 할애할 여유는 없었지만 반인반수 계열 몬스터는 미모라고 해도 좋을 정도로 모두 용모가 빼어났다. 리드의 말대로 화법과 말투, 사용하는 단어에는 각각 차이가 있었다. 몸집도 전혀 다르다. 저마다 개성이 있다. 저마다 살아 있다.

그들에게도 동경하는 것이 있음을 알았다. 선망이 있음을 들었다.

그리고 동경을 품은 그들은 한때 피도 눈물도 없는 흉악한 몬스터임을 알고 말았다.

그 싹싹한 리드조차도, 아름다운 레이라 해도.

──자신은 앞으로, 이제까지 했듯, 몬스터에게 칼을 들이댈 수 있을까.

마음속에 오가는 마음, 그리고 의식 한구석으로 미뤄놓았던 망설임이 재발했다.

자신의 손바닥을 내려다보며 벨은 귓가에서 번민이 소용돌이치는 소리를 듣고 있었다.

"……벨찡!"

그런 벨을 바라보던 리드가 한 손을 들며 다가왔다.

굵은 꼬리를 질질 끄는 리저드맨 전사는 얼굴을 든 소년에게 가슴 방어구 안에서 무언가를 꺼냈다.

"이거 뭔지 알아?"

"'마석'……이잖아요?"

손톱으로 끄집어낸 자청색 결정을 두고 리드는 고개를

끄덕였다.

다음 순간, 그것을 입에 널름 털어넣었다.

"!"

"우리가…… 몬스터가 '마석'을 먹으면, 어떻게 되는지 알아?"

으적, 으적. 일부러 큰 소리를 내며 씹는 리드에게 벨은 아연실색했다.

보여주려는 듯 꿀꺽 삼키는 리저드맨 앞에서 에이나에게 들었던 지식이 입 밖으로 새어 나왔다.

"'강화종'……."

그것은 【엑세리아】를 모아 【스테이터스】를 갱신하는 인류와 상반되는 몬스터의 법칙.

다른 몬스터의 '핵'을 먹어 괴물은 힘을 높인다—— 그야말로 괴물이라는 이름에 어울리는 약육강식의 섭리다. 하염없이 몬스터의 '마석'을 먹어치워 힘을 과도하게 높인 개체는 길드가 발령하는 미션의 대상이 되기도 한다.

눈앞에서 벌어진 '마석' 섭취에 벨은 말을 잃어버렸다.

"우리는 동포 이외의 몬스터를 죽여. 그리고 뽑아낸 '마석'을 먹고."

"!!"

"알고 있지? 다른 몬스터는 우리를 가차 없이 공격한다는 걸. 우리도 잠자코 죽을 수는 없잖아. 살기 위해 죽이고, 살기 위해 동족을 먹어."

단련된 검기, 제1급 모험자 수준의 잠재능력. 전투를 통해 느꼈던 리저드맨의 실력을 돌아본 벨은 그의 말이 거짓이 아님을 이해해버렸다.

그들은 이 던전에서 매일 '동족상잔'을 하고 있었던 것이다.

그저 단순히, 살아가기 위해.

창백해진 벨에게 리드는 타이르듯 말했다.

"그러니까 주저하지 마. 우리에게 괜히 신경을 쓰느라 망설이지 마. 동족들은 무서워. 망설였다간 당해버린다고. 벨찡이 죽는다고."

"리드, 씨……."

"설령 그놈들이 말을 한다고 해도, 덤벼들 것 같으면 죽여줘."

이 괴물의 소굴은 항상 죽은 자와 사체의 재로 넘쳐나고 있다고, 행간으로 그렇게 말하며 자신의 목숨을 무엇보다 소중히 여겨달라고 리저드맨 전사는 어조에 힘을 주었다.

"절대 죽지 마. 또 만나고 싶으니까."

자신들은 수많은 몬스터를 죽이고 있다고. 그리고 앞으로도 죽일 것이라고.

그러니 너도 망설이지 말라고. 다시 만나기 위해.

그의 설득에 벨의 눈이 흔들렸다.

"벨찡."

"……?"

"악수."

갑자기 눈을 가늘게 뜬 리드는 오른손을 척 내밀었다.

뻣뻣하게 굳어 있었던 벨은, 리드의 얼굴과 손을 번갈아 보고…… 간신히, 웃을 수 있었다.

처음 만났을 때와 다를 바 없는 그 말과 눈앞에 있는 이빨을 드러낸 웃음 덕에.

눈앞에 내민 손을 잡는다.

거칠거칠한 도마뱀 손이 자신의 손을 힘차게 쥔다.

"……결국 왜 릴리네를 왜 저분들하고 만나게 했던 건가요?"

파우치를 몸에 걸치면서, 지금도 악수를 나누는 벨과 리드를 쳐다보는 릴리는 곁에 있던 흑의의 메이거스에게 물었다.

시선도 돌리지 않은 채, 질문을 받은 펠즈는 후드 안에서 대답했다.

"그들을 알았으면 했어. 그게 다야. ……아직은."

의미심장한 발언을 하는 펠즈를 올려다보며 릴리는 밤색 눈을 째릿 날카롭게 떴다.

귀찮은 일도 성가신 일도 사양하고 싶다, 끌어들이지 마라. 그런 의미를 담아 노려보았다.

온통 시커먼 옷을 입은 인물은 어딘가 애교 있는 몸짓으로 어깨를 으쓱했다.

"너도 알겠지만 여기서 본 것들은 부디 비밀로 해줘."

"말해봤자 믿어줄 사람이 어디 있겠어요!"

버럭버럭 화를 내며 릴리는 룸 중앙 부근에 모인 벨프와 미코토, 하루히메에게 향했다.

벨도 리드와 함께, 인간과 괴물로 나뉜 석영기둥 밑으로 향했다.

"벨, 집에 가자!"

완전히 '제노스' 멤버들과 친해져 대화를 나누던 비네가 벨을 발견했다. 돌아서서 웃음을 활짝 피우며 손을 잡으려 했다.

벨도 쓴웃음을 지으며 잡아주려 했다.

하지만 리드가 저지했다.

"넌 이쪽이야, 비네."

"어?!"

청백색 팔을 홱 붙들려 '제노스' 쪽으로 끌려갔다. 아연 실색하던 비네는 창졸간에 손을 뿌리치려 했다.

"리드! 싫어, 이거 놔!"

"안 돼. 넌 여기 남는 거야."

"싫어! 벨이랑 같이 있을래!"

자신의 가녀린 팔로는 뿌리칠 수 없는 리저드맨의 구속에 마침내 호박색 눈에 눈물이 맺히기 시작했다.

아연실색한 벨의 시선 너머에서 리드는 동포 소녀 앞에 무릎을 꿇었다.

"네가 함께 있으면 벨찡과 릴리찡이 울게 돼."

"!"

"지상에서 혼쭐이 났지? 다음에는 벨찡과 다른 사람들이 그런 일을 겪을지도 몰라."

욕설과 함께 날아들었던 수많은 싸늘한 돌. 온몸에 날아들던 악의의 칼날.

당시의 기억을 떠올리는지 비네의 가녀린 어깨가 떨렸다.

"……우린, 아직 지상에서는 살 수 없어요. 하지만 이곳에 당신을 괴롭히는 자는 없습니다. 이곳에서라면 우리와 살 수 있어요."

세이렌이 다가서며 속삭이자 괴물을 상징하는 용의 한쪽 날개가 떨렸다.

부이브르 소녀는 넘쳐흐를 것 같은 감정에 휩쓸리듯 주위의 괴물들을 둘러보았다.

벨은 그저 가만히 서 있었다.

"비네 님……."

울음을 꾹 참고 있는 하루히메의 목소리를 등 너머로 들으며, 느닷없이 찾아온 이별의 순간에 동요를 감추지 못했다.

아니 — 알아차리지 못한 척했을 뿐이었다.

이곳에서, 리드 일행과 만나서, 동료를 생각하는 비네의 동포들이 있음을 알고, 금방 그 가능성에서 눈을 돌려버렸다. 눈앞의 사태를 이해하는 것을 최대한 피하면서 현실에서 도망쳤다.

이곳에는 비네가 있을 곳이 있다고.

작별은 필연이라고.

"그들을—— '제노스'를 무차별 포획하는 헌터들이 있어."

"!"

중얼거리듯 속삭이는 펠즈의 말에 벨과 동료들은 경악했다.

"인간의 말을 다루는 몬스터인 데다, 인간형에 한해 말하자면 외모도 아름답지. 진귀하면 자극도 되고. 저들을 괴롭히고 도시에서 밀수출해, 호사가 놈들에게 팔아치우고 있다고 해."

흑의의 메이거스는 혐오를 내뱉듯 말을 이었다.

"'무장을 갖춘 몬스터'처럼 '제노스'에 관한 정보를 일부러 흘리고 있는데도, 좀처럼 꼬리를 드러내질 않아. 몬스터들을 사로잡아놓은 적의 아지트가 있을 텐데……."

펠즈는 후드 안에서 벨을 흘끔 보았다.

비네와 있으면 그녀와 함께 파멸을 맞을 수도 있다.

뇌리에 이켈로스의 웃음이 떠오른 벨은 완전히 도주로를 차단당한 채 소녀와 마주 보아야 했다.

"베엘……."

리저드맨과 세이렌에게 어깨를 붙들려, 울면서 비네는 매달리듯 이름을 불렀다.

릴리와 벨프, 미코토와 하루히메가 걱정스레 지켜보는 가운데 벨은 깨닫고 말았다.

──이 아이를 혼자 둘 수는 없어. 죽게 할 수는 없어.

지금도 마음에 새겨진 그 맹세는 꼭 자신이 지키지 않더라도 성립되고 만다는 것을.

"벨, 난……."

그녀의 뒤에는 지성을 가진 수많은 몬스터들이.

자신의 뒤에는 오늘날까지 고락을 함께한 가족이.

앞과 뒤. 소중한 자들의 틈새에서 벨은 그저 가만히 서 있었다.

이 아이의 행복.

그리고 【파밀리아】의, 모두의, 주신님의──

"……그럼 또 보자, 벨찡. 먼저 갈게."

리드는 그렇게 말하고 벨 일행에게 등을 돌렸다.

말릴 수도, 발을 앞으로 내디딜 수도 없었다.

룸 안쪽, 어둠 속으로 몬스터들이 사라져가는 가운데, 이끌려 가던 비네가 이쪽을 돌아보았다.

눈물이 넘쳐나는 호박색 눈에 벨은 손을 꼭 쥐고 울 것 같은 표정으로 외쳤다.

"만날 수 있어── 다시 만날 수 있어!"

헛된 위로와도 같은 말로, 이루어질지 알 수도 없는 약속을 남겼다.

오열하는 비네의 입술이 무언가를 전하려는 듯 떨리고, 마지막까지 말을 이루지 못했다.

이윽고 '제노스' 일행은 어둠 속으로 사라졌다.

"······."

입을 다문 동료들이 지켜보는 가운데.

벨은 소녀와 몬스터들이 사라져간 후로도 그 자리에 계속 서 있었다.

🔥

아침 안개가 자욱했다.

간밤에 비라도 내렸는지 포석은 물에 젖었으며, 활엽수 잎이 눈물을 흘리듯 물방울을 드리웠다. 또 한 방울이 떨어지고 지면에 튕겨 사라졌다.

해는 뜨지 않았다. 동녘이 살짝 희뿌옇다.

잠이 든 도시는 정적에 휩싸여 있었다.

이른 아침의 '바벨'.

벨 일행이 미션에서 귀환한 것은 출발하고 하루가 지난 아침이었다.

함께 행동했던 펠즈는 어느 사이엔가 모습을 감추었고, 파벌의 전 멤버인 다섯이 바벨 문을 나섰다.

아직 해가 뜨지 않은 탑의 문 앞에서는 헤스티아가 홀로 벨 일행을 기다리고 있었다.

배웅을 나왔을 때와 마찬가지로.

그녀는 한 사람이 줄어든 파티를 보고 눈썹을 늘어뜨리더니,

"어서들 오거라."

서글픈 미소로 맞이했다.

"주신님……."

"……왜 그러느냐, 벨?"

아무도 없는 센트럴 파크에서, 벨은 입을 열었다.

"던전이란…… 대체 뭐죠?"

마주 선 여신을 바라보며 묻는다.

벨프와 동료들이 지켜보는 가운데, 헤스티아는 눈을 내리깔았다.

"던전은, 던전이지……."

하계 사람들에게 되풀이해 전했던 신들의 지극히 당연한 말.

여신은 이제까지처럼 아무 말도 해주지 않았다.

그 말을 앞에 두고 벨은 그저 가만히 서 있었다.

어찌 할 수 도리가 없는 것처럼 고개를 푹 숙인 채.

시벽 너머에서 아침놀이 시작되고, 청백색으로 물들었던 하늘을 몰아내주었다.

막간

그칠 줄 모르는

악

의

"빌어처먹을!!"

꽈앙! 우리를 발로 걷어차는 큰 소리가 울려 퍼졌다.

팔다리를 구속한 사슬 소리와 함께 터져 나오던 찢어지는 울음소리가 뚝 그쳤다.

아파. 꺼내줘. 여기서. 인간의 말이 섞였던 비명은 노성의 주인에게 겁을 먹은 것처럼 끊어졌다.

거친 사내의 숨소리가 석조 홀에 울려 퍼졌다.

"시끄러워, 그란. 괴물들 먹이로 줘버린다."

"으…… 미, 미안해, 딕스. 그치만 말야, 조금만 더 있었으면 괴물들의 '둥지'를 알아냈을지도 모르는데……!!"

그란이라 불린 휴먼 거한이 두 주먹을 부르쥐며 으르렁거렸다.

검은색 우리 위에 앉은 고글 사내, 딕스는 붉은 창의 자루로 툭툭 어깨를 두드렸다.

"【헤스티아 파밀리아】와 부이브르 괴물을 미행했던 것까지는 좋았는데 말야."

주위에 모인 수인과 휴먼, 아마조네스를 중심으로 한 무법자들을 둘러보며 여봐란 듯이 한숨을 쉰다.

시내에서 소란을 일으켰던 유익 몬스터가 그들이 쫓던 부이브르이고, 이켈로스가 내막을 떠봤던 【헤스티아 파밀리아】가 숨겨놓았음을 확신한 그들은 벨 일행의 홈 부근에 잠복해 동향을 살피고 있었다.

그리고 심야가 되어 변장시킨 부이브르를 데리고 나온

그들을 보고 딕스 일당은 물론 뒤를 밟았다. 당장 붙들고 싶었지만 그들이 걸친 장비로 보건대 행선지가 던전임을 알고 추이를 살피기로 했다. 부이브르 소녀를 던전으로 돌려보내려는——그녀에게서 말하는 몬스터들의 '둥지'를 알아내 데리고 가주려는 것이 아닌가, 그렇게 예측했기 때문이다.

실제로 그들의 예측은 반쯤 맞았다. 입맛을 다신 그들은 '둥지'의 위치가 드러날 때까지 벨 일행을 던전 안에서도 추적했다.

하지만.

"아주 제법이야, 【헤르메스 파밀리아】놈들. 설마 이중미행을 할 줄이야."

자신들을 따라오던 다른 파벌 때문에 그들의 의도는 저지당했다. 마치 벨 일행을 낚싯바늘로 삼은 것처럼 다른 세력의 모험자들이 뒤에서 딕스 일당을 미행했던 것이다.

매직 아이템을 구사해 미행하는 【헤르메스 파밀리아】를 알아차린 것은 완전히 우연이었다. 후각이 예민한 버그베어의 움직임——마치 **투명인간**을 감지하는 듯한——을 보고 위화감을 품은 딕스가 단원들에게 추적 중지를 명령해 즉각 도망쳤던 것이다.

모습을 드러낸 적 모험자들로부터 '거목미궁' 안을 뿔뿔이 흩어져 도망친 후 지금에 이르렀다.

벨이 미션 출발 직전 '바벨' 문 앞에서 느꼈던 여러 시선의 정체.

한쪽은 딕스 일당【이켈로스 파밀리아】의 단원들이었고, 또 한쪽은【헤르메스 파밀리아】의 것이었다.

"빌어먹을. 그놈의 주신은 도움이 좀 되나 싶었더니 착실하게 발목을 잡아당기고 앉았어."

자신의 주신에게 딕스는 투덜거렸다.

'헤르메스 놈들한테 들켰지 뭐야'라고 헤실헤실 웃으며 보고하던 이켈로스는 이곳에는 없다. 아마도 이 삼파전이 어떻게 될지——자기【파밀리아】를 둘러싸고 재미난 일이 일어나지는 않을지, 구경꾼 근성으로 어디선가 지켜보고 있을 것이다. 이미 자신들은 신을 즐겁게 만들기 위한 게임판 위의 말 중 하나일 뿐이다.

비슷한 일을 몇 번이나 경험해 주신의 기호를 잘 아는 딕스는 "그 빌어먹을 신놈……"이라며 입술을 틀어 올렸다.

"우리를 냄새 맡고 돌아다녔던 건【헤르메스 파밀리아】였단 말이지……. 아니, 밀수가 들켰다면 길드도 한패일까? 쯧, 귀찮게시리."

우라노스가 내린 극비 미션.

비네를 '비밀 마을'로 데려간 벨 일행에게는 '제노스'를 포획하는 딕스 일당의 '헌터'들을 낚을 '미끼'의 역할도 있었던 것이다.

이것이 미션의 전모였다.

"뭐, 그놈들은 우리가 애송이들을 미행한 시점에서는 덤벼들지 않았어……. 전력은 우리가 위였다는 뜻이야. 아마이 아지트의 위치를 알아내려고 했던 거겠지."

자신들이 아지트로 돌아가는 현장을 확보하고 싶었을 거라고, 상대의 의중을 파악한 딕스는 비웃음을 흘렸다.

"어, 어떡하지, 딕스? 이대로 가다간……."

"어쩌고 자시고, 이렇게 재미난 일을 그만둘 수 있겠냐. 너희도 충분히 즐기고 있잖아."

우리 안에서 드리워진, 인간처럼 생긴 이형의 그림자를 노려보며 딕스는 목을 끅끅 울렸다.

그 냉혹한 웃음소리에 우리에 갇혀 있던 존재 대부분이 떨었다.

"길드가 관여했다면 말하는 괴물의 존재를 공공연하게 만들고 싶진 않을걸. 움직일 수 있는 말은 한정될 거야……사냥은 속행한다."

딕스는 자리에서 일어나 걸어가며 손 안의 창을 만지작거렸다.

"'둥지'가 있는 계층은 대충 알았어. 오랜만에 그걸 써볼까."

가로로 죽 늘어선 검은색 우리 앞을 열 걸음 정도 걷다가, 숨을 죽이고 조용해진 우리 중 하나에서 발을 멈추었다.

히익. 우리 안쪽에서 가느다란 비명이 새어 나왔다.

"네가 좋겠구만—— 밥값 착실하게 해라, 응?"

뒤틀리고 일그러진 창을 우리에 찔러넣자, 곧 귀를 찢을 듯한 비명이 터져 나왔다.

【벨 크라넬】

소속: 【헤스티아 파밀리아】
종족: 휴먼
직업: 모험자
도달 계층: 제20계층
무기: 헤스티아 나이프
소지금: 81,200발리스

© Suzuhito Yasuda

스테이터스

Lv.3

힘: D527   내구: E466   기교: D533   민첩: B701   마력: E499

행운: H   내성: I

《마법》

【파이어볼트】   ·속공마법.

《스킬》

【리아리스 프레제】   ·조숙한다.
·마음이 이어지는 한 효과 지속.
·마음의 강도에 따라 효과 향상.

【영웅선망 아르고노트】   ·액티브 액션에 대한 차지 실행권.

《듀얼 포션》

• 2종속성 회복약. 체력과 마인드를 동시에 회복시킨다.

• [미아흐 파밀리아] 단장 나자가 작성한 오리지널 포션. 라이벌인 [디안 케흐트 파밀리아]가 레시피를 알고 싶어 하지만 오기로라도 가르쳐주지 않는다. 계속된 상품개량으로 초기에 비해 효력이 더욱 좋아졌다.

• 단골 고객인 벨의 지명도 상승과 함께 모험자들에게 알려지면서 이제는 '푸른 약포'의 인기상품. 최근 가격이 올랐다.

• 극비 미션 때문에 벨은 나자 일행에게 사정을 설명하지 않은 채 듀얼 포션을 비롯한 수많은 아이템을 구입했다.

후기

될 수 있는 대로 주제가 되는 이야기는 한 권 안에서 결판을 짓도록 노력하고 있습니다.

보통 라이트노벨의 속간은 빨라도 3개월 정도 걸릴 것입니다. 나이를 먹음에 따라 3개월이라는 기간은 자칫하면 눈 깜짝할 사이에 지나가 짧게 느껴질지도 모르지만, 젊은 분들께는 또 다를 것 같습니다. 적어도 제가 10대일 때는 3개월이 매우 길었던 것을 기억합니다.

물론 어떤 나이대의 독자님들이라 해도 속간이 빨리 나와주어서 나쁠 것은 없겠지요. '얼른 뒷이야기를 읽고 싶다는 욕구'만큼은 인류 공통이니까요. 따라서 스토리의 뒷이야기를 기대하게 만드는 테크닉은 매우 중요함을 이해하면서도, 다소 페이지 수가 많아지더라도 한 권 안에서 스토리에 일단락을 지을 수 있도록 결론을 내리자고, 스스로 강하게 다짐하고 있습니다.

라고 길게 썰을 풀어놓고는, 네, 이번 권에서는 무리였습니다.

이번 제9권과 다음에 이어질 제10권이 상하권으로 나뉘게 되었습니다. 여러분, 정말로, 진심으로 죄송합니다. '제3부 개시!'라고 잘난 척 말해놓고는 정말 부끄러울 따름입니다. 아아……!

저의 부족함을 통감하면서, 정말로 정진해야겠다고 절

절히 생각했습니다.

이번 권의 내용도 조금 언급해보자면, 이번에는 아마도 새로운 전개라 해야 할 것 같네요.

본편 1권 무렵부터 쓸 수 있다면 쓰고 싶었던 에피소드인데요, 작가에게는 '모험'이라 할 만한 요소도 포함된 것 같습니다. 말하자면 판타지 곱빼기입니다.

본 시리즈를 1권부터 읽으셨던 독자 분들은 어쩌면 당황하셨을지도 모르겠습니다.

이제까지 엮어왔던 스토리의 메인스트림과 해왔던 일은 물론 남기면서 스토리에 새로운 색채를 더할 수 있었던 것 같습니다. 또한 외전에서부터 나왔던 캐릭터들도 합류할 수 있었고요. 앞으로도 듬뿍듬뿍 쌓아나가도록 노력하겠습니다.

이야기가 달라지지만 이건 지난 권의 내용인데요, 제8권 4장 '사랑스러운 보디가드'는 GA 문고 매거진에 실렸던 같은 타이틀의 단편에 가필을 한 것입니다. 8권 후기에서 쓴다는 걸 깜빡했습니다. 죄송합니다.

어쩐지 중구난방 후기가 되고 있습니다만 감사의 말씀으로 넘어가겠습니다.

담당 코다키 님, 바쁘신 가운데에도 스토리에 멋진 일러스트를 더해주신 야스다 스즈히토 선생님, 관계자 여러분, 이번 권에도 많은 신세를 졌습니다. 이 책을 읽어주신 독자 여러분도 포함해 깊은 감사를 드립니다.

다음 권의 내용에 대해 언급하자면, 이번에 등장할 기회가 거의 없었던 헤로인(검희)도 확실하게 등장할 거예요. 까맣게 변했다고 소문 자자한 헤로인(소)도 등장합니다. 헤로인과 헤로인이 맞부딪치는 아수라장도 있습니다.

상하권 분할 간행인 만큼 제10권은 얼른 전해드릴 수 있도록 노력하겠습니다. 기다려주시면 고맙겠습니다.

여기까지 읽어주셔서 감사합니다.

다음 권도 부디 잘 부탁드려요.

그러면 이만 실례합니다.

오모리 후지노

역자후기

몬스터 아가씨 모에는 대세죠. (일부 과장 있음)

안녕하세요, 역자입니다.
스포일러가 인정사정없이 여러분을 시험하는 역자후기이므로, 몬스터 아가씨 모에 속성에 내성이 없으신 분은 1페이지로 돌아가 주시기 바랍니다⋯⋯ 뭔 소리람.

그런고로 던전만남 9권 되겠습니다. 벨이 처음으로 오라리오에 와 우여곡절 끝에 미노타우로스와 싸워 【랭크업】을 이루기까지가 1부, 【헤스티아 파밀리아】가 중견 파벌로 성장하고 벨이 극장판 클래스의 시련을 연속으로 넘어서며 라키아 왕국의 침략을 막아내고 모두 함께 연애를 하는(⋯⋯) 지난 8권까지가 2부였지요. 그리고 이번 9권부터 대망의 3부가 시작되었습니다.
그리고 초장부터, 8권 엔딩에서 잠깐 등장했던 몬스터 아가씨가 이번 이야기의 헤로인이라는 급전개. 우리의 주인공 벨은 이제 인류를 넘어서 몬스터 헤로인마저 구해주고 있습니다. 생각해보면 1권 첫머리에서 벨이 던전에 대해 멋모르고 망상하며 그리던 헤로인 타입은 엇비슷하게라도 다 나왔는데, 이제는 몬스터까지. 망상 그 이상을 추구하며 뻗어나가고 있습니다. 장하다 벨.

하지만 모에 요소란 원래 겉보기만으로는 알 수 없었던, 생각지도 못한 모습이나 언동에서 갭을 느꼈을 때 더욱 깊이 와닿는 법. 뿔이 좀 달렸다거나 날개가 좀 달렸다거나 하반신이 좀 다른 동물이라거나 전신이 좀 점액질이라거나 이미 죽어 있다거나, 그런 것들은 모두 사소한 요소일 뿐이죠. ……뒤로 갈수록 사소하지 않은 것 같지만…… 아니, 사소합니다. 네.

그런 의미에서 몬스터 아가씨 모에는 역시 대세라고 할 수 있죠! (역설)

예를 들어 이번 9권(그리고 아마 다음 10권도)의 헤로인 비네를 보자면.

말을 한 마디 한 마디 배우면서 혀 짧은 발음으로 "포숀?"이라고 한다거나,

날카로운 손톱 때문에 실수로 남에게 상처를 입히고 눈물을 그렁거린다거나,

그 후 벨프에게 대장간용 작업도구로 네일케어를 받는다거나,

갑자기 돋아난 날개를 감추기 위해 구멍을 뚫은 백팩을 짊어진다거나,

말을 한 마디 한 마디 배우면서 혀 짧은 발음으로 "포숀?"이라고 한다거나 등등등.

그런 모습들이 하염없이 귀여웠던 것입니다!

릴리는 "얼굴만 예쁘다고 데려온 거예요?!"라고 비난했

지만 그런 저차원의 문제가 아닙니다. 벨은 겉모습에 사로잡힌 게 아니에요! ……아마도.

그런 의미에서 우라노스의 말대로 인류가 몬스터 아가씨 모에…… 어흠, 몬스터와 화합을 이룰 날을 기대해봅니다.

비록 지금은 눈물과 함께 헤어졌지만 나중에는 지상에 올라와 그녀가 좋아하는 해님을 보며 함께 살아갔으면, 그야말로 헤스티아와 계약을 맺어 【파밀리아】의 단원이 되면 좋겠다는 그런 생각이 드네요. 아직까진 그런 전개는 힘들다고 하면 던전에 내려가 합류해 함께 모험하는 '잠정 단원' 같은 대접도 괜찮을지도. 근데 몬스터하고 계약을 맺을 수 있을까요? 그럼 리드 같은 상남자……가 아니라 강화종이 마석을 먹어 강화된 능력은 【스테이터스】에 어떻게 반영될까요. 여러 모로 또 설정이 궁금해지네요.

뭐 어쨌거나 이 역자는 비네가 계속 나왔으면 하는 것입니다, 네.

그리고 하권이 빨리 나와줬으면 하는 것입니다, 네……!

아마 다음 이야기는 아마도 《소드 오라토리아》 5권이 될 것 같습니다만…… 아니 이쪽은 이쪽 나름대로 기대돼요. 외전의 전개와 본편의 전개가 슬슬 맞아가고 있기도 하고요. 어쩌면 외전에서 생각지도 못한 본편의 복선이 회수될지도 모르고요.

뭐 그런 기대를 하면서 두근두근 기다려볼까 합니다.

그럼 저는 다음 작품에서 뵙겠습니다.

2015년 11월

김완

던전에서 만남을 추구하면 안 되는 걸까 9

2021년 7월 14일 1판 12쇄 발행

지 자	오모리 후지노
일 러 스 트	야스다 스즈히토
옮 긴 이	김완
발 행 인	유재옥
본 부 장	조병권
담당편집	정영길
편 집	정영길 조찬희 박치우 조현진 오준영 곽혜민
미 술	김보라 서정원
라이츠담당	한주원
디 지 털	박상섭 이성호 최서윤
발 행 처	㈜소미미디어
등 록	제2015-000008호
주 소	서울시 마포구 토정로 222, 403호(신수동, 한국출판콘텐츠센터)
판 매	㈜소미미디어
마 케 팅	한민지 이주희
전 화	편집부 (070)4164-3962, 3963 기획실 (02)567-3388
	판매 및 마케팅 (070)4165-6888, Fax (02)322-7665

ISBN 979-11-5710-215-0 04830
ISBN 979-11-950162-0-4 (세트)